光文社文庫

熟れた月

宇佐美まこと

光 文 社

目次

第一章　桜吹雪　7
第二章　夏を憎む　79
第三章　熟れた月　121
第四章　だまし船　165
第五章　合言葉　217
第六章　温かな雪　273
解説　北上次郎（きたがみじろう）　330

熟れた月

第一章　桜吹雪

ボーンと柱時計が鳴った。

弥生（やよい）は、それではっと我に返った。古い柱時計を見上げる。時計盤の下のガラス窓の向こうで、振り子が揺れている。それから、そろそろと視線を下ろした。

柱の前に男が倒れていた。横ざまに倒れた男は、かっと目を見開いている。その両目にはもう生命の光は宿っていない。その様子を、弥生はぼんやりと見た。いったい何が起こったというんだろう。腰を抜かしたように座り込む自分は、ここで何をしているんだろう。

自分の手元に視線を落とす。

叫び声が喉から飛び出した。いや、ただ息が漏れただけかもわからない。

両手がきつく握りしめているのは、包丁だった。それも血（ち）まみれの。途端に体がガクガクと震え始めた。まるで瘧（おこり）にかかったように、それはいつまでもやまなかった。震えながら、記憶をさらった。こうなるに至った状況を思い出そうと。

「折原さん……」

はっきりとした記憶を喚起する前に、声が出た。細い、かすかな声が。

「折原さん――」

今度はもう少し大きな声を出す。相手はぴくりとも動かなかった。手から包丁を離そうとするが、震えのためにうまくいかない。畳にこすり付けるようにして、まず右手を剝がした。他人の手のように感覚がない。右手で、まだ柄を握りしめたままの左手の指を一本ずつ剝ぎ取るようにした。ようやく包丁がころんと畳の上に転がり落ちた。

弥生は、這いずるようにして、折原の方に寄っていった。

「折原さん――」

手を鼻と口の前にかざしてみる。息をしていない。男の腹から夥しい血液が流れだし、畳を汚していた。

「ああ――」どうしよう、という言葉が続かない。

殺したんだ、私。この人を。会社の上司を。どうして、こんなことになったのか。こんなことをするつもりじゃなかったのに。がばっと身を起こし、包丁を引っつかむと、さっき座り込んでいた流しの前に戻った。さっきまで弥生が刻んでいたレンコンやコンニャクが、まな板の上に載っていた。これで何を作ろうとしていたのか。よく思い出せない。

弥生は、蛇口をひねり、包丁を洗った。洗剤をスポンジにつけてゴシゴシと何度もこすった。真っ赤な血が、排水溝へ吸い込まれていく。こすりながら、馬鹿なことをしていると思った。こんなことをしても、自分がやったことは消せやしないのに。

洗った包丁を、流しの上に置いた。自分の手も、長い時間をかけて洗う。死体に背中を見られながら。でもそうしているうちに、少しだけ気持ちが落ち着いてきた。しつこいほど両手をすり合わせ、流水ですすぐ。ようやく気が済んだ。流しの前のタオル掛けに掛かったタオルは使う気がしなくて、スカートのポケットを探る。俯くと、自分が着けているエプロンに血飛沫が飛んで、真っ赤に染まっているのに気づいた。

「ギャッ！」

今度こそ、声が出た。流しの前から飛び退る。大急ぎでエプロンを外して丸めた。家から持ってきたエプロンだ。それでようやく記憶が戻ってきた。

私は、ここで折原に夕食を作ってあげようとしたのだ。そしてそれを一緒に食べて、彼の心を和ませて、それからあることをお願いするはずだった。専務に頼まれたあることを。

それなのに事務長の折原は、ここで死体になって転がっている。

すると、さっき折原を包丁で刺した時の感覚が手に戻ってきた。ズンッというような鈍い手応えだったと思う。彼の腹に深々と包丁を刺した感触。その一突きで、折原は絶命した。死んでしまった――。

こんなことになるなんて――。

弥生は、もう一度柱時計を見上げた。七時三十六分。折原と揉み合いになり、思わず包丁を手にしたことは憶えていた。あれは、七時過ぎのこと。では私は、この人を刺して三十分近くも自失の状態だったわけだ。包丁を握ったまま、べったりとここに座り込んだまま——。

何てことをしてしまったのか。こんなはずではなかった。覚悟の上でここに来たのに。それを実行すればよかったのに。この人に体を許せば、すべては穏便に済むはずだった。まさかこんな結末になろうとは。

話はついていたのだ。折原も専務の願いを聞く気になっていた。専務の背任行為に目をつぶると言った。

「ええ、それならかまいませんよ。あなたがそうしてくださるのなら」

穏やかな口調でそう言っていたのに。彼が出した条件は、弥生と愛人関係を結ぶこと。五十に手が届く年齢の折原は、妻を八年以上前に亡くしてから、この家で一人暮らしをしていた。彼の下で経理の仕事をする弥生に、ずっと気がある様子だった。実際に口説かれもした。でも弥生は相手にしなかった。弥生の方も夫を亡くして久しいが、そんな誘いに乗る気はさらさらなかった。やんわりと拒絶の意思を通してきた。

だが、事態は急展開した。どうしても折原にしてもらいたいことがあったのだ。専務が会社の金を横領していたことに気づいてしまった折原は、それを社長に告発するつもりだった。当然のことだ。折原は正しい。

専務の細工に手を貸していたわけではないが、経理の仕事を一手に引き受けながら、専務の不正な伝票操作に気づかなかった弥生にも責任はあると彼は言った。それも正しい。

専務のすることに何の疑問も抱かず、ただ流れ作業的に経理事務をこなしていたのだから。

でもそれとは別に、弥生には、専務を庇わなければならない大きな理由があった。どうしても、専務の横領を社長に知られてはならない理由が。

だから――だから専務の意を汲む形で、折原の愛人になることを了承したのだ。

折原はそれを聞いて、小躍りせんばかりに喜んだ。

「結婚してくれとはいいませんよ。私を慰めてくれればそれでいいんです。経済的な援助も少しだけどできると思いますよ」

吐き気がした。慰める――こんな男の言いなりに、体を差し出し、いいようにされるなんて。

でも――そうしなければならない。どうしても。折原と専務の申し出に沿うようにしなければ、夫亡き後、必死で守ってきた生活が崩れてしまうのだ。息子、佑太の将来が台無しになる。あの子こそ、私が守るべき第一のものなのだ。それを守れるなら、私なんてどうなってもかまわない。

だから、相当の決心をして、今日、ここに来たのだ。

まず買い物をしてきて、夕食の準備を始めた。

「いや、思い続けてきた女性が家に来てくれて夕食の支度をしてくれるなんて、夢のようだ。こんな和んだ気持ちになるもんなんですねえ」

折原は、エプロンを着けて台所に立つ弥生の後ろ姿に、そう声を掛けた。返事もせず、材料を刻み続けた。その頃から、体が小さく震えていた。これから起こるであろうことへの嫌悪感と後悔とで。

折原が近づいて来た。その気配は感じた。いきなり、後ろから抱きしめられた。

「もういいですよ。それは。夕食なんて、どうでもいい」

折原の腕が弥生の体の前で、交差された。鼓動が一気に高まり、震えが激しくなった。

「ちょっと待ってください。すぐ用意、できますから」

まだそう言って、相手をいなす余裕があった。その時は。

「もう待ちきれないんですよ。私がずっとあなたのことを思っていたのは、知っているでしょう？　焦らさないでくださいよ」

ぐっと腕に力が込められた。中年男の体臭。首筋に、濃い髭のざらざらした顎が当てられた。途端に、ブラウスの襟首から手を入れられた。頭の中が真っ白になった。

「ああ、こうすることを、どんなに夢想したことか。弥生さん」

男の鼻息が荒い。硬直したまま、弥生はじっと耐えた。私だって、もう四十歳だ。若い娘じゃないのだ。世間から見たら、こんな関係はありふれたものだろう。それぞれ配偶者を亡くした者同士が職場で知り合い、懇ろになるなんて。

固く目を閉じた。開襟の隙間から入り込んだ手は、下着の上から乳房をまさぐる。

「やめてください」

囁くような小さな声は、昂った男の耳には届かない。片方の手が、ブラジャーの中に潜り込んできた。乳首はすぐに探り当てられた。それを摘まれた。

「いいですねえ。弥生さん。私が思っていた通りの体だ」

言いながら、首筋を吸われた。その時、腰の後ろに固いものが押し当てられているのを感じた。それが弥生のスカート越しにゆっくりと上下運動をし始めた。

もう限界だった。

「やめて!!」

今度こそ、大きな声を出した。思いきり、折原を突き飛ばす。自分では力を込めたつもりだったが、折原の体はたいして動かなかった。重い贅肉がついた体は、わずかに後ろに下がっただけだった。それでも、回されていた腕はほどけた。折原は、一言も発することなく、弥生を自分の方に向かせ、前から抱きすくめようとした。それにも精一杯の力で、抵抗した。頭の中に浮かんできたのは、夫の顔ではなくて、息子の顔だった。

上背もある折原は、力も強かった。今度は弥生を押し倒そうとする。訳のわからない声を発しながら、弥生は両手を振り回した。折原の喉からも、唸り声のようなものが漏れた。

「いい加減にしないか！」

怒りを含んだ声と共に、流しに腰を押し付けられた。身動きがとれない。

「あんたも納得ずくのことだったろう⁉ これは。何で今になって——」

「いや‼」

伸ばしてきた折原の手を払いのけた。途端に頬を張られた。欲望にぎらぎらした男の顔が目の前にあった。折原は、それ以上、言葉を継ぐことなく、弥生のブラウスに手を掛けた。ビリッと音がして、生地が破れた。暴力と肉欲とで興奮の極みにある男は、夢中になって弥生の体をまさぐった。流しの前で立ったまま、弥生は天井を見上げた。

涙がぼろぼろとこぼれてきた。おとなしくなった彼女が観念したのだと思い込んだ折原は、熱心に弥生の体を貪っている。首筋に吸い付くように当てられた唇が胸元に下りてくる。体の前のエプロンが邪魔で、小さく唸った。それでも片手で彼女の肩を押さえ、もう片方の手で、スカートをめくろうと夢中だ。

弥生は、男の後頭部を見下ろした。薄くなった後頭部が、激しく上下しているところを。胸元を舐められている。気持ちの悪い舌が這いまわる。意識がすっと飛んだ。そこからの記憶は曖昧だ。

後ろに回した手が、まな板の上を探っていたのは憶えている。

あれは、包丁を探していたのか？　自分を蹂躙しようとする男を刺すために？　その意識すら、今は明確ではない。

気がついたら、折原の腹を包丁で刺していた。彼が倒れ込んでくるその重みで、切っ先がぐっぐっぐっと肉に深く入り込んだ。顔を上げた折原が、信じられないというように、大きく目を見開いていた。そのまま、彼は茶の間まで後退した。自分の腹を両手で押さえて。大量に出血したのは、柱の前で倒れ込んでからだ。ぴくぴくと体が痙攣したかもしれないが、それも僅かな間だ。すぐに大柄な男は動かなくなった。

弥生は、ずるずるとその場に座り込み、固く包丁を握りしめて半分意識を失っていたのだった。

殺したんだ、私。この人を。会社の上司を。

もう一回、同じことを頭の中で反芻する。さっきよりは、幾分冷静に。

自首しなくちゃ。丸めたエプロンを持ってきた布の手提げに押し込みながら、そう思った。人を殺したんだから、当然だ。ふと足下に、ハンカチが落ちているのに気がついた。かがんでそれを拾い上げる。さっき手を拭こうとしていたハンカチが、ポケットから落ちたのだ。

ハンカチをじっと見ていると、また涙がこぼれた。

佑太——息子の名を呼ぶ。私が自首して逮捕されたら、あの子は独りぼっちになってしまう。父親も死んでしまったのに、どうやってこれから生きていけばいいか、あの子は途方に暮れるだろう。母親のしたことに失望し、怒り、苦悩するだろう。生活費を得る手段もなくなる。あの子の人生は、困難を極めるだろう。

ああ、なんて馬鹿なことをしてしまったのだろう。あの子と別れるくらいなら、折原に抱かれることくらいどうってことなかったのに。何もかも呑み込んで、流れに身をまかすことができなかったのか。

振り返って、折原の死体を見やった。頭は忙しく動いて、これからのことを考えていた。もう嘆いてばかりはいられない。起こってしまったことは仕方がないのだと自分に言い聞かせた。最善の策を考えなければならない。

決心がついた。もの問いたげにこちらを見返す折原に手を合わせた。

――すみません。折原さん。私たち親子を助けるために、あなたを利用させてください。本当にすみません。

そう心の中で呟いた。もう一度、ハンカチをまじまじと見た。

自首しなくても、どうせ犯人は私だと知れるだろう。だったら、今晩一晩だけ、いや、できるだけ長く佑太と一緒に過ごそう。佑太には、何も言えるはずもない。でも、一分一秒でも長く、あの子のそばにいたい。

ハンカチをポケットにしまい、手提げを持って、折原の家を出た。

暗い住宅街を抜けてゆく。いろんな思いが去来した。

警察で供述する内容を何度も頭の中で組み立て、抜かりがないか検証した。誰もが納得する内容でなければならない。整合性のない部分があって、警察に疑われる内容であってはならない。私は折原さんと男女の関係だったのだ。世間からは後ろ指を差されるような非道徳的な。そういう関係でありがちな痴情のもつれから、殺人事件に発展したというストーリーは、受け入れられるだろうか？

でもそれしかない。そう言い通すしか。秘密を守るためにはそれしか道はない。専務は約束を守ってくれるだろうか。こんな結末になって、きっと狼狽するだろう。あの人が企図した結末とは、全く違ってしまったのだから。私が折原さんを殺してしまうなんて、予想もしていなかったはずだ。だからこそ逮捕された後、うまく供述しないと。さっき作り上げたストーリーを、警察に信じてもらえるように。

専務が驚愕のあまり秘密を口走らないよう、念を押しておいた方がいい。そうだ。今日のうちにことの顛末を話して、釘を刺しておこう。私がすべてを被って逮捕されるから、あなたも約束を守って、と。

弥生は幹線道路に出た。車通りの激しい四車線の道路沿いを、息子のことだけを考えて歩いた。

ことが露になった時の、佑太が受ける衝撃を思うと、身が切り刻まれるような苦痛に襲われた。高校生の息子がいるくせに男と関係を持ち、その情夫をつまらない諍いの末、殺してしまった私を嫌悪するに違いない。汚らわしい母親の顔を二度と見たくないというふうに。

それでもあの子のことだ。困難を乗り越えて強く生きてくれると信じたい。そのために私は誤解されたまま、佑太から離れていこう。それが私に残された唯一の道なのだ。

嚙み締めた唇から、嗚咽が漏れた。

でも——。

でも、もしどこかで奇跡が起きて、私の真意が彼に伝わったら——その時は——。

いや、そんなことを考えてはいけない。真実と私の思いは、深い深い場所に埋めてしまったのだから。

揺れ動く気持ちは定まらない。

通りかかった車の販売店の大きなガラスに、自分の姿が映っているのを見て、ぎょっとした。街灯に照らし出された幽鬼のような顔。

こんな顔で帰ったら、佑太は不審がるだろう。あの子との最後の晩かもしれないのに。それに専務に電話をしないと。家には佑太がいるからできない。

幹線道路の向こうに、ファミリーレストランが見えた。専務といつも会って話していたファミレスだ。内扉の手前に、公衆電話が設置されていたはずだ。

弥生は、近くの横断歩道を渡り、ふらふらした歩調でファミリーレストランに向かった。

＊

自動ドアを通って入ってきた女の人は、すぐに公衆電話に取りついて、どこかに電話をしていた。悲痛な表情だった。何かを必死に訴えているという感じがした。それが阿久津先輩のお母さんだと、しばらくして結は気がついた。時々、来店するから顔は知っていたけれど、今日は様子が変だ。げっそりとやつれたような頬。泣き通した後みたいに腫れぼったい目。電話の受話器を、力を込めて握りしめている。まるでそうしていないと、受話器が消えてしまうとでもいうように。

通話は短かった。受話器を置く。今度は力なく。

それからもつれるような足取りで席に着くと、テーブルに突っ伏してしまった。別のアルバイトの子が、注文を取りに行った。

「具合が悪いの？　あの人」

戻って来たその子に訊いた。

「かもね」

特に注意を払うでもなく、素っ気なく相手は答えた。お母さんは、水の入ったコップを口に持っていこうとするが、手が震えてうまくいかないようだった。それでもなんとか一口、二口、喉を潤してから、トイレに立った。長い間戻ってこなかった。

心配になって様子を見に行こうかと思っていると、やっとトイレから出てきた。酷く顔色が悪かった。もしかしたら、中で吐いたのかもしれない。テーブルに運ばれたままになっているミルクティーは、冷めてしまっていた。でもお母さんは、そのカップに手を伸ばそうとはしなかった。虚ろな目で、暗い窓に映る自分の顔を見ていた。

いったいどうしたのだろう。こんな時間に来店したことはなかった。彼女が来るのは、たいてい土曜日の午前中。それも男の人と待ち合わせをしていて、向かい合う。今日は一人で、あの男の人が来る気配はない。気になって仕方がなかった。

高校二年生の結はこの一年間、週に三回ほど、家の近くのファミリーレストランでアルバイトをしていた。

結が高校に上がったと同時に、姉が県外の大学に進学した。親の負担が大変になったろうから、自分の小遣いくらいは稼ごうと思ったのだ。両親はそんなこと、しなくていいと言ったのだが、結は「社会勉強も兼ねて」と言い張った。

高校からはかなり離れた場所だ。だから滅多に知り合いには会わない。それも都合がよかった。アルバイトを校則で禁止されているわけではないが、同じ高校に通う生徒に見られるのは、やっぱり嫌だったのだ。

店長さんは、家族ぐるみで付き合いのある人で、結のこともよくわかってくれている人だった。結は生まれつき、右の耳の聴力が極端に弱い。だからものを聴く時は、左の耳をそちらに向けなければならなかった。親がバイトをする結のことを心配したのも、社会に慣れさせるためと結局折れたのも、そのせいだ。

ホール係だから、注文を受ける時には、細心の注意が必要だ。混んでいる時は、雑音でお客さんの声が聴き取りづらかった。

でも慣れてくると、注文を取り間違えるということは、ほとんどなくなった。メニューは全部憶えていたし、結は自分の障害を補う方法を身につけていた。それは読唇術だ。相手の唇の動きで、たいていのことは理解できた。誰に習うということもなく、幼い時から自然に身についたものだ。

だから、騒音に満ちた駅の構内や教室や、ファミレスの店内でも特に不自由は感じなかった。音に頼らないだけ、かえって遠くの人の言っていることが理解できたりする。彼女の身体的欠陥に気づいているクラスメートは少ないだろう。

月曜日と水曜日の放課後、夜九時までと、土曜日の午前八時から三時まで、結はファミレスのかわいい制服に着替えて、ホールで働いていた。

その客に気がついたのは、三か月ほど前だった。

土曜日の朝、たまに中年の男女が向かい合って座っている。注文するのは、男性はいつもコーヒーで、女性の方はミルクティーだった。最初は特に注意を払っていなかった。だが、客が少ない時間でもあり、見るともなく彼らを見ているうち、奇妙な感覚を抱いた。

女性はおどおどしているようだ。あまりしゃべることもない。話すのは、大方男性の方だった。二人は何度も会っているのに、打ち解けた様子はない。どうやら男性の方が女性を呼び出しているようだ。そして、何かを命じているように見える。

いったいこの二人はどういう関係なのだろう。むくむくと好奇心が頭をもたげてきた。店長さんには、お客さんの顔をじろじろ見てはいけないと言われていたけれど、ついつい視線がそちらに向いた。

定位置で待機していると、知らず知らずのうちに、よくしゃべる男性の唇の動きを読んでいる。全部がわかるわけではないし、新しいお客が入って来たり、料理を運んだりで中断させられる。それでも、どうやら男性が女性を脅しているようだということは理解できた。

「どうしてできないんだ。簡単なことだろう」と男は言っていた。

「あのことが表沙汰になったらまずいだろう」とも。

「証拠はすべて俺が握っている」

「そうなったら、あいつはもう終わりだ」

不穏な言葉が続く。お金を巻き上げられようとしているんだろうか。持ち前の想像力が掻(か)き立てられた。

「本当に何もかも渡してくれるんですね？」

ついこの間、女性の方がそう言った。

常に地味な洋服を着た、線の細い人だった。きっと若い時はきれいだったろうと思える顔立ちだが、深く刻まれた顔の皺(しわ)やパーマっ気のない髪を無造作に束ねたところを見ると、生活に疲れて老けてしまった気配を感じる。

でもあの人は、阿久津先輩のお母さんだったのだ。

T高陸上部のエース。阿久津佑太先輩。四〇〇メートルハードルの県高校新記録を持っている人。

一学年上の三年生の彼は、結が一年生の時から、ずっと恋している相手だ。向こうは全然気づいていないけれど。

いつも遠くから、グラウンドを走る彼を見ているだけだった。大勢の陸上部員に交じってランニングしていても、すぐに憧(あこが)れの人を見つけることができた。

ストレッチをしている時も、サーキット・トレーニングをしている時も、黙々とハードルを跳んでいる時も、誰かと談笑している時も、いつも阿久津先輩だけが薄っすらと光を放っているように見えた。

先輩が軽々とハードルを越えていくのを見ると、胸がすく思いがした。陸上部に四〇〇メートルハードルをやっている選手は二人いて、いつも一緒に練習をしていたが、阿久津先輩の方が格段にかっこよかった。しなやかな獣のように、姿勢を低くして滑るようにハードルを越えていく。最後までそのスピードは落ちることがない。まさにうっとりするような走りだった。

今年の初め、もう一人の選手は、怪我をしたらしくグラウンドから姿を消した。それで、三年生になってから、阿久津先輩はちょっと元気がない。走りにも精彩を欠いている。そこが結は不満だ。先輩を悩ませているものは、噂(うわさ)ではカムバックできないほどの怪我を負ったという仲のいい陸上部員のことなのだろうか。

ひと月前の三月初めに、学年末の保護者面談があった。その時、結は見たのだ。ファミレスで見かける二人連れの女性の方が、誰かと連れだって校内を歩いているのを。

ああ、この学校に通っている子のお母さんだったんだ、と思った。

「佑太」と女性はわが子に声を掛けた。先を歩いていた男子が振り向く。阿久津先輩だった。結は思わず声を出すところだった。あの人、阿久津先輩のお母さんだったんだ。

「佑太、どうするつもりなの？」

阿久津先輩に見られないよう、結は咄嗟(とっさ)に柱の陰に隠れた。

「スポーツ推薦を受けたいなら――」

向こうを向いてしゃべっているから、よく言葉が聞き取れない。でもお母さんを無視して、先輩はさっさと校舎を出ていってしまった。

阿久津先輩は、母一人子一人のはず。こっそり友人を介して調べてもらったのだ。たった一人の家族なのに、先輩はお母さんとはあまり仲が良くないのか。それとも高校生の男子なんてそんなものなのか。男兄弟のない結には理解しにくい。

春休みが終わって、結は二年生に、阿久津先輩は三年生に進級した。その直後の土曜日、またあの二人はファミレスで向かい合っていた。

女性の方が阿久津先輩のお母さんだと知った後では、とても平静な気持ちではいられなかった。阿久津先輩は、お母さんがこうして時折、おかしな男に呼び出されていることを知っているのだろうか。きっと知らないに違いない。先輩は自分が抱え込んだ問題と、ハードル競技に伸びがないことで心が占領されているのだから。

もし、今日も脅されているような素振りがあれば、私は――。

義憤にかられて、結は席についた二人を凝視していた。

でもその日の二人はいつもとは違っていた。阿久津先輩のお母さんは、強い何かに突き動かされているように見えた。おかしなことに、男の方が怯（おび）えて萎縮しているみたいだった。

「約束のものを――」

お母さんは、男に言った。男は一瞬躊躇（ちゅうちょ）した。

「私は決心したんです。あなたはそうではないの？　それを渡せないというのなら――」

男は、小さな紙袋を取り出して、テーブルの上に置いた。お母さんは、手を伸ばしてそれを取り、中をあらためた。男は憮然としてそれを見つめていた。

その時、結の受け持ちのテーブルにお客さんがやって来た。後ろ髪を引かれる思いで、結はその場を離れた。中年女性のグループが、あれこれと注文を迷う間も、振り返りたくてたまらなかった。注文を受けて厨房にそれを伝えに行く時、ちらりと視線を送ると、お母さんの方が席を立つところだった。男はその場にとどまって、出ていく連れの後ろ姿を見ていた。

いつもと違う。その瞬間、嫌な予感がした。なぜだろう。何か不吉なことがもう始まっていて、阿久津先輩も、いずれそれに巻き込まれるに違いないという気がした。

男が立ち上がったのが見えた。結の方に背を向けたまま立って、しばらく動かなかった。外の景色を眺めているふうで、実際は何かに気を取られているという感じ。これも今までなかったことだ。

その後ろ姿をどこかで見たことがあるという気がした。肩幅の広いがっしりとした体格。両側を短く刈り込んだ髪型。どこで見たんだろう。思い出せない。ここへ来る時、男は平凡な白いシャツにスラックスという格好でやってくる。もしかしたら、服装が違っているせいで気がつかないのかもしれない。一回だけじゃない。何度か目にしたことがある。この後ろ姿は。いったいどこで目にしたのか。いくら考えても思い出せなかった。

私は何か重大なことを見落としている？　その日一日、気持ちが落ち着かなかった。

そして今日、夜に来店したお母さんは、奇異な様子で結をさらに戸惑わせた。胸騒ぎがしてたまらなかった。いったい何が起きたんだろう。

二十分も心ここにあらずという態で席に座っていただろうか。ふらりとお母さんは立ち上がった。

レジで支払いを済ませて、外に出ていく。テーブル係の女の子は、別の客の相手をしていた。ふと見ると、椅子の上にハンカチが落ちていた。結は、それをつかんで、阿久津先輩のお母さんの後を追った。自動ドアの向こう、いくつかの段を下りかけていた彼女に声をかけた。

「あの……これ、忘れていましたよ」

お母さんは、ゆっくりと振り返った。ぼんやりした目が、追いかけてきたファミレスの店員を認めた。そして、差し出されたハンカチをじっと見返した。まるで、それが何なのか理解しようと苦心しているみたいだった。

「どうぞ」

近寄っていって手渡すと、ようやく自分の忘れ物だと気づいて微笑もうとした。でもそれは、泣いているようにしか見えなかった。

「阿久津先輩のお母さんでしょう？」

言ってしまって自分でも驚いた。なぜここでそんなことを言う必要があるのだろう。

「知っているの？　佑太を」

お母さんは、一歩結に近づいた。

「はい。私もT高に通っているんです」

お母さんは、くしゃっと顔を歪めた。今度こそ泣くのではないかと思った。しかし、彼女はハンカチを差し出した結の手をぎゅっと握りしめたのだった。強い視線に絡めとられる。

「あの……」

「佑太に伝えて」

「は？」

「こういうふうに。『ウーピーパーピーの木の下に埋めた』って」

「ウーピー……」

「ウーピーパーピーの木よ」

何と答えていいのかわからず、結は口ごもった。聞き間違えたのだろうか？　そんなはずはない。ちゃんと左の耳を向けていたし、唇も読んだ。かまわず、お母さんは続けた。

「何もかもそこに埋めるの。そうしたら、なかったことになるの、何もかも。初めっからやり直せる。すべてはうまくいく。心配いらないからって」

　それだけ言うと、お母さんは安心したように、今度こそ微笑んだ。寂しい微笑みだった。

　そして、踵を返して去っていった。闇に紛れて見えなくなる後ろ姿を、結はずっと見ていた。気がついたら、渡したはずのハンカチは、地面の上に落ちていた。結は、かがんでそれを拾い上げた。


ウーピーパーピーの木の下に埋めた。そこに埋めたら、何もかもなかったことになる。初めっからやり直せる。すべてはうまくいく――だって？


　その晩、メル友のＫｅｎに伝えると、彼も面食らっていた。まったくの謎の言葉だ。いったい何が言いたかったのか、さっぱりわからない。様子が変だったから、まともにとるべきではないのかもしれない。きっと自分でも意味がわかっていないのだ。すごく大変なことが起こって、取り乱していたのだろう。Ｋｅｎには、そう付け加えておいた。

　あの男女のうちの一人が、阿久津先輩のお母さんだと知る前から、Ｋｅｎとは、「謎の二人」としてメールをやり取りし、想像を膨らませていた。福岡の大学に行ってしまった姉が置いていった古いパソコンで。

　スポーツ好きの若者が集まるサイトがあって、そこでＫｅｎと知り合った。阿久津先輩に少しでも近づきたくて、そんなサイトを覗いているうち、陸上競技、それもハードルをやっている高校生だというＫｅｎが書き込むコメントを読むようになった。

アスリートにとってメンタルな面はとても重要だ。自分で自分をコントロールするんだ。イメージを膨らませ、飛翔する自分を思い描く。何度も何度も。

ハードルは頭と体をすべて使う競技だと思う。スタミナや技術も大切だけど、戦略とか駆け引きも重要なんだ。だからこそ、面白いんだ。欧米のハードラーには引退後、経営者や学者になったりするインテリが多いんだって。

ウェイトトレーニングをやって、筋肉をつけ過ぎるのはよくない。体が重くなって、動きが鈍くなるから。筋肉より技術を磨け。

ハードル、それも一番距離の長い四〇〇メートルハードルって人生みたいなものだよね。マラソンをそれにたとえる人もあるけど、僕は障害物を越えるっていう意味で、こっちの方がより人生に近いんじゃないかと思う。

そんな書き込みを読むのは、楽しかった。ハードル競技のルールもそこで教わった。相当にハードル競技に打ち込んでいる選手なのだろう。別の訪問者と、体の鍛え方や練習方法、余暇の過ごし方や好きな音楽のことなどを語り合うのを、結は黙って見ているだけだった。

そのうち、おずおずと彼らに質問をしてみた。素人丸出しの質問だった。何でただ平面を走るだけでは飽き足らず、障害物を跳びたいと思うのだろうとか、ハードルに引っ掛かって倒してしまったらどうするの？　とか、そんなことだ。他のアスリートたちは、あきれてあまり相手にしてくれなかったが、Ｋｅｎだけは面白がって、丁寧に答えてくれた。やがてメールアドレスを交換して、二人でメールをやり取りし始めた。

そうなっても、お互いどこに住んでいるかも明かさず、名前もハンドルネームのまま。結はただ「結」とだけ。相手は「Ｋｅｎ」のままだった。そんな気楽な相手だったから、何でも相談できた。憧れの阿久津先輩とは別の、頼れる存在だ。

いろいろとアドバイスを受けているうち、当然のことだが、向こうは、「なぜスポーツもしていない君がそんなに陸上に興味を持つんだ」と問うてきた。それで、ハードル選手に恋をしていることを打ち明けた。それからは、恋の相談にも乗ってくれるようになった。といっても、告白することもない片想いだから、練習をしている阿久津先輩の様子を伝えて、彼が今どんなコンディションなのか、どんな記録を出したのか、スランプで元気がないとか、そういうことを伝えて意見を聞いたり、愚痴をこぼしたりするだけだった。誰にも打ち明けられない恋だから、それは結にとって、唯一の気晴らしになった。

彼は今、精神的な問題を抱えていると思うな。ハードルの技術云々というより前に、走ることに集中できていない気がする。メンタルな部分は重要だって前に言ったろ?もしかしたら、彼は選手生命にかかわるくらい、重大な局面を迎えているのかもしれない。

この二か月ほどの阿久津先輩の様子を克明に伝えると、Ｋｅｎはそんな返事を送ってきた。鋭い洞察力だ。どうしてそんなことがわかるの?と反発を覚えると同時に、Ｋｅｎの推察は的を射ているという気がした。そのことも、結の心をざわつかせる。阿久津先輩にいったい何が起きているのだろう。

メールを長期間やり取りするうちに、結はＫｅｎに全幅の信頼を寄せるようになっていた。彼の言うことは、無条件に正しいと思えるのだ。それほど的確なアドバイスを送ってくれていた。十七歳なのに、人生経験が豊富な、ある意味苦労人のような印象を受けた。結が抱いた印象をそのまま伝えるのは失礼な気がして、それは黙っていたけれど。

一度だけ、Ｋｅｎが走っている写真を送って、と頼んだら、メールに添付してきてくれた。どこかの陸上競技場でレース時に撮ったものか、赤いオールウェザー・トラックをバックにゼッケンを付けたＫｅｎが走っている。ゴール間近らしく、他の選手を引き離して、トップで疾走しているところだった。百八十二センチもある長身な体軀（彼はもっと低い方がハードルには向いていると言っていたが）や、引き締まった筋肉や、ちょっとくせのある髪の毛、浅黒い肌などはわかった。

代わりに結も自分の写真を送ったりしたけれど、そういうやり取りはそれっきり。お互いにメールで心情を交わすことの方に没頭していた。純粋なメール友だちだった。Ｋｅｎには付き合っている彼女がいたから、彼らの幸せそうなエピソードを羨ましがりつつ、恋というには、あまりに子供っぽい、陸上選手への憧れを綴った。

そんな関係のＫｅｎに「謎の二人」のことを伝えたのは、ごく自然なことだった。そのころには、陸上競技だけにとどまらず、生活全般のことも、Ｋｅｎへのメールに日記感覚で書くようになっていた。Ｋｅｎは、学校生活や部活や、彼女との交際で忙しいだろうに、結のメールを楽しみにしてくれているようだった。彼にとっても、これが息抜きになっているのだろうと、結は勝手に思い込んでいた。

それは不穏な匂いがするな。きっとその女性は弱みを握られているんだよ。もっと観察していれば、詳しいことがわかるかもしれない。君の目を通した世界は、とても興

味深いな。

すぐにKenは反応した。些細なことも面白がるのが彼のいいところだ。ファミレスでバイトをしていると言うと、ファミレスのことも聞きたがったものだ。どんなメニューがあるかとか、二十四時間営業なんかして儲かるのかなあとか、純朴な疑問を送ってきた。全国チェーンで日本中、どこにでもあるファミレスなのにおかしかった。知的で専門的なアドバイスをしてくれたかと思うと、子供っぽいことを言ったりする。その落差が、彼がいい人だと示している気がした。

そういういきさつがあったから、結は余計にあの二人を気にするようになっていた。もしかしたら、不倫関係に陥っているのか。男性が、女性の方の家庭を壊すと脅しているのだろうか。いや、ただの顔見知りの男女かもしれない。女性がひき逃げとかをして、それを見ていた男性が、お金をせびっているとか？

いくらでも想像は膨らんだ。Kenもそういう空想遊びに同調した。荒唐無稽な状況を考え出して、二人はメール上で笑いあった。

阿久津先輩との関係は、まったく発展する兆しはなかったし、記録会を終えても先輩は、なぜかピリピリしていた。近づき難い雰囲気を全身から発散していた。きっといい記録が出なかったのだろう。

Ｋｅｎが言う通り、結には窺い知ることのできない悩みがあるようだった。それに気を取られるあまり、今までの鋭い走りが姿を消していた。常に暗い顔をしていて、コーチの指導もおざなりにしか聞いていない様子だった。ひところは、オリンピック強化選手にでも選ばれるのではないかと言われていた阿久津先輩なのに、その影もなかった。

でも——あの人が阿久津先輩のお母さんだと知った後では、事情は違ってきた。

先輩はお母さんのことで悩んでいるんだろうか。男に脅迫されているらしいお母さんのことに、彼も気づいてしまったのか。パソコンを前にあれこれ思いを巡らせていると、Ｋｅｎからまたメールが届いた。

でもさ、何だかいい言葉のように思えるよ。「ウーピーパーピーの木の下に埋める」って。ほんとにうまくいくような気がしないか？　それはきっとおまじないなんだよ。結は、それを伝えるべきだね。お母さんに頼まれたんだから。それをきっかけに彼と親しくなれるかもしれないじゃないか。君にとっても幸運のおまじないだよ、これは。

おまじない——そうだろうか。私と阿久津先輩とを結びつける幸運のおまじない——？

すがるように結を見つめ返したお母さんの瞳を思い出す。切羽詰まった様子だった。取り返しのつかないことが起こって、お母さんは、身悶えするほど後悔しているのではないか。あのおまじないで元に戻そうとしているみたいだった。
先輩なら――息子である阿久津先輩なら、あの言葉の意味がわかるのではないか。それを聞きたかった。先輩と仲良くなれるかも、などという気持ちよりも、伝えてと頼まれた義務を果たし、謎の言葉の意味を知ることの方が、結の中では大きな意味を持った。
だから――だから伝えることにしたのだ。Ｋｅｎのアドバイスに従って。

一気に土手を駆け上がったところで、強い風が吹きつけてきた。気まぐれで温かな春の風だ。結はスカートを押さえながら息を整えた。
一級河川に沿った土手道の桜並木は延々と一キロは続いている。花はもう満開を過ぎようとしていた。薄桃色の花びらがとめどなく舞い落ちる。桜吹雪(ふぶき)を透かして擬木(ぎぼく)のベンチが見えた。肩で息をしながら結はベンチに近づいた。花びらを手で払って腰かける。
阿久津先輩がここを通るまで、あと三十分、いや、練習が長引けばもう少し長くかかるかもしれない。

結は、それを伝えるべきだね。お母さんに頼まれたんだから。

直前まで迷ったし、勇気がいったけど、Ｋｅｎの言葉が、結の背中を押した。

まるで怒っているみたいに、頬を紅潮させ、大股で先輩に近づいた。ついさっき、校庭でのこと。

「先輩、今日も――」グラウンドに向かっていた阿久津先輩は、足を止めて結の方を振り向いた。顔を見たことがある程度の二年生の女子――それ以上の何ものでもないという表情を浮かべて、こちらを見返してくる。

結は見つめられて、頭が真っ白になった。でも何とか自分を鼓舞した。言葉は何度も練った挙句、頭の中にある。

「今日も、あの弓立川の土手を通って帰られるんですか？」

それだけ言って、左の耳を先輩の方に向ける。彼の言葉を一言も聞き漏らさないために。

「え？　帰り？　いつも通りだけど、どうした？」

「あの――ちょっとお話ししたいことがあって、待ってます」

「何？　何か用？」

「いえ、待ってますから！　練習終わってあそこ、通られるのを」

それだけ叫ぶように言って、踵を返した。通りかかった別の陸上部員が、含み笑いの表情で、足早に立ち去る結を見ている。きっと阿久津先輩に告白するために待ち伏せすると勘違いされたのだろう。そういうことは、今までも何度もあったに違いない。かっこいい先輩だもの。

学校の方向を見透かすが、散り敷いた花びらでピンク色に染まった土手道が、くねって見えるだけだ。

犬を散歩させている人の後ろ姿が遠ざかっていく。さっき結の前を通った時、かわいいダックスフントに手を出したのに、ダックスフントはちょっと鼻をひくつかせただけで、寄ってこようとはしなかった。飼い主もリードを強く引き、結の方を見ることもなくさっさと行ってしまった。

一人になると、軽く胸を押さえ、深呼吸をした。さっきまで弾んでいた息は何とか治まった。先輩が通るのは、ずいぶん先だとわかっているけれど、早めにやって来た。ここで気持ちを落ち着けて、話す内容を整理していようと思ったのだ。だから、急いで駆けてきた。さっき幹線道路を渡る時、トラックにクラクションを鳴らされるほどだった。あまりの大きな音に、びっくりして転びそうになった。

いや、実際バランスを崩して、道路に片膝(かたひざ)をついたのだった。

制服のニットのベストが暑い。胸のあたりを持ち上げてバサバサと風を送り込む。ブラウスとベストの間にも、桜の花びらが一片(ひとひら)滑り込んでいった。

ああ、うまくしゃべれるだろうか。

先輩に変な女の子だと思われたらどうしよう。また決心が揺らぐ。

反対の方向から、お年寄りの夫婦がゆっくりと歩いてきた。おばあちゃんの足がしっかりしていないようで、おじいちゃんが手を引いてあげている。時折立ち止まって桜を見上げて何か言葉を交わし合っている。ベンチのところまでやって来ると、おじいちゃんが疲れたおばあちゃんを気づかって、ベンチに座るように促した。おばあちゃんは、よろけてもうちょっとで結の膝の上に腰を落としそうになった。慌てて端っこに寄る。二人はベンチに並んで座った。

「どうだい。きれいだろう？」

「ほんとに。億劫だったけど、来てみてよかった」

おじいちゃんは、おばあちゃんの帽子が曲がっているのを直してやった。

いいなあ、と思った。この二人が恋をしたのはいつ頃だろう。いや、きっと今も恋しているんだ。こんなふうになれたらいいのに。阿久津先輩と私も。

しばらくして、老夫婦は「よっこらしょ」というふうに立ち上がった。結はさりげなくおばあちゃんの肘を支えてやった。痩せ細っているせいか妙に手ごたえがない。きっと本人もそんなことをされたのに気づいていないのだろう。すぐにおじいちゃんに寄りかかるようにして歩いて行ってしまった。

それきり、人通りがなくなった。風もぱたりとやんだ。たった三十分が永遠に感じられる。ふいに世界が動きを止めたかのような錯覚に陥った。

時間という観念を、Ｋｅｎはどういうふうに表現していただろうか。独特な言い回しで、メールに書いてきたことがあった。

僕には時間がたくさんあり過ぎる。じっと座って何もしないでいると、世界から取り残されたような気分になるんだ。一日、そうやって考える。永遠というものを。永遠は怖い。変わらず流れていく時が怖い。

でも、僕はこう思うんだ。永遠にも始まりがあったはずだって。何気ない一瞬だったに違いない。でも、それは永遠が始まる刹那(せつな)だった。永遠も、一瞬、一瞬のつながりなんだって思える。すると途端に無為な時間が彩り豊かに見えてくる。僕も変われるんじゃないかって思える。

そこまで考えて、やっと安心して眠れるんだ。変わる自分を想像しながら。

すごく哲学的な表現だ。初めて見た時は首を傾(かし)げた。Ｋｅｎが時間を持て余すようなことがあるとは思えなかった。成績優秀な高校生でハードルの選手で、恋人とも付き合って、本もたくさん読んでいる。陸上以外のスポーツや映画やゲームや芸術の話題も豊富だ。あんなに活動的なＫｅｎも、じっと座って永遠というものについて考えを巡らせることがあるのだ。そして変わらないものを怖がる。案外、繊細で傷つきやすい人なのかもしれない。誰も彼もが見逃してしまうような事象を、別の角度からじっくりと吟味し、自分なりの意味を持たせる。独特の思惟(しい)様式だ。

　そういう人だからこそ、「ウーピーパーピーの木の下に埋める」という言葉を、いいおまじないだと感じたのだろう。

　腕時計を見た。もうそろそろ三十分が経つ。

　結は、ポケットからハンカチを取り出した。阿久津先輩のお母さんに渡し損ねたハンカチだ。きれいに洗ってアイロンもかけてきた。先輩にこれも返さないと。空色をさっと刷(は)いたような地模様の上に、筆でポンポンと置いたようなピンクのドットがたくさん描かれている。

　あ、これ、桜が散っているところじゃないかな。青空をバックに。

　両手で掲げて、空と桜を透かしてみる。景色とハンカチの柄(がら)が重なり合う。風が吹いてきて、薄い生地をはためかせた。

　その生地の向こうを、さっと影が横切った。阿久津先輩が通っていったのでは？　結は急いでハンカチを下ろした。

　中学生くらいの女の子が三人、自転車で前を通り過ぎた。車輪が道に落ちた花びらを巻き上げる。

「ねえ、さっきの事故かな？　交通事故？　大きなトラックが停まってたよね」

「うん。パトカーとか事故処理車も来てたね」

「誰かが撥ねられたんだって。見てた人がそう言ってた」

通り過ぎる瞬間、きれぎれにそんな会話が漏れ聞こえてきた。慌てて左の耳をそばだてるが、後の言葉は聴き取れなかった。

ぎょっとした。腰が浮いた。何でこれに思い至らなかったんだろう。そういえば、ちょっと前に救急車のサイレンを聞いた気がする。阿久津先輩は車に轢かれたのかもしれない。不気味な大きな舌に、ざらりと背中を舐め上げられたように鳥肌が立った。結はさっと立ちあがった。

その時、桜のトンネルの奥から、少年が歩いてくるのが見えた。一瞬、それが阿久津先輩に見えた。が、すぐに人違いだとわかった。年齢は同じくらいだが、彼よりも背が低く、髪型も違った。結が突っ立っているベンチを目指して、真っすぐに歩いてくる。駆けだそうとしていた結は、勢いを殺がれて少年が近づいてくるのを待った。彼の表情から、間違いなく自分に用があると知れた。

ああ、どうか悪い知らせではありませんように!!

結は胸の前で指を組んで、見も知らぬ少年と対峙した。

「ええと……」

のんびりした口調で男の子は言った。とても緊急の知らせを告げるふうには見えない。

「平野結さん――?」

結はこくんと首を縦に振った。まだ心臓の鼓動は速いままだ。

「阿久津先輩のこと？　先輩、事故に遭ったの？　怪我したの？」

相手の言葉を待ちきれなくて先走ってしまう。少年は、一瞬、ぽかんとした表情を浮かべた。

「阿久津が？　いや、違うよ。車に轢かれたのは彼じゃなくて——。あ、阿久津ね、あいつはまだグラウンドにいたよ」

全身の力が抜けた。立っていられなくて、またすとんとベンチに腰を落としてしまった。

「えっと……隣に座ってもいいかな？」

結の返事を待たず、少年はベンチに座った。結はようやく彼の様子を観察する余裕ができた。年は一緒くらいに違いない。黒のTシャツとGパンを身につけている。右目のすぐ横に小さな黒子が二つ並んでいて、それが特徴といえば特徴だけど、どこにでもいる十代の男の子という風貌だ。

「陸上部の人？」

阿久津先輩のことを知っているなら、そうとしか思いつかなかった。私がここで待っていることを、阿久津先輩は、気安く他人に話したのだ。たいして重要に受け止めていないから。知らない二年生の女子にこんなことを言われたよ、とかなんとか。

そういうことじゃないのに。もっと大事なことを伝えるために、私はここにいるのに。

そう思うそばから、自信がなくなる。あの不可解なおまじないみたいな言葉は、わざわざ待ち伏せしてまで伝えるべきことなのだろうか。

「うん、まあ、そんなもんかな」

少年は曖昧に答えた。両肘をベンチの背もたれに掛け、体を反らせて頭の上の桜を見ている。そんな姿勢のまま、黙り込む。長めのさらりとした髪の毛にピンクの花びらが一つ、貼りついている。

「あなた、誰なの？」

しだいにイラついてきて、結は問うた。

「俺？　リョウ。柏木リョウ」

名前を訊いたわけじゃないんだけど。そう目で訴えても、リョウは気づかない。阿久津先輩の名前を知っているんだから、陸上部員じゃなくても、彼の知り合いには間違いないだろう。でもなんで私の名前まで知っているんだろう。

「君、さっき大通りに飛びだしただろ？　危ないじゃん、あんなふうに渡ったら」

また的のはずれたことを言う。

「見てたの？　私が道を渡るのを」

むっとして結は言った。そうすると三十分以上前から、柏木リョウは結の行動を追っていたことになる。

「よっぽど急いでたんだな。阿久津に会うから？」

「そうじゃないけど……」結も言い淀む。「今日はどうしても阿久津先輩に会わないといけない用があったから」

「どうしても？　あいつに会ったら君の気が済むわけ？」

「そんなことあなたに関係ないでしょ」

「まあ、そうだけどさ」

嚙み合わない会話に結は当惑する。背を向けた川面で、パシャンと魚の跳ねる水音がした。

結の横顔にリョウはちらりと視線を送ってきた。思い詰めた結の表情を読み取ると、困ったように下を向く。リョウはバスケットシューズのつま先でベンチの下の土をつついた。履き古された茶色のバスケットシューズだ。何かを言い出そうと考えあぐねているみたいに見えた。

「どうしても阿久津先輩に言わなくちゃならないことがあるのよ。どうしても」

決然としてリョウに言った。だが、リョウはひどく暗い顔をして見返した。

「どうしても言いたいことがあるんだ」

「ええ」

「それが君をここに引き止めているんだ」

引き止める？　何を言っているのだろう、この人。

「ここにいる気？　どうしても？」

結は黙って首を縦に振った。

「そうだよな。だからあんなに息せき切って走って来たんだもんな、君。何であんなに急いで大通りに飛び出したんだよ」

そうだ。急ぐあまりに近道をしようとして、横断歩道もない場所で道を渡ろうとしてしまった。そしたら、トラックにクラクションを鳴らされ、足がもつれて道の真ん中で片膝をついてしまったんだった。道の反対側を歩いていた人が、驚いて大きく目を見開いてこっちを見たっけ。

でもまた何であんな恥ずかしい出来事を蒸し返すんだろう、この人。

また強く風が吹いてきて、桜の枝をざわざわと揺らした。夥しい花びらが、薄桃色の雪みたいに降ってきて、結とリョウとを包み込んだ。

「阿久津にはもう会えないと思うよ」

はっとしてリョウの顔を見た。彼は気の毒そうに弱々しく微笑むと、視線をすっと自分のつま先に落とした。

「もう君は阿久津に会えないんだ」

俯いたままそれでもきっぱりと言った。

そうか、やっとわかった。この陸上部の男の子は、阿久津先輩に頼まれてここへ来たんだ。帰り道で待ち伏せされているのが迷惑だから、追い払ってもらおうと考えたのか。

「阿久津先輩に頼まれたの？　ここで待っているなって伝えるように」

「いや、阿久津がそう言ったわけじゃないよ」

「じゃあ、誰よ。そんなこと言ったの」

「誰かが何かを言ったというんじゃないんだ、これは。ただ君はもう阿久津には会えない。ここでどんなに待っていても」

リョウは目の横の、ふたつ並んだ黒子の辺りを指で掻いた。そうして考え込んでいる。どうやったら結にうまく説明できるか、悩んでいるふうだ。

いったいこの人は何なのだろう。だいたい、阿久津先輩が他人を介してこんなことをするなんてちょっと信じられない。阿久津先輩の性格なんて全然知らないのに、頑にそんなことを結は思った。

「私、待ってる」

「え？」

「阿久津先輩、きっと来るよ。だから待ってる」

リョウは困ったなという表情で結を見た。

「先輩が私と会うのが迷惑だって言うのなら、それでもいいわ。でも最後に一つだけ伝えたいことがあるの。さあ、もう行ってよ」

それきり結は黙った。

「じゃあ、別の方法を考えよう」

リョウは、しょうがないなというふうに首を振った。

「君はもう阿久津に会えないんだ。何度も言うけど。だから、どうだろう。その、君が伝えたいってことを誰かに託すってのは？」

「だめ」

にべもなく結は言った。

「どうせあなたが言っといてやるとか言うんでしょ？　そんなの絶対お断り」

「それ、すごく大事なこと？」

「そうよ！」

知らず知らずに語気が荒くなる。

「阿久津先輩のお母さんに頼まれたんだから。あの人――」苦悶する中年女性を思い出した。「きっとトラブルに巻き込まれて、そしてそれを息子に言えないでいる。でも助けて欲しいはず。先輩だけにわかる言葉で助けを求めているんだわ。だから、私に頼んだの。わたしによ」

とうとう言ってしまった。こんな人に言うつもりはなかったのに。しかもかなり結の勝手な思い込みを交えて。

「いや、待って」

――そうなったら、あいつはもう終わりだ。

あの男はそう言っていたではないか。お母さんにとって守りたい唯一のものは、息子ではないのか。もしかしたら、阿久津先輩がトラブルに巻き込まれているのかもしれない。お母さんの方が、それを助けようとしているとしたら?

陰鬱な表情で、俯きがちにグラウンドを横切る先輩の姿が浮かんできた。

「阿久津先輩の方が抜き差しならないことになっているのかも。そうだよ、きっと」

自分の思いつきに興奮して、言い募った。

リョウは、ただ「そうか」と呟いた。

「君は窮地に陥った阿久津を救いたいんだ」リョウは得心したみたいに一人頷く。「そうさ。そういうことは誰にでもある。人生において一度か二度は絶対に」

それはちょっと大げさすぎる、とは思ったが、結は口を挟まなかった。

「そういう時に心に響くものってあるよな、うん」

かなり真剣に考え込んでいるようだ。単純な奴。でも案外いい人なのかもしれない。

「たった一言で人を救えるかもしれない。大切な人の言葉だとわかるんだ。たとえ別の人の口からそれが伝えられたとしても」

リョウは真っ直ぐに結を見据えた。彼の両の瞳に小さく自分が映っているのを結は見た。やや薄い茶褐色の虹彩に。

「誰が——阿久津先輩に私の言葉を伝えてくれるの？」

なぜそんなことを訊くのか、自分でも不思議だった。

「それを口にするのに、ふさわしい人がさ」

「ふさわしいひと」

結は嚙み砕くようにゆっくりと反芻した。それが一番いい方法なのだろうか。阿久津先輩がもう会ってくれないとしたら——。少し冷静にならなければならない。これを伝えることにこそ重きをおかなければ。きっと彼は真摯に耳を傾けてくれるはずだ。そして理解するだろう。お母さんがどうしても伝えたかったメッセージだと気づいてくれる。

「それは誰？」

リョウの瞳の中の自分に問いかけた。

「それが誰かは俺にもわからないんだ」

リョウが呟く。結は落胆した。全くつかみどころのない男の子だ。

「あなた、ほんとに陸上部の人？」

それには、左肩をちょっと持ち上げるしぐさで応えるのみだった。

「私の大事な言葉を伝えてくれる人に心当たりがないなんて、信じられない。私がどんなに――」

「ちょっと待って。これは俺の推測だけど――」

これ以上、この人の話につきあう必要があるだろうか？　結は肩に落ちてきた花びらを払いながら考えた。彼の話はだんだん支離滅裂になってくる。どんなに待っても阿久津先輩は来ないと断定した挙句、私の機嫌をとるつもりか、言いたいことは伝えてやるなんて安請け合いをしたと思ったら、それはまた全然別の人に頼むなんて逃げ腰になる。

「ふさわしい人っていうのは間違いなくいるよ、絶対。君の気持ちが阿久津に届かない限り、君はここから離れられないんだから」

離れられない――？　ただ待つという行為の重さとせつなさが、ずっしりと体にのしかかってきた気がした。しばらく二人は黙って腰かけていた。春の眠たくなるような午後の遅い時間、桜は見頃を過ぎ、柔らかな風が吹いている。

「今、そのふさわしい人の名前を君に教えられなくて悪いけど。でも必ず伝わるから。なぜって、こういうことなんだ」

リョウはぴんと人差し指を立てた。

「世界はつながっているんだ。時とか空間とか。それから人と人も」

しんと静まりかえった桜並木の下で、リョウの言葉がすとんと心に落ちてきた。

何でおしまいには納得させられるのかしら？　こんな知らない人の言うことに。

「こういうのを何て言うんだっけ。いい言葉があったんだけど」

リョウは人差し指を額に当てて宙を見詰めた。茶色い瞳がくるんと動く。

「ああ、そうだ」彼はほっとして一人微笑んだ。「秩序は巡る、だ」

それから呆気(あっけ)にとられている結に向き合った。

「いいかい？　これから俺の言うことを落ち着いて聞いてくれ。すごくショックを受けると思うけど、でも大切なことだから。なぜ君がもう阿久津に会えないか、理解してもらえると思う。君は――」

なぜか、その先は聞きたくなかった。結は、意識的に右の耳をリョウに向けたままにしていた。


向こうから、阿久津先輩が自転車に乗ってやって来た。

とうとう来た。遠くから眺めていると、桜吹雪のカーテンの中から現れたように見えた。ジャージの上下という格好で、自転車の後ろには土埃(つちぼこり)をかぶったスポーツバッグがくくりつけられていた。

結は、ぴょこんと立ち上がって道の真ん中に出た。彼からよく見える場所に。でも、阿久津先輩は真っすぐ前を見つめたまま、表情を変えない。知らんぷりをしてやり過ごすつもりなのか。

「阿久津先輩！」

結は思い切り大きな声で呼びかけた。それにも答えることなく、何の反応も示さず、阿久津先輩はスピードを保ったまま、結に突っ込んできた。

ぶつかる――！

そう思って目を閉じた途端、阿久津先輩も自転車も、結の体を通り抜けていった。

さっと振り返ると、何事もなかったようにペダルを漕いで遠ざかる先輩の後ろ姿が見えた。

茫然と立ちすくみ、そのまま視線を、ベンチに座るリョウに移した。

彼は肩を落とした。それから気の毒がったのか、安堵したのか、また消え入りそうな弱々しい微笑みを浮かべた。

「私、死んだんだ」

結はぽつんと呟いた。あまりに実感がなさすぎて感情がこもらない。さっき近道をしようとして幹線道路に飛び出した。横断歩道も何もないところだった。左右を見たつもりで、実際は向こう側の歩道しか見ていなかったのだ。気が急いていた。早くここに来たかった。早めに来て、ベンチに座り、気持ちを落ち着かせておきたかった。だから足がもつれて道の真ん中で転んでしまった。

「ほんとに私はドジだ」

　したたかに膝を道路に打ちつけながらも、渡りたかった向こう側の歩道を咄嗟に見やった。二人連れの女性がこれ以上ないというほど目を見開いて、叫び声をあげようとしていた。恥ずかしくて早く立ち上がろうともがいた。地響きが近づいてきていた。

　見事に丸く開いた女性たちの口から叫び声が上がったような気がする。あの時——。

　結は自分の体を見下ろした。いつも通りのT高の制服。紺のラインの入った白のベストに、紺とカーキのチェック柄のスカート。首元には、同じチェックのタイ。

「君はこの世にはもういない。だからここに座っていても、誰にも見えない」

　ちょっと首をすくめるようにしてリョウが言う。不思議だ。彼の口を経ると、残酷な事実もさもないことのように伝わってくる。人の死なんてありふれたことなのだと納得してしまう。それはタンポポの綿毛が風にさらわれていくくらい自然に適ったことなのだと思える。

「そうなんだ……」

　だからさっきからここを通る人が誰も私に注意を払わなかったのか。犬を散歩させる人も、花を見にきた老夫婦も。

「じゃあ、今、ここであなたと話している私は何？」

「残像だよ」迷いなくリョウは答えた。「君はここへ来たかった。すごく強くそう願ってた。阿久津に会うために。彼にどうしても伝えたいことがあったから。だろ？」

「ええ」

「その強い思いが像を結んでここにいるんだ。それ、俺にしか見えないけど」

結は、ベンチの隣に座ったリョウという少年を見た。さらさらした髪の毛と茶褐色の瞳の持ち主を。何度も水をくぐって首の周りが伸びたTシャツとGパン。それにくたびれた茶色のバスケットシューズの男の子。

「あなたは誰なの？」

陸上部員じゃないことは察しがついた。

「俺はそのう——、君みたいな残像を集めて回る役なんだよ。自分が死んでしまったことがよく理解できずにこっちに残ってる人たちには理由がある。強固な思いにつなぎとめられている。その思いを遂げさせてやるのが俺の仕事。ちゃんと納得して死を受け入れてもらえるようにね。そうしたら残像は消える」

「つまり、あなたは神様？」

「まさか」リョウは苦笑した。「そんな立派なものじゃないよ。ただ必要なんだ。俺のような存在がね。君みたいな人は案外たくさんいるから」

柏木リョウというしごく人間的な名前を持った少年は説明した。

「そうなんだ」

結は口をつぐんで考え込んだ。

私は死んだ。リョウの言う通り、もう阿久津先輩には会えないのだろう。お父さんとお母さんは突然のことに嘆き悲しむに違いない。姉とはよく喧嘩もしたけど、本当は仲が良い。きっと福岡から飛んで帰ってきて、泣いてくれるだろう。

Ｋｅｎにもうメールを送ることもできなくなった。急にメールが途絶えたら、彼はどう思うだろうか。心配して気を揉むだろう。でも、お互いどこに住んでいるか打ち明けていない。本名も知らない。私の消息を知る術を、彼は持たない。

何もかもが中断され、驚きや悲嘆や持っていき場のない怒りや悔しさや、そんなものが渦巻くだろう。でも、やがて少しずつそんな感情も薄れ、心は癒やされ、人々は平常心を取り戻していくのだろう。

死ぬってことはそういうこと。それはもう私のあずかり知らぬことだ。

阿久津先輩——。

それでも私の残像がここに貼りついているのは、思い残すことがあるからだ。すんなり行ってしまうわけにはいかない。阿久津先輩に伝えたいことを抱えてここまで来たんだから。

どうもうまくいっていなさそうな母と息子をつなぐ言葉だったのかもしれないのに。

「じゃあ、もう私の口からは直接伝えられないのね？」

「うん」

申し訳なさそうにリョウは視線を落とす。

「あなたの役目は、私の思いを遂げさせてくれることね？」

「そうだ」

「それをちゃんと見届けてくれる？　そのふさわしい人がきちんと伝えてくれたかどうか」

「約束する。きっと君の伝言は伝わるよ。阿久津が本当にそれを必要としている時に」

「わかった」

うまく伝わりますように、と結は祈った。

「なら、もう行くよ」

結は、ベンチに座ったリョウを見下ろして言った。

「うん」

結はふと、低く垂れた桜の枝に手を伸ばした。指に力をこめて、一枝を折り取った。枝の先端に咲いた数輪の花は、こぼれ散ることはなかった。

「とうとう阿久津先輩とは、一言も話せなかったな」

夢に見た、並んで歩くことも、笑いあうことも、先輩のレースを応援に行くことも。

高校生のカップルなら、誰でも当たり前にしていること。

特に感情を高ぶらせることもなく、結は思った。そして頭上に広がる雲海のような、桜の花の重なり合いを見上げた。薄桃色の花びらは、絶え間なく降り注いでいる。結の上ではもう止まってしまった時間が動いている。

先輩とこの桜の花の下で会いたかった。もう決してかなうことのない望みになってしまった。同じ高校に通っていた一学年下の女の子のことなんて、阿久津先輩の記憶にも残らないだろう。

「いつか桜を見て、私のこと、思い出してくれないかな。一回だけでいいから」

小さく呟いた。リョウに聞こえたかどうか。彼はただ結を見上げていた。

死にまどう人の残像を集めて回る係。

「じゃ、ね」

うん、というふうに今度は頷いた。

結は、手折(たお)った桜の枝をリョウに渡した。彼は黙ってそれを受け取った。


土手道を遠ざかる少女の後ろ姿を、リョウは見ていた。

一瞬、風が強く吹き、桜並木の枝々がしなって揺れた。枝を離れた夥しい量の花びらが荒れ狂う。吹き上げられ、渦を巻き、やがて少女はふっと見えなくなった。

ただ一本のピンク色の道が続いているだけだ。

リョウは、指でつまんだ桜の枝をくるりと回した。そして、ベンチの上に、空色のハンカチが置いてあるのを見た。

くたびれた格好の少年は、いつまでもそこに座っていた。

＊

マキ子は自動扉を抜けて病院の外に出た。明るい日差しに一瞬眩暈（めまい）を起こしそうになった。目の上に片手をかざして立ち止まる。自分の姿が病院の外側の厚いガラスに映り込んでいる。ひどく老けてみえた。白髪まじりの髪を無造作にまとめ上げているが、幾筋もの髪がだらしなく首に垂れてきている。このところ八キロほど体重が落ちたので、皺も増えた。薄い体が前かがみになっていて、ますます若々しさとは無縁になっている。

――今さら見てくれなんてどうでもいい。

マキ子はふっと唇を歪めて笑うと、ゆっくりと歩きだした。途端に携帯電話が鳴った。バッグの中を探り、耳に当てる。いきおい、背筋がすっと伸びる。マキ子は大股で歩きながら低い声でがなりたてた。

「何やってんだよ！　飛ばれたらおしまいじゃないか。すぐに乾（いぬい）を追い込みに行かせな！」向こうの言い分を遮（さえぎ）るように続けた。「最悪、ガラを押さえとけばいいんだ。相手が公務員だって容赦するんじゃないよ」

病院の門を出る間際、すれ違った患者がぎょっとしたようにマキ子を見た。が、マキ子はおかまいなしだ。しゃべりながら幹線道路沿いを歩く。電話を切ると、それを握った手をそっと右胸に置いた。さっき聞いた医者の言葉が甦る。

――残念ですが、私たちにできることはそうありません。ここまできたら、放射線治療もホルモン治療も意味がないのです。

あと半年しかもたないということは、前回の診察時に言い渡されていた。身寄りも親しい者もいないので、何でも包み隠さず教えてくれと、ここの病院にかかった時から頼んであった。

六十五歳という年齢で死の宣告をされることは、一般的には残酷なことと言えるだろう。しかし、あまりにも実感がなさすぎた。今までに死にたいと思ったことは何度もあったのに、いざその時がやってきたら、何とも他人事のようにしか思えなかった。

「よく生きてきたもんだわ」

誰に言うともなくそう呟くと、携帯をバッグの中に放り込んで再び歩きだした。駅へ向かって急いでいたつもりなのに、ふと目を上げると道の向こうにピンク色のかたまりが見えた。ふらふらと足がそちらに向く。

たいして大きくもない公園で一本だけの桜が満開になっているのだった。

「春だったんだ」
池の水面に桜の花びらが連なって浮かんでいる。それが何だか不思議なことのように思えて、池のそばにじっとたたずむ。来年の桜を見ることはないだろう。たいして感慨もなく、そんなことを考える。また右胸に手をやった。

ここにほんの小さなしこりを見つけたのは、もう六年も前のことだ。近所のクリニックでエコーを撮ってもらったら、「心配ない。しばらく経過をみて、大きくなるようならまた来るように」と言われた。そこの医者は、乳房にしこりができても、ほぼ八割は良性のものだと付け加えた。

それですっかり安心して、しこりのことは時折思い出す程度で過ごしてきた。しこりはなくなりもしないが、大きくなりもしなかった。数年が経った。眠っていたしこりが徐々に大きくなり始めたのは、二年半前のことだった。忙しさにかまけて受診しなかったのだが、腋の下のリンパ節まで腫れてきて、とうとう重い腰を上げたのだった。

生活基盤を置く池袋ではなく、日暮里の病院にかかったのは、病気のことを誰にも知られたくなかったからだ。とりわけマキ子の仕事関係においては、弱みをみせるわけにはいかなかった。すぐに乳がんとの診断が下りた。リンパ節にも転移が数個あるとのことだった。

数か月後、なんとか仕事をやりくりして、乳房温存治療手術を受けた。医者の説明では、がんの部分だけを上手にくり抜いて取ったつもりだが、乳房全体に微細ながん細胞が飛んでいる可能性も否定できないので、念のため放射線を照射しておきましょう、とのことだった。

医者が言うなら、その通りにするしかない。とにかく、それだけの治療を受けさえすれば、もう終わりだろうとたかをくくっていた。入院はたった四日で済んだ。放射線治療は通いで受けた。短期の入院での手術もたいして負担にならなかった。今どき、乳がんで命を落とす者など少数なのだと、何の根拠もなく思ったものだ。

それより仕事のことが気になって仕方がなかった。一年三百六十五日、あの池袋の雑居ビルに休みなく出勤していくマキ子が、何のために休むのかと従業員に詮索されるのも我慢ならなかった。医者とは縁を切りたくて、三か月に一度と言われていた定期検診にも一度行ったきりだった。最初の治療があまりにも簡単だったので、またしこりが見つかれば切ればいいのだ、くらいに思っていた。

しかし、それは甘い考えだと思い知らされた。また腋の下に五ミリほどのしこりを見つけた時、医者ははっきりと「乳がんは転移したら原則的に治らないのだ」と告げた。

「これからは症状に合わせて対応していきましょう」と。

しこりはいよいよ大きくなって数も増えた。医者は手術でそれを取るかと尋ねたが、前の時と違ってそれが根本的な治療にならないことを言外に匂わせていた。マキ子は手術を拒否し、ホルモン治療を選んだ。仕事をこれ以上休めなかった。ホルモン剤を飲むにとどめた。副作用のせいか、四六時中、吐き気があって物が食べられない。仕事に差し支えるので、とうとう薬を飲むのも勝手にやめてしまった。

先月の診察で、新たに鎖骨上窩（じょうか）リンパ節への転移が確認された。ここへの転移は、全身転移があることを示唆している。そして全身転移があるなら、もうどんな治療をしても治らないのだ。そこまで率直に告げてくれる担当医が、素直に有り難かった。

自分の人生の始末をする時間が、あと半年はあるのだ。お天道様の下で堂々とできる商売ではないが、一応、人を雇って仕事をしている以上、それはとても重要なことだ。とはいえ、己（おのれ）の人生の終焉（しゅうえん）と、商売のカタのつけ方に何か知恵があるわけではなかった。

マキ子はペンキの剥げかけたベンチに座って、一本きりの桜の木とその花びらが降り注ぐ池をぼんやりと見ていた。池の向こう岸には、コンクリート製の無粋（ぶすい）な東屋（あずまや）が建っている。その中に車椅子が一台とまっていて、一人の男が座っているのに気づいた。さっきからずっとそこにいたのだろうが、あまりに静かなので、わからなかったのだ。

男の体はおかしなふうに捻（ねじ）れていた。首が硬直しているせいで、顔は思い切り右に向いている。車椅子の肘かけに置かれた左手は、手首が曲がって奇妙なオブジェみたいに顔のそばで突っ立っていた。膝掛けの下の両足も不自由なのだろうと推測できた。

何らかの理由で、体が麻痺（まひ）してしまっているのだ。その体のせいか、男は年齢不詳だ。

そう若くはないだろうと知れる程度だ。付き添いらしき人物はどこにもいない。男は一人でここへ来て、桜見物をしているのだ。

あの男は来年もああして車椅子でここへやって来て桜を見るのだろう。だが、私はもうこの世にいない。そう考えると、車椅子の男と自分とを隔てる小さな池が途方もなく大きく感じられた。また眩暈を起こしそうになる。こんもりとした桜の木がのしかかってくるような気がして、マキ子は慌てて立ちあがった。


訳のわからないエスニック料理の匂いを避けるようにして歩く。中国人専用雑貨店からはお香の匂いが漂ってきた。雑多な店、雑多な人々が緩く入り混じる池袋ならではの匂いが、今はマキ子を攻め立てる。こみ上げる吐き気に口を押さえて雑居ビルに入った。

開いたエレベーターのドアからは、平日の昼間だというのに、どう見ても女子高生にしか見えない制服の女の子が降りて来た。彼女から発散されたボディシャンプーの匂いには何とか耐えた。このビルのどこかに新しい趣向の風俗店が入ったのかもしれない。マキ子の店は最上階だから、下の店や住人には疎い。どうせ憶えたってすぐに変わってしまうのだ。

エレベーターが静かにマキ子を上へ運ぶ。八階建てのビルの七階、八階の入居者はネームプレートも出さず、比較的穏和に見える。とはいえ、まっとうな商売をしているとは限らない。蓋（ふた）を開けたら、外国人相手の無許可の医者や美容室、総会屋の事務所、盗品ショップなどが関の山だ。

マキ子は八階の一番奥のドアを押した。「田所（たどころ）リース」とだけある殺風景な灰色のドアだ。内部も似たようなものだ。事務用のデスクが突き合わせで四つ。衝立（ついたて）の向こうにくたびれたソファセットとガラステーブル。パソコンに向かっていた禿（は）げた小男が手を止めてマキ子に向き直った。

「乾に行かせた？　連絡は？」

「一度ありました。やはりつかまらないそうです。職場にも三日続けて顔を出してないそうで――」

「家族は？」

「それはまだ家にいるようです」

「それならしばらく張り込んでれば、なんとかつかまるだろ。尾崎（おざき）と交替で」

「わかりました」

マキ子は奥の小部屋に入ってバッグとジャケットを机の上に放り投げた。後ろ手にドアを閉めて、椅子に頽（くずお）れるように座った。ヘッドレストに頭をぐったりともたせかける。萎（な）え縮んだ体には、このハイバックチェアは大きすぎる。どこまでも沈み込んでいくような感覚に襲われた。

マキ子は、完全独立系の個人ヤミ金業者だ。完全独立系というのは、どこのグループにも所属せず、バックに暴力団もついていないということだ。だから大きな金は動かせない。個人相手の小口金融とでもいおうか、一人数万円から多くても数十万しか貸さない。

さっきの事務員、池内が追い込みに出かけた乾に電話して、マキ子からの指示を伝えている。貸し付けた四十代の公務員が金利を支払う予定の日がきても入金せず、連絡も取れなくなった。電報を打ったが、なしのつぶてだ。借金を踏み倒して行方をくらますことを「飛ぶ」という。ヤミ金はたいていが十日ごとに金利を取る形式だが、こういった短期の客は簡単に飛ぶ。そうならないように気をつけて貸しているつもりだが、最近は特に多い。逃げれば追いかける。すなわち「追い込み」である。

池内が顧客管理や電話応対をやり、乾と尾崎とが金の回収に当たるというのが、マキ子の経営する「田所リース」の役割分担だ。社長のマキ子は、金の管理と貸し付けをやる。

ハイバックチェアに深々と身をゆだねていると、廊下に面したドアが遠慮がちにノックされる音がした。池内が立って行き、客を中に入れる気配がした。池内が呼びに来る前にマキ子は事務所に出ていった。

田所リースでは、必ず客と面接をして貸すかどうかを決める。面接はマキ子自身が行う。衝立の向こうのソファには、顔色の悪い太った中年女が座っていた。出てきたのが女性だと知って安堵したのがマキ子にはわかった。

「いくら入り用なの？」

マキ子は単刀直入に訊いた。女はちょっと視線を宙に泳がせた。

「十万」

それでもはっきりとそう言った。

「他の店でも借りてる？」

「――はい」

「それ、ここに全部書いてくれる？」

マキ子が差し出した用紙に女はすらすらと記入していく。住所、氏名、生年月日、勤務先。それから家族や親戚の名前まで。まともな金融業者なら、絶対に訊かないことだ。他社からの借り入れ状況の欄には四件の金融業者の名前が並んだ。トサンといって十日で三割の金利を取る店だ。元金は全部で八十万だが、これでは金利分を返すだけで精いっぱいだろう。ここで借りる十万もその支払いに消えていくのは目に見えていた。

マキ子は、池内に命じて「センター」に電話させ、彼女の債務状況が事実かどうか確認した。「センター」とは、ヤミ金業界のデータバンクとでもいうもので、ここのパソコンで顧客情報を一括管理しているのだ。情報料として「センター」には月二十万円を支払っている。池内の電話でのやり取りを女は黙って聞いている。不安そうではあるが、うろたえてはいない。何軒もの金融業者で同じことをもう経験しているのだ。

「あなたの借金のことをご主人は知ってるの？」

家族構成を見ながらマキ子はさりげなく質問した。女ははっと息を呑んだが、素直に「いいえ」と答えた。

「うちも初めての客にはトサンだけどいい？」

「貸してくれるんですか？」

「貸すわよ、もちろん。それが仕事だからね」

池内が黙って十万円を女の前に置いた。女はすぐさま枚数を数えた。業者の中には、最初から金利分を引いたり、もっと悪質な者は、書類代とか手数料とかという名目で五千円ほど取ることもある。まともなサラ金が相手にしなくなったような多重債務者に貸すわけだから、貸し倒れを警戒しているのだ。

女が出ていってから、マキ子は申込書と借用書とをじっくり見た。女の夫は堅実な会社に勤めているサラリーマンだ。子供は二人。息子はもう成人して働いている。娘はまだ中学生だ。身なりはきちんとしていて生活苦という感じではなかった。夫に内緒の借金は、パチンコか、あるいは浮気相手にでも入れ込んだか。

家庭を持つ女性は、飛ぶことは滅多にない。逆に男は家族ごと消えたり、自分だけ飛んだりする。あの女は夫や子供に知られることを恐れているだろうから、揺さぶりをかければ必死に返そうとするだろう。それでも最悪夫にばれても、安定した会社に勤務している夫が金を工面するに違いない。

　マキ子が面談してから金を貸すかどうかを決めるのは、人を見るためだ。さっきの客は怯えていた。少なくとも金を借りることの重大性はわかっている。中には、とうてい返せない借金を背負っているのに、その実感があるのかないのか、へらへらしている奴がいる。借入金に関しても平気で嘘をつく。借金という行為を軽く、甘く見ているのだ。そんな借金地獄の中にいても、借りた金で酒を飲んだり、女を買ったりする。こういう輩には、マキ子は絶対に貸さない。

　池内は自分の仕事に戻った。無駄口は叩かない。感情を表に出すことはないが、律儀な事務員である。彼の家族は妻と二人の子供。年頃はさっきの客と似たようなものだ。妻は、夫が池袋の金融業に勤めているサラリーマンだと思っている。違法な金貸し業とは知らずにこぎれいなマンションで暮らしているのだ。

　一方、乾は、元は田所リースの客だった。一度借金まみれになった者は、金の恐ろしさを知っているし、客を見る目も違う。特に回収においては重要だ。借り手の心理を十二分に理解しているから、客の弱みが手に取るようにわかる。どうやったら相手が音をあげるかとか、もうそろそろ飛びそうだとかに勘が働く。それらの情報をもとに、マキ子は客をうまく操作してがっちり押さえ込むのだ。

　きちんきちんと金利を払う客には、トサンをトニ（十日で二割）に下げてやったり、時には、他のヤミ金で借りた分を自分のところで一本化してやったりもする。ヤミ金で「堅実」というのもおかしな言い草だが、欲をかいて客を潰してしまってはなんにもならない。生かさず殺さず、長い間金利を支払わせる。元金の返済が先延ばしになれば、トニ、トサンの金利なら、すぐに元は取れる計算だ。

さっきの主婦もそうだけれど、びくびくしている客は狙い目だ。一人で悩んでいて、正常な判断力を失っているから、人に相談することもない。そのうえ真面目で駆け引きもできない。そういうタイプが上客なのだ。法的に許されない超金利で貸し付けているわけだから、弁護士に相談されたり、警察に駆け込まれたりしたらお手上げだ。

電話が鳴った。すかさず池内が出る。

「はい、田所リースです。お申し込みですね。ありがとうございます」

折り目正しいホテルマンのような、胡散臭さを微塵も感じさせない受け答えだ。意を決して連絡をしてきた相手が、電話の向こうでほっと肩の力を抜く様が目に浮かぶようだ。

「恐れ入りますが、当店の場合、一度来店していただくことになっておりまして」

手順通りの口上を述べる池内を尻目に、マキ子は名ばかりの小さな社長室へ戻った。

バッグの中から病院でもらった薬を取り出す。処方してくれたのは、痛み止めだ。まだこれのお世話になることはない。今のところはまだ――。

薄い合板のドアを通して、池内がパソコンの顧客管理帳にデータを打ち込む音が聞こえてくる。キーを叩く単調な音が途切れるのは、電話の応対をする時だ。さっきのような新規の客の申し込みや、支払期限のきた客への確認、督促。あとは大手サラ金業者や同業者との情報交換やら、もろもろだ。

池内は有能な部下だ。だが、マキ子が死んだ後は、この商売を続けていくとは思えない。きっと彼はすんなり足を洗って、何も知らずにいる妻子の許に戻っていくだろう。新しい生活に踏み出せるほどの充分な報酬は与えているつもりだ。

アルバイトで雇っている尾崎はともかく、乾はどうするだろう。元は銀行員だが、ギャンブルに溺れ、金のために銀行内で不正を働いてクビになったのだと話していた。詳しいことはそれ以上聞いていないが、絵に描いたような転落人生だ。借金まみれになっているところをマキ子が拾い上げてやったのだ。自分でももう憶えていないくらいにあちこちのヤミ金でつまんでいたのを、なんとか整理してやった。

マキ子自身がヤミ金業者と交渉したのだ。一週間で四割とか三日で五割の金利など、タチの悪いところは裏の手を使ってチャラにさせた。残る同業者も、付き合いの深いところは金利を負けさせたが、付き合いのあまりないところにはそのままで、両方を田所リースで肩代わりしてやった。

そこまでしてやったのは、この男は使える、と踏んだからだ。以来、乾はマキ子の下で働いている。銀行員だっただけあって、数字には強いし、借金地獄を経験しているだけに回収率も抜群だ。しかし、借金を肩代わりしてやっているのだから、報酬は少ない。へたをすればアルバイトの尾崎より少ないこともある。そこからまた分割払いの金利を払わせているので、乾の生活はかつかつだろう。従業員とはいえ、情けは無用だ。池内のようにマキ子との信頼関係もないから、マキ子が死ねば、彼は大喜びするに違いない。

そして、元の木阿弥で、取り立てをされる側に回るのは目に見えている。社会の底の沈殿物に足をとられた人間は、そこから這い上がるために必死にもがく。だが不思議なことに訣別できる人間とそうでない人間とにきれいに分かれてしまう。後者は、訣別できる機会を得ても、なぜか自分から戻ってきてしまうのだ。常識人ならとてもいられない、荒みきったどん底の生活に自分の居場所を決め込む。体に社会の滓や底辺生活の汚泥が浸み込んでしまっているとしか考えられない。乾は確実にそのタイプの人間だった。

その乾が事務所に帰ってきた。声を聞いてマキ子も社長室から出ていった。青白い顔のマキ子を見て、乾は片眉をちょっと上げるしぐさをし、ボスをまじまじと見た。自分の命の値踏みをされているような不快感に襲われて、マキ子は努めて強気な声を出した。

「矢野はつかまえたんだろうね？」

「本人はまだ。しかし家族は変わりなく生活してますんで、そのうち姿を現すんじゃないですかね」

「妻はどう言ってる？」

「行き先については何も知らないと。嘘をついているようには見えないですね」

「職場は？」

「無断欠勤ではないようです。二、三日休むと連絡は入れてます」

マキ子は考え込んだ。矢野は団体職員だが、勤労意欲はとうに薄れている。借金の理由は、おそらくは女だろう。妻子を質素なアパートに住まわせているくせに愛人がいるようだ。愛人の心をつなぎとめるために給料だけでは間に合わず、サラ金やクレジット会社から借りまくり、金利が払えずヤミ金に手を出したというところだろう。

今は尾崎に張り込ませているという乾を休憩のため家に帰らせた。帰り際、「絶対につかまえるんだよ」と発破をかけるのを忘れなかった。

とはいえ、ここのところ「飛び率」は高まる一方だ。直接相手を見て判断して貸しているつもりだが、融通がきかなそうで小心者で、いかにもヤミ金のカモになりそうな客が最近は平気で逃げる。世の中、景気が回復基調にあると言われているが、その恩恵を受けられるのは、ほんの一部の者だけだ。今、子供の七人に一人が貧困家庭で暮らしている。生活保護費の受給者も増加の一途をたどっている。

それなのに、景気の上昇率はバブル期を超えたなどと、マスコミが煽るものだから、根拠のない好況感に浮き足立って、不用意に金を使う輩が増えた。彼らは、いずれヤミ金のお世話になるしかない。

金を借りにくる客は多いが、飛ばれたのではどうしようもない。多重債務者、自己破産者に貸すわけだから、リスクは高い。しかしマキ子にしてみれば、高い金利だとわかって借りているわけなのだから何を今さら、という思いだ。どうしても返せないというのなら、相談にも乗るものを（実際、金利を下げてやったり、返済期限を延ばしてやったりもする）、逃げるのは許せない。

小口金融だから、「飛び率」が高いとやっていけない。しかし、そうそう深追いもできない。たかだか数万円の貸しのために経費を使って遠くまで逃げた客を追うのは、割にあわないのだ。世の中が殺伐（さつばつ）としてくると、社会的地位のあるものすら、やけになってとんでもない行動をとる。もしかしたら矢野も、職も家族も打ち捨てて、愛人と消えるかもしれない。愛人が矢野に愛想を尽かさなければの話だが。

そこへいくと女はしたたかだ。「飛ぶ」よりも、弁護士事務所や人権団体、多重債務者向けの救済機関に駆け込むことが多い。こっちも違法な商売をしているので、そういう団体に入られたら万事休すだ。

腹が据わっているのも女性だ。特に若い子は、どうにもならなくなれば風俗で稼げばいいと安易に思っている。風俗なら一日に数万円の日銭が入る。頑張って稼いで借金を完済し、なにくわぬ顔で元のＯＬに戻って結婚していく者、面白くなって風俗でがんがん稼いでセレブな生活を満喫する者もいる。堕落したとも思っていないのだ。世の中、変わったものだ。

　マキ子は戸締まりを池内に頼んで事務所のあるビルを出た。ひしめき合う雑居ビルは、夜になって人の出入りが盛んになっている。どぎつい色のネオンサインも瞬（またた）き始めている。興味もないが、スナックやキャバクラ、ファッションヘルスやイメクラというところだろう。道を歩きながら、うちもそろそろ河岸（かし）を変えるべきかもしれない、と思ってみる。

　ここに店を構えてから二年が経った。ヤミ金は、繁華街の雑居ビルの上階に店舗を構えるのが常道である。たくさん店の入っている雑居ビルなら、どこの部屋を訪ねたのかわからないから、ヤミ金に来る客も人目を気にすることがない。ビルの上階を選ぶのは、単に家賃が安いからだ。警察の手入れもあるので、同じ場所で長く営業するのは危険である。

　田所リースは、前の経営者、田所の時から池袋で営業している。彼の死後、愛人兼事務員だったマキ子が経営を引き継いだのだが、やはりこの界隈（かいわい）を転々としている。引き継いだのはもう二十年近く前のことだ。

　バブル絶頂期には、ヤミ金の客も腐るほどいた。日本中が金銭に対して麻痺していた時代だった。ある意味、タガが外れた人間どもがいつでも返せると思い込み、節度も恥も忘れて金を借りまくっていたのだ。田所の金回りは相当によかっただろう。マキ子が引き継いだのは、バブルが弾けてからだ。

マキ子は、事務所からほど近い古いマンションにたどり着いた。田所の愛人になった時、彼から買い与えられたものだ。部屋に入るとしばらくは床に座り込んでじっとしていた。ここも事務所同様、何の飾り気もない部屋である。それからのろのろと起き上がって洗面所に行った。風呂に湯を溜めながら、化粧を落とした。相変わらず食欲はない。汗だけ流して寝てしまうつもりで服を脱いだ。脱衣所の鏡に貧相な裸が映る。右胸の手術の痕はほとんど目立たない。逆に醜く引き攣れているのは、腹部の傷だ。

「この時に死んだつもりだったんだから、今さら――」

死ぬのなんか怖くない、という言葉は喉の奥に引っかかった。

田所が病気で倒れた時、バックについていた暴力団が田所リースを傘下に置くべく動きだした。マキ子は、それまであまり現実的に考えなかったけれど、自分がここを引き継ごうと思い立った。裏の社会の必要悪として生きていくのが、自分の生き方としてふさわしいと思った。それまでの人生を振り返るともう何も怖いものはなかった。

一人、系列の暴力団事務所に乗り込んだ。話がすんなり通るわけもない。いきりたつ組員を尻目に、マキ子は妙に落ち着いていた。苛立った若い者が、とうとう匕首を抜いてマキ子を脅した。それを見ても眉ひとつ動かさなかった。ここで死んでもいいか、と思ったのだ。そしたら楽になるかもしれないと。死ぬか、裏社会で生きていくか、だ。どちらも地獄行き、たいして変わらない。

マキ子は、若造が向けた刃をつかんで、自分の腹に思い切り突き立てた。向こうの方が「ヒッ！」と叫んで尻もちをついた。夥しい血が流れて床を汚していくのを、じっと見ていた。

病院のベッドで目を覚ました。この件は、自殺未遂として処理されていた。入院中に暴力団の若頭（わかがしら）が見舞いに来た。彼と話がついて、田所リースはマキ子のものになった。

この世界で、女がヤミ金を経営していくのは並大抵のことではない。特に今のように同業者同士で客を食い荒らすような時代には。どうしても闇の力添えが必要な時には、この若頭を頼った。何の見返りも求めず、彼は問題解決に力を貸してくれた。だから、完全独立系といっても真の意味では違っている。

マキ子が退院するまでに田所は息を引き取った。事務所に行くと、池内だけが待っていた。長年、田所の右腕として田所リースを支えてきた男だ。あとの従業員は皆辞めてよそへ移っていったのだという。

「私ももう潮時だと思っていたんですがね」

この世界から身を引いて、まっとうな職に就（つ）こうとしていた池内をマキ子は引き止めた。この男がなぜこんな商売に首を突っ込んだのかはわからなかったが、彼に去られては立ちゆかない。池内は、しぶしぶ受け入れた。その時は三年だけという約束だった。が、もう十八年が経ってしまった。そろそろあの律儀な男を解放してやらねばならない。
マキ子は湯船に体を沈めて、大きく息を吐いた。
腹の傷が湯の中でくねりと動いた。

第二章　夏を憎む

声高に中国語をしゃべっている集団が道の真ん中にたむろしている。唾を飛ばさんばかりの勢いだ。池袋駅北口から繁華街に向かって歩く。日の落ちた今は人が溢れかえり、いよいよ活気づいている。居酒屋、ラーメン屋、コンビニ、風俗店の無料案内所。けばけばしいネオンサインも目に染みる。店の宣伝用プラカードを持って暗い顔でぬっと立っている男をよけ、「オニイサン、オニイサン」と怪しい日本語で声をかけてくるフィリピンパブの女をかわして、乾は先を急いだ。

暗い路地に入ると、どこかの飲食店の調理場の匂いが、換気扇から熱風とともにまともに顔に吹き付けてきた。腹がグウッと鳴った直後には、放置されたポリバケツの生ごみの腐臭を思い切り吸いこんでしまった。

ようやく自宅マンションにたどり着いた。今どき珍しいタイル貼りの外壁だ。階段の踊り場では、切れかけた蛍光灯が点滅している。二階のとっつきの部屋。鍵を開けて入り、手探りで壁のスイッチを押した。ここにも饐えた臭いが充満している。畳敷きの１ＤＫだ。田所リースで働き始めた時に入居して六年半。気がつけば、乾以外は全員が外国人入居者で占められているという笑えない事態になっていた。

この辺りは日本人の借り手がどんどん減っていて、昔は外国人を敬遠していた大家も背に腹は代えられないとばかりに、こだわりを捨てている。すると、口コミであっという間に外国人が増えてきたのだ。中国人、韓国人、インド人、トルコ人、ミャンマー人、アラブ人、ベトナム人。彼らの需要をまかなう店も集まってきた。近くのマンションの一室にはモスクまである。

俺が朽ちていくにはふさわしいごった煮状態の街の底だ、と乾は思う。ただ日本語もまともにしゃべれない奴らがヤミ金に金を借りにくるのは困りものだ。職や家族のある者には貸すこともあって、これの回収には骨が折れる。言葉が通じないのにワーワーまくしたてるし、妻子は泣き喚くし、そのうち仲間が駆けつけてくるしで、大騒ぎになる。

中華料理店の雇われ店長に、肉切り包丁を振り回されたこともある。怪我を負わされたって、ヤミ金の取り立て屋なんて被害届も出せやしない。割に合わないことこのうえない。早々に退散すると、事務所で社長にこっぴどく怒鳴られた。

全く因果な商売だ。しかし、もうここしか生きていく場所がないのだ。この場末の住居と同じように。田所リースには、莫大な借金がある。元金の完済はおそらく不可能だろう。

それでもこうして月々の手当をもらって、曲がりなりにも食べていけるのは、女社長である宮坂(みやさか)マキ子のおかげである。田所リースに飛び込んで「金を貸してくれ」と言った七年ほど前は、首をくくる寸前だったのだから。

皺くちゃの上着をささくれ立った畳の上に投げ出して、カセットコンロで湯を沸かす。この部屋には、洗面台と兼用のこれまたタイル貼りの流しが一つあるきりだ。かろうじてトイレは付いているが風呂はない。共同のシャワー室が各階にある。元は学生用に作られたマンションだったようだ。今どきこんなところに入る学生なんていやしない。しかし奇跡のようにエアコンは付いている。

東京の夏は、東南アジアや中東から来た人々も音を上げるほど蒸し暑い。エアコンが付いていないと借り手がない。運転音のえらく大きなシロモノだが、外がやかましいのでかえって助かるくらいのものだ。再開発の波をかわして青息吐息で生き残っているこういう建物があるおかげで、乾のような者でも、池袋のど真ん中で生活していけるのだ。

半間(はんげん)の押入れから、段ボール箱を引っ張り出す。買いだめしたカップラーメンを一つ取り出して湯を注いだ。午前零時に尾崎と見張りを交替することになっている。カップラーメンをすすって汁まで飲み干すと、ようやく腹の虫がおさまった。万年床の上に身を投げ出した。目を閉じるが、眠れそうにない。

数時間前の矢野の妻との会話が、まだ耳の奥に残っている。

「奥さん、旦那さんの居場所、わかってるんでしょ？」

「知りません」

「嘘をつくとまずいことになりますよ」

「本当に知らないんです」

「あのねえ、奥さん。旦那さん、うちでいくら借りてると思ってんの？」

たった十数万円借りたものが、今や二百万を超えている。

妻は首を小刻みに横に振った。尾崎が家の中をざっと見渡して「こんな家財道具、全部売っぱらってもたいした金額にならねえな」とぼそりと呟いた。

妻は壁に背中を思い切り押しつけて乾を睨み返した。

「あの……」唇を湿らせて何とか声を出す。「もう帰ってくれませんか？　主人はどうせ戻って来ませんよ。もうそろそろ息子が高校から帰って来るので」

変な意味でこの女も取り立て屋に慣れてしまったのだ。

「じゃ、帰るか。奥さん、旦那さんが帰って来たら必ず連絡してよ」

尾崎を促して、せまい玄関で靴を履こうとすると、奥の部屋の壁にへばりついた妻は、見るからにほっとして体の力を抜いた。

「ちょっとでも金利をもらわないと会社に帰れない」と、妻の財布からわずか数千円の金を出させたことも過去に何度かあったのだ。そうすると、矢野が翌日会社に飛んで来て、遅れた支払いをしていくのだった。家に乗り込まれるのがこたえるのか、それとも次は職場に来られると思うのか、効き目があった。が、今回はそれも期待できない。

今はこういうふうに心理的にプレッシャーをかける方法で取り立てるのが主流だ。ドアに「金返せ」などという貼り紙をしたり、近所でビラを配ったりする行為は、今では貸金業法によって禁じられている。

取り立てに行って居座ると不退去罪。事務所へ無理やり連れて来て閉じ込めると逮捕監禁罪。「東京湾にでも沈めてやろうか」と脅せば脅迫罪。もちろん殴ったり蹴ったりしたら傷害罪や暴行罪に問われることになる。告訴されれば威力業務妨害罪や名誉毀損罪も成立する。

法の網をかいくぐって上手に客を追い詰めなければならない。自宅や職場に電報やファックスを送るというのも一つの方法だ。ただし、証拠が残るので、本人にしかわからない文言にすることが肝心だ。借金を家族や職場に内緒にしている者には効果絶大だ。いかにもヤミ金の社員という胡散臭い風体で、近所周りで名刺を配り、本人の帰宅時間を訊いたり、家族構成を訊いたりすることもよくやる。隣近所に「あの人はやばいところからお金を借りているのだ」とわからせることも、債務者に心理的な圧力をかけることになる。

しかし、実際のところヤミ金に金を借りに来るような客は、もともと金に困っているのだから、あまりやりすぎると、今回のように飛んでしまったり、最悪の場合、自殺してしまったりする。そこのさじ加減が難しい。そこへいくと乾は逆の立場に長年身を置いていたわけだから巧みである。

「生かさず殺さず」が田所リースの宮坂社長のモットーだ。ヤミ金業者にとっては、完済してくれるよりも金利だけ払い続けてくれる方が有り難い客なのだ。金利の支払いが滞った客に事情を問い質して、時には率を下げてやったりもするが、これは別に社長が情け深いのでもなんでもない。客を潰してしまったら元も子もないから、そうならないようにするだけだ。骨の髄までしゃぶりつくすために。

「借りたものは返すのが当然だろ」

首の回らなくなった客に、宮坂は平然とそう言い放つ。

「この金利でかまわないから、貸してくれって言ったのはそっちの方だよ。ふざけるんじゃないよ！」

事務所でうなだれ、縮こまった客を恫喝するのも慣れたものだ。

そういう客はたいていが、ごく普通のサラリーマンか主婦だ。勤め人にとって十日に一度という金利支払いスパンはあり得ないことだ。水商売や自営業者のような日銭の入る商売ならともかく、いずれ行き詰まるのは目に見えている。それでもヤミ金は貸す。借りる方が悪いのか、貸す方が悪いのか。支払日に追い立てられていた頃のことを思い出して、気持ちの悪い汗が滲み出してきた。

俺もここで飼い殺しだ——乾は自嘲気味に呟いた。借金を整理してくれたからといって、乾は宮坂に感謝しているわけではない。剛腕の金貸しだと尊敬しているということもない。こんな世界で女だてらにやっているくらいだから、やり手はやり手だろう。得体のしれない女という印象だ。

よその同業者との交渉や、ヤバい連中ともめた時などの始末の仕方があまりに鮮やかなので、かなり強力な後ろ盾を持っているのではないかと思う。表だって暴力団と付き合っているふうではないのだが、この世界で顔がきくといえば、その筋の者しか思い浮かばない。

そんなことを考えているうちに、乾はどろりとした重い眠りに落ちていった。

＊

検査着を脱いで、着て来た洋服に着替える。待合室の椅子に座って名前を呼ばれるのを待った。マキ子の目の前にテレビがあるが、何を映しているのか全然頭に入ってこない。視線をずらして、今度は順番待ちをしている人々の顔をぼんやりと眺めた。

かなり大きな総合病院なので大勢の人が待っている。これだけの人々が、一つかあるいは複数の病を抱えてここにいるということが、とんでもなく奇妙な気がした。今まで考えたこともなかった。こういう患者の中に自分が交じるということなど。ここにいる全員が自分の命の灯(ひ)を消さないよう、必死になって両腕で風からかばっているような錯覚に陥る。それでも死神のひと吹きで、無情にも終わりが来るのだ。

上の病棟で、今まさに死んでいく者もあるだろう。マキ子はぶるっと身震いした。あの殺伐とした田所リースの事務所に戻りたかった。心が慰められるものなど一つもないが、ここにじっと座っているよりはずっとましだ。池袋という街で、人が営むごく人間的な行為——飲み食いし、性欲を発散し、金を貸し借りし、誰かを殴ったり殴られたりする行為——の中に身を置いていたかった。

検査室の入り口から技師が出てきて、マキ子の名を呼んだ。三回呼ばれてようやく自分のことだとわかり、立ち上がる。

「結果が出るまで一時間ほどかかります」はちきれんばかりに頬のふくらんだ女性技師は明るく言った。「先生からの説明は、それからになります。どうします？　一度帰られますか？　それともここでお待ちになりますか？」

レストランのウェイトレスが「焼き加減はどうします？　レアにしますか？　ミディアムにしますか？」と尋ねるのとたいして変わらない口調だ。この三十そこそこの女性にとっては、誰が生き延びようが、誰が死のうが、関係ないのだ。

今日は、全身に転移したがんがどの程度なのかを見極めるためにＰＥＴ(ペット)の検査を受けたのだった。治らないとわかっている自分には、死にゆくための儀式めいたものだと思う。こうした煩雑(はんざつ)でばかばかしい段階を通過しないと死ねないのだろうか？

全く不毛で気の滅入る作業である。それでもマキ子がここに来るのは知りたいがためだ。これからどんなふうになって、何ができなくなるのか。痛いのか、苦しいのか。死というゴールに至るまでの過程を予測しておかなければならない。

マキ子は、一時間後に戻って来ると言い置いて病院を後にした。どこへ行く当てもない。ただ病んだ人々がぎゅうぎゅう詰めになった場所から離れたかった。とはいえ、遠くまで歩きたくはなかった。体力もない。いきおい、この前の公園に足が向いた。池のそばの桜は散り終えたばかりで、柔らかな新しい葉の中に、赤い蕊(しべ)だけがまだところどころ残っていた。

この頃の葉を摘んで塩漬けにしたものを、ピンク色の餅に巻いたものがさくら餅だと知ったのは、二十歳を過ぎてからだ。それまでさくら餅とは、本当に桜で作るのだと思っていた。誰もがこの季節に普通に口にするものを、それまで食べたことがなかったのだ。振り返りたくもない子供時代だ。

マキ子は父親の顔を知らない。母親自身もわからなかったのではないか。それほど男関係にルーズな女だった。マキ子が幼児の頃は、近くの食堂とかプラスチック加工の工場で働いていたと記憶している。その頃から男出入りが激しかった。数か月、あるいは数年単位で情夫が入れ替わるのだ。母、芳江(よしえ)の身もちの悪さは近所でも評判で、人間関係の濃い、ごちゃごちゃした下町では、格好の噂の種になった。

「あんたの母ちゃんは、今度はどこの男をくわえ込んだんだい？」

学校に上がる前のマキ子をつかまえて、そんなことを言う者もあった。軒(のき)の落ちそうな棟割(むねわ)り長屋に住んでいたのだから、お互いの生活は手に取るように知れた。下卑(げび)た笑い声を上げる太った主婦たちが、マキ子は嫌でたまらなかったが、芳江は平然としたものだった。

「ふん、あんな奴らには言わしとけばいいんだ。油まみれの薄汚い亭主と、一生穴ぐらみたいなとこで這いずりまわるような生き方しかできないんだからね。それでネズミみたいにゾロゾロ子供作って、ピイピイ言ってりゃいいよ」

スリップ姿の芳江は、煙草の煙を盛大に吐いた。

芳江は見映えのいい女だった。もう少し身を慎めば、自分が見下(みくだ)している主婦たちよりもずっと上等な男と結婚してまともな生活を営めたことだろう。でもそうはならなかった。とっかえひっかえ相手を変えて、あのちまちました工場が寄り合い所帯みたいにくっついた南蒲田(みなみかまた)の片隅に根っこを張った生活から抜け出せなかった。

子供を育てるという母親としての資質にも欠けた女だった。家事もほとんどしなかった。当然育児などにも気が回らない。要するに必要最小限、暮らしていくに困らないだけの金を稼いだら、あとは誰に何と言われようとも気に入った男とよろしくやっていればよかったのだ。マキ子も外見は母親似で、愛らしい子だった。芳江は気まぐれに娘を猫可愛がりして、高い洋服を買って着飾らせたかと思うと、ぷいと興味を失って何日もほったらかしにした。

幼い頃はまだ祖父母が生きていて、隣町に住んでいた。時折訪ねて来ては、マキ子の面倒をみてくれたから、それでもまだよかった。二人は実直な人間で、奔放な生き方をする娘に手を焼いている様子だった。彼らはマキ子にとっての伯父、つまり芳江の兄に養われていたようだ。芳江と伯父とはひどく仲が悪かった。

世話になっている息子に遠慮したのか、マキ子が小学校の高学年になる頃には、祖父母はほとんど顔を見せなくなった。その頃、芳江の暮らしに大きな変化があったので、硬骨な工場労働者だった伯父と決定的に決裂したのかもしれない。

思えばその変化こそがマキ子の人生も決定付けたのだった。あれさえなかったら、自堕落な母親との生活もそれほど悪いものではなかった。今でいうネグレクトに近い状態ではあったが、単純で気のいい母は、暴力をふるうわけではなかったし、何よりよく笑った。美しい芳江の笑顔は、時にマキ子を幸せな気分にさせてくれた。特上にぎりを一人前だけ買ってきて、目を白黒させながら食べるマキ子を見て、煙草をふかしていた母の顔を今でもよく憶えている。

マキ子が中学生になる少し前、新しい男が家に転がり込んできた。二間しかない家での、男を含めた三人の生活にももう慣れっこになっていた。襖一枚隔てた隣から漏れ聞こえてくる母のあられもない声にも。

新しい男、大原は、ろくに働いていなかったと思う。

「芳江さんもヤキがまわったねえ。あんな男のどこがいいんだか」

と近所の住人に噂されるまでもなく、母の選ぶ男は数を重ねるごとにランクが落ちていった。三十も半ばを過ぎた芳江の容色はさすがに衰えを見せ始めていた。不摂生な荒れた生活のせいで肌は艶を失い、体も年相応の贅肉をまとっていた。

大原が交通事故に遭ったのは、母と暮らし始めてまだ三か月かそこらのことだった。昼間から酔ってふらついて、歩道から車道に出たところを車に撥ね飛ばされたという。太った大原の体は見事に飛んで、中央分離帯の植え込みの中に落ちた。体に蓄えた脂肪と植え込みのおかげで、たいしたことにはならなかった。

しかし、大原は長い間入院した。腰が痛い、手がしびれる、酷い頭痛がする――次から次へと症状を訴えてずるずると長引かせた。病院も最初のところから転院して、近所に変わったりもした。リハビリ専門の病院とは言っていたが、まじめに治療を受けているのか怪しいものだった。大原は度々外泊許可をもらっては家に帰って来て、芳江を抱いていた。

この事故のおかげで大原には、かなりの額の保険金が下りたようだ。それを元手に芳江は飲み屋を始めた。近所の潰れたおでん屋の店を安く買い取り、飲み屋に作り変えたのだ。マキ子たちは、店の二階に移り住んだ。それで祖父母や伯父夫婦とも完全に縁が切れた。祖父母はその後相次いで亡くなったようだが、マキ子は葬式に出た憶えがない。芳江が出たかどうかもわからない。

店は最初はうまくいった。男好きのする芳江は、客あしらいもうまく、それなりに繁盛していたようだ。しかし元来が怠惰な性格だし、金勘定もどんぶりだった。相変わらず大原はヒモのような生活をしていたから、店の経営は一年ちょっとで行き詰まった。すると大原がまた車に撥ねられた。この前保険金をもらった時に、その金で生命保険にも入っていたらしく、またまとまった金が入った。

最初の事故は偶然だったが、今度のは故意ではないかとマキ子でさえ訝しんだ。しかし、今のように車載カメラなどなかった時代である。自動車保険と生命保険とで相当の金額になったようだ。飲み屋は息を吹き返した。

大原の顔には事故のせいで額から左の耳にかけて傷痕が残った。事故が仕組まれたものだとして、こんな痛い目に遭ってまで金を手に入れる男の気が知れなかった。だが、もとより汗を流して働くということをしない大原にとっては、天から降ってきた大金だったのだ。芳江と出会った時には、ただ愚鈍で好色なだけの男だったのが、金勘定だけの男に変わってしまった。

大原が母と交わす会話が、マキ子の耳に入ってきた。確か、顔の傷に関することだったと思う。詳しいことは忘れたが、大原は、保険金は男の顔の傷より女の顔の傷の方がたくさん下りるのだ、と言った。大原のうろ憶えの知識だから当てにならないが、母の心を引きつけたことは確かだ。

この頃から母も金に魅入られてしまっていた。マキ子はそれに少しずつ気づいていた。生活はがらりと変わった。商売には身が入らず、大原と芳江は贅沢な暮らしに明け暮れた。旅行に行き、洋服を買い、今まで行ったこともないレストランで食事をした。本当の金持ちからしたら、しみったれた貧相な使い方だと思うが、今までの生活を考えるとそれも仕方のないことだった。芳江は毎日美容院に行って豪勢に髪を結いあげると、全く似あわない小さな自分の店に出た。二階まで母親の嬌声が聞こえてきた。

マキ子も否応なくそんな生活に巻きこまれたが、そう長い期間ではなかった。

やがてまた店の経営は思わしくなくなってきた。芳江と大原の仲も険悪になり、絶えず怒鳴り合う声が近隣に響き渡った。たいていは金にまつわるいざこざだった。マキ子は身の縮む思いがしたが、どうしようもなかった。黙って学校に通い続けるしかなかった。勉強もたいしてできなかったし、親しい友人もいなかった。それでも家にいるよりはましだった。中学卒業を控えた冬、芳江の飲み屋が火事になった。幸いにも隣近所に延焼するということはなかった。だが火を消そうとした芳江は、顔に酷い火傷を負った。二週間ほど入院した芳江が戻ってきた時、マキ子ははっと息を呑んだ。彼女の首と頬はケロイド状になって醜く引き攣れていた。

年を取っても、同年代の女と比べたらまだまだ美しかった母だったのに、とても直視できる顔ではなかった。しかし芳江は火傷の傷痕を苦にするでもなく、妙に高揚していた。気味が悪かった。その理由はすぐにわかった。芳江は店を火災保険に入れていた。それだけではない。自分も生命保険に入っていたのだ。

顔にどうしようもない後遺症を負った芳江にいくらの保険金が入ったのか、マキ子は知ることはなかったが、いつかの大原との会話を思い出して震え上がった。母は自分の顔と引き換えに大金を受け取ったのではないだろうか？　その疑念は振り払っても振り払ってもマキ子に襲いかかってきた。

芳江は変わった。それは確実だ。一度手にした金とそれによってもたらされる浪費生活から抜け出せなくなってしまったのだ。マキ子は、大原と知り合う前の母娘二人のつましい生活が懐かしかった。はすっぱで淫奔（いんぽん）だが、天空海闊（かいかつ）の気性だった母が好きだった。しかし、そんな母はもうどこにもいない。マキ子が金の怖さを知った最初の出来事だった。

しかも、地獄はそれからだったのだ。

ぼんやりと池の水面を眺めていたマキ子が、対岸の東屋を見やったのは、ふと誰かの視線を感じたからだ。目を凝らすと、この前ここに来た時に見た車椅子の男がいた。毎日ここへ来て、何をするでもなくあそこに座っているのだろうか。マキ子は男をじっくりと観察した。車椅子に座ったポーズも前と同じに見えた。ぐっと反らした顔でマキ子の方を見るために、車椅子をやや斜めにとめている。左手はやはり細く折れ曲がった枯れ枝みたいに固まったままだ。自分の意思ではどうしようもない体を持て余し、途方に暮れているようにも見える。

なぜあの男はあんな体になったのだろう。事故だろうか。保険金を受け取ったのだろうか。あれだけの障害が残ったのなら、相当の金額が下りたに違いない。不幸なことだ。まさか故意ではなかろう。もしそうなら、あの男も金と引き換えに魂を売り渡したわけだ。母と同じように——。とりとめもなくそんなことを考える。

どちらにしても、車椅子に縛られながらもあの男はこれからも長生きするのだ。それに引き換え、私はもう間もなく死んでしまう。それがとてつもなく不公平で理不尽なことに思えてきた。むらむらと怒りが込み上げてきた。マキ子はつと立ち上がった。池をゆっくりと迂回(うかい)して東屋に近づく。男はそんなマキ子から目を離さない。無表情のまま目で追っている。

東屋の中はコンクリート張りで、片方の壁際にやはりコンクリート製のベンチが作りつけてあった。そこに座ると男の横顔が見えた。思い切り顔を右に反らせているから、マキ子は男の視界からははずれてしまっている。男は不自由な体でまだ池の向こうを睨みつけるように見ている。首の筋が何本も突っ張っている様子をマキ子は見た。

急に「ウィ――ン」という密やかなモーター音がした。二重になった小ぶりの車輪が動いて車椅子が方向を変えた。マキ子はぎょっとしたが、かろうじて腰を落ち着けたまま、傾いた男の顔が自分の方を向くのを見守った。男が右手で車椅子の肘かけに付いたスティックを操作しているのだ。どうやら右手だけは何とか動かせるらしい、と理解した。優れた性能の電動車椅子は、静かな運転音で男の向きを変えた。再び男と視線が合う。

近くで男の顔を見ると、表情筋もこわばっているのがよくわかった。瞼を意識して押し上げていないと目が閉じてしまうのか、時折瞼がぴくぴくと痙攣する。そのせいかどうか、眉間にも額にも深い皺が刻まれていた。唇はくっと固く閉じられているが、片方が変に持ち上がっていた。言葉を発するでもなく、立ち去るでもなく、男はじっとマキ子を見据えていた。その視線に晒されていると、落ち着かない気分になる。

「あんた、いつもここに来て、何やってんの？」

答えはない。表情も変わらない。マキ子は意地の悪い思いにとらわれた。

「そんな体で生きてて、何か面白いことある？」

男は眉毛ひとつ動かさなかった。いや、動かせないのかもしれない。ものが言えないのだろうか？　それとも脳にも重篤な障害があってこちらの言うことが理解できないのだろうか？

「あたしはねえ、もうすぐ死んでしまうんだよ」

言ってしまってから、はっとした。何でこんなことを口にしたんだろう。見知らぬ男に。よくわからないが、年は四十代半ばというところか。障害のせいで老けて見えるとしたら、まだ三十代なのかもしれないが、そんなことはどうでもよかった。

「あんたが毎日こうやって花を見たり池を見たり、つまらないことに時間を浪費しているうちに、あたしの時間はどんどんなくなっていくわけ」

言葉は止まらない。

「乳がんなんだって。乳がん。ひどい話じゃないか。死ぬのはいいさ。人間いつかは死ぬんだからね。だけどいいことなんか何にもなかった。生きていたってさ。こんなまま死ぬのは悔しいんだ」

男はじっと耳を傾けているようにも、全く理解していないようにも、どちらにも見えた。

そうだ、悔しいんだ、と思った。口にしてみて初めてわかった。いきなり、あと半年の命ですと区切られて、何の抵抗もできず死んでいくことが。家族も友人もなく、誰に愚痴をこぼすこともできない。何かを書き残すなんて論外だ。

せめて——誰かに悪態をつきたかった。もう間もなく終わりになる自分の人生がどれだけいまいましく苦痛に満ちたものであったか、これは運命なのか、それとも自分が呼び込んだものだったのか。今さら答えを得ようなどと思っているわけではない。慰めてもらいたいわけでもない。同情なんてまっぴらごめんだ。ただ、誰かに訴えたかった。

「あんたはいつからそんな体なの？　子供の頃から？　だからって自分が不幸だなんて思わなくていいよ。あたしなんかもっと酷い子供時代を送ってきたんだからさ。そりゃあ、貧しかったけど、貧しいのは不幸でも何でもないのさ。金さえあればここから抜け出せると思った時から不幸は始まるんだ。金を何もかもの、いっとう上に置いた時にね」

　言葉が堰を切ったように溢れ出してきた。心の奥底に今まで閉じ込めてあったものが雪崩を打ってどろどろと流れ出てくる。気がつけば、マキ子は車椅子の男を前に、自分の身の上を語っていた。だからといってどうなるものでもない。それは充分にわかっていた。だがすっきりした。吐き出したかった。こんな重いものを持ってあの世にいくのはごめんだった。相手がこの男なら後腐れがない、と思ったのかもしれない。お互いに素性を知らないし、第一、こっちの言うことがわかっているかどうか怪しいものだ。

　都会の真ん中で忘れ去られたような小さな公園の池のほとり。剪定もされず伸び放題になった木々の枝が、葉ずれの音を響かせている。すぐ近くを通る幹線道路には絶えず車が行き交っているだろうに、不思議とそんな清かな音が耳に届くのだった。

＊

乾は夏が嫌いだ。たいてい悪いことは暑い時期に起こった。正確にいうと、全部が全部というわけではないのだが、思い出す記憶はいつも汗をだらだらかいていることが多い。名古屋へ行った時もそうだった。宮坂の命令で新幹線に乗ったのは、八月のことだった。名古屋駅に降りたら、照りつくような日差しだった。

リストラされたサラリーマンが再就職がうまくいかず、生活費をサラ金で借りたのが、借金生活の始まりだった。それまで送っていた裕福な生活から抜け出せずに浪費し、どうにも返す当てがなくなった。そのうちブラックリストに載って、サラ金もローン会社も貸さなくなった。ヤミ金が貸すのは、そんな相手ばかりだ。どういう基準で貸すのか知らないが、宮坂はこの男に貸した。

リストラされるまでは一流と呼んでもよさそうな名の通った会社に勤めていて、就職さえうまくいけば返せると本人が言ったからかもしれない。乾に言わせれば、こんなおかしなプライドがかえって借金をふくらませていくのだが。

そういう背景があったから、最初から結構な額を貸したらしい。最初のうちはきちんきちんと金利を払っていたが、やがてそれも滞るようになった。それでも依然就職活動を続けていて、取り立てにいくとなんとか工面した金を払った。だが、だんだん顔色がおかしくなっていくのを、乾は見逃さなかった。

「あいつはもう限界が近いですよ」

宮坂にはそう忠告した。社長はトサンの金利をトニに下げてやっていたが、一度、男を事務所に呼んで話し合ったようだ。

「田所さん、ほんとうにすみませんでした」

と頭を下げて帰っていった。田所リースという名前から、社長の名前が田所だと勘違いする者は多いが、宮坂は面倒なのかいちいち訂正はしない。

その足で男は実家のある名古屋へ帰ってしまった。何度か携帯に電話したがなかなか出ない。出てものらりくらりと言葉を弄するばかりで話にならない。約束の期日にも入金がない。業を煮やした宮坂は、乾を名古屋へ行かせることにした。

「親がいるなら、ちょうどいいよ。親を脅して払ってもらいいな。就職ができないようになると言えばいくらか出すだろ」

宮坂は機嫌が悪い。男を問い質した時、別のヤミ金からもつまんでいたことが発覚したのだ。初めて金を借りに来た時、それを伏せていたようだ。この業界にはツケウマというものがある。にっちもさっちもいかなくなって、もうすぐ飛びそうだという客を同業者のところへ行かせて金を借りさせ、自分のところの借金を払わせる手法である。この男の場合、これに近いものであったらしい。
「客は潰すもの」という前提で商売をするヤミ金業者も多い。潰さずにだらだらと金利を支払わせようとする宮坂とは相容れないものがある。客を潰すようなやり方をするのは、チンピラみたいに若い連中で、短期間に儲けてさっさと店を畳んでしまう。田所リースのように長くヤミ金をやっていくにはこうしたやり方では続かないということだ。だが、何の保証もない多重債務者に貸すのは、信用貸しみたいなもので、そのために面談もするわけだから、宮坂にすれば腹立たしいのは当然だ。自分の見立てが間違っていたことになるし、まんまと同業者にしてやられたわけだ。

　それで名古屋まで深追いすることになったのかもしれない。だが、乾はどうも嫌な予感がしていた。から元気でもなんでも「そのうちきっと前の会社くらいのレベルのところに就職して、さっさと借金を返す」と言っていた男が、急に病気みたいに青白い顔になり、高かったプライドもなくして宮坂に頭を下げて帰ったことが引っかかっていた。飛ぶなら全く行方知れずになればいいものを、実家に帰ったというのも解せなかった。ここ四、五日連絡も取れていなかった。

　名古屋に着いて、すぐにタクシーで男の実家に乗りつけた。エアコンがきいていないのかと思うほど暑かった。降りたら汗が噴き出した。古いがしっかりした造りの家だった。玄関の引き戸を引いて中に入ると、かすかに線香の匂いがした。

「息子は自殺したんです」

出て来た母親は言った。言葉を失った。

「昨日、葬式を済ませました」

座敷の祭壇の前に連れていかれた。サラリーマン時代の身分証に使われたらしき写真が遺影になって飾られていた。

男は長い借金生活で疲れ果て、自分をこの世から消してしまったのだ。白絹に包まれた骨壺を直視できなかった。その場で宮坂に電話した。報告を聞いた宮坂も一瞬、言葉に詰まった。が、すぐにこう言った。

「貸した金は返してもらわないとね。葬式したんなら、香典があるだろ。それで返してもらいな」

母親が差し出した額は完済には程遠いものだった。それでもそれをつかむと、乾は転がるようにして外に出た。中天からぎらぎらと太陽が照りつけていた。近くの児童公園のトイレに駆け込んで吐いた。

あれは自分の姿だと思った。自分で自分を潰すような転落の人生を送ってきた自分の。あの男は自殺し、俺は生きている。ただそれだけの違いだ。隔たりが大きいようで実際は紙一重だということは、借金地獄を生き抜いてきた者ならわかるはずだ。

季節はまた夏に向かっている。

乾はネクタイを緩めながら空を見上げた。高層ビルが林立する東京の空は狭い。梅雨入りしたとニュースで伝えていたのに、雲ひとつない空だ。焼けたコンクリートに温められた生ぬるい風が吹いてくる。

ビル街の裏側、ひとつ道を入った場所に矢野のアパートはあった。乾が近づいていくと、向かいのマンションの駐輪場から尾崎が出てきた。光沢のかかったダブルのスーツに趣味の悪い柄シャツ。こんな人物に昼間から近所をうろつかれたら、誰だって落ち着いてはいられないだろう。この男はそのために雇われているようなものだ。宮坂は、こういう手合いをどこからか調達してきてうまく働かせる。短期間で入れ替わるバイト要員なので、乾は誰ともあまり親しくしない。

「どうだ？」

「変わらねえよ。息子はさっき学校へ行った」

「女房は？」

「もうすぐパートへ行くんじゃねえのか」

うんざりしたように尾崎は言った。ここで矢野を張って、もう四日目だ。職場は無断欠勤が続いている。

「もう戻らねえよ、奴は」

「多分な」

「社長はどう言ってる？」

「あと二日は続けろだと」

尾崎は熊のような唸り声を上げた。ガニ股で尾崎が去っていった後、乾は駐輪場の奥の非常階段にどかっと腰を落ち着けた。コンクリート階段には尾崎が食べ散らかしたらしいコンビニ弁当の屑や空のペットボトルが散乱していた。乾はチッと舌打ちをして、それらを拾い集めた。隣のコンビニの屑かごへ捨てに行く。

乾がヤミ金の取り立てにあっていた頃、朝、自宅に戻って来ると、扉の前に同じような食べがらが山ほど放置されていたものだ。いったい何人がここで自分を待っていたのだろうかと思うと、体が震えた。ますます家には帰れなくなった。夜、公園の遊具のトンネルの中で寝た。親戚も友人も、もう彼を相手にしなかった。どこへも行くところがなかった。

階段に戻ると、幼稚園に子供を送って行こうとする母親たちが、じろじろと乾を見て通った。子供の一人が、乾に向かってバイバイをしかけて、母親にその手を引っ張られた。息子の昌也を一瞬思い出した。別れた時はあれぐらいだったが、もう成人式も終えているはずだ。

カンカンカンと足音がして、向かいの二階建てアパートの外階段を矢野の妻が下りてきた。階段の下から自転車を引き出す。近所のスーパーでレジ打ちのパートをしているのだ。

手にしているのが、ちっぽけな布製の手提げだけだということを確認する。矢野に着替えを届けるとか、自分たちも逃げるとかいうふうではない。彼女は全くの無表情で自転車にまたがって行ってしまった。後ろ姿を見送って、乾はポケットから携帯を取り出した。電話帳から一人の名前を選び出して、耳に当てた。

長い呼び出し音を辛抱強く聞いていると、やがて女の声がした。

「亜里沙(ありさ)？」

「イヌイちゃん？　なに？」

ぶっきらぼうな答え方はいつものことだ。

「今から行っていいか？」

「今、何時？」

「朝の九時十一分」

「勘弁してよー。あたし三時までお仕事に励んでたんだからね」

「だから、夜は会えないだろ？」

「うーん、しょうがないわねえ」

パタンと携帯を畳んで、一応、もう一度矢野の部屋を見上げる。息子も妻も出ていった部屋は空っぽだ。引かれたカーテンはそよとも揺れない。尾崎の言う通り、もう矢野がここへ戻ることはないだろう。張り込みは空振りだ。

亜里沙も田所リースの客だ。カードローンで作った五百万近くの借金が払えず、自己破産した。借金がチャラになっても亜里沙の浪費癖は治らなかった。今度はヤミ金に手を出した。金利が払えなくなった亜里沙の部屋へ入って驚いた。ブランドものの靴やバッグ、ろくに袖を通したことのない洋服、高価なアクセサリーで九畳ほどの1DKが埋め尽くされていたのだ。それらを全部売っても数十万円にしかならなかった。

「うっそー、そんなに安いの？」

と亜里沙は肩を落とした。それを見てまたあきれた。この時点で自己破産する前よりも借金がかさんでいた。懲りない奴というのはこういう子のことを言うのだろう。

日暮里と鶯谷の真ん中辺りにあるこぎれいなマンションが、今の亜里沙の住まいだ。家賃は十三万円だから、それほど贅沢をしているわけではない。住むところや食べるものには全く欲のない女だ。

オートロックの玄関前で亜里沙の部屋番号を押す。答えた声は、完全に目覚めてすっきりしていた。亜里沙はローソファに胡坐をかいてコーヒーを飲んでいた。乾の分も淹れてくれようとするのを断って、「シャワー、借りるぞ」と風呂場へ入る。自分のマンションの共同シャワーを使う気がしなくて、たいていここかサウナで済ます。着替えも適当に置いてある。昨夜からのねとつく汗を流すと、ようやく一息ついた。バスタオルを腰に巻いただけの格好で部屋へ戻った。

白いビッグTシャツを一枚着ただけの亜里沙の胸に乳首が透けて見えた。胡坐で割れたシャツの裾へ手を入れる。

「なに？　いきなりそれ？」

身をよじってかわそうとする亜里沙を、ローソファの上に押し倒した。亜里沙が手を伸ばしてエアコンのリモコンを拾う。倒れざま、スイッチがピッと鳴った。

薄いパンティを引き下ろして、濃い繁みをまさぐる。乱暴にTシャツをめくり上げるとつんと形よく立った乳首が目に入った。乳房を片手で揉みしだき、もう片方を舌で攻めた。

「やだ、もう。こんな朝から――」

最後は熱い吐息に溶けた。

「本番やらずにここが寂しかっただろ？」

透明な粘液で潤った部分を指で弄ぶ。

「全然――」

言葉とはうらはらに、立てた両膝が大きく開く。指を中に挿し込むと、ジュッと大量の愛液が流れ出してくるのがわかった。ぬるりと指がさらに奥へ誘い込まれた。

「お前、こんなに感度がよくて、よく仕事やってられんな」

亜里沙は喘ぎ声で応えた。乾の下腹部も脈打っている。体の位置を変えて、今度は女の秘所にいきなり口をつけた。亜里沙の体は美しく弓なりに反った。重さのある両の乳房がふるふると揺れている。いい眺めだ、と思った。誰もいないアパートの前で日に炙られているることを考えると、ここは天国だ。

亜里沙はファッションヘルスで働いている。田所リースでの借金が手に負えない額になった時、自分から「風俗で働けば返せるよね。どこかいい店、知りませんか」と持ちかけてきた。今どきの若い女は借金も平気でするし、さっさと自己破産もする。それと同じで風俗で働くことへの抵抗感もびっくりするぐらい弱い。昔、「風俗に沈める」などという言葉があったが、今はもう死語である。今の女は自分から風俗に飛び込んでいくのだ。

こういうことは多々あるので、風俗関係の人間ともつながりができている。ただし、風俗に女の子を紹介したからといって、別に紹介料などが入るというわけではない。ただ店で稼ぎ始めたら、あざとい取り立てをしなくてもよくなってこっちも楽だし、店さえ押さえておけば行方がわからなくなって捜し回る手間もはぶける。

「本番は嫌だ」と亜里沙が言うので、乾は知り合いのファッションヘルス店に紹介してやった。あとで店長に聞いたら、入店後二日かけてみっちり実地訓練をした時は、青くなって震えていたという。無理もない。亜里沙は芸術関係の専門学校へ進学するために上京してきた地方出身者だった。父親は市の職員という堅い家の子だ。都会で羽を伸ばし過ぎてローン地獄にはまり込んだわけだが。

ところが今や性感マッサージからソフトＳＭ、フェラチオ、アナルプレイまでこなす店一番の売れっ子だ。平均日収は七、八万。多い日は十二から十三万も稼ぐ。月収にすれば軽く百五十万を超える。

「楽しくおしゃべりして射精させてあげてさあ、『すごいよかった。ありがとう』って言ってもらえたうえに、いっぱいお金もらえてさ、こんないいお仕事ないよ」

亜里沙は、水を得た魚のようにどんどん垢抜けてきれいになった。店長の体を使って仕込まれて、泣いていた女の子はもうどこにもいない。実家には、ネイルサロンに勤めているのだと言ってあるそうだ。おしゃれをして田舎に帰り、羨望の眼差しで見られるのも彼女の楽しみのひとつだ。あれほどあった借金ももの凄い勢いで返済している。

しかし——と乾は思う。完済したら、また好きなものを買いあさるに違いない。これはもう病気なのだ。ヘルスより稼げるソープやホテトルに行くかもしれない。それでも、この子は生き生きと輝いているだろう。

乾と亜里沙がこういう関係になったのは、彼女がヘルスで順調に稼ぎ始めた、八か月ほど前のことだ。

「いつも男に奉仕するばっかりじゃつまんないだろ。俺がお前に奉仕してやるよ」と口説いた。

「じゃあ、彼氏ができるまでね」と亜里沙の方もしごく現実的なことを言い、体を許した。

その時の言葉を忠実に守って、乾はいつもたっぷり過ぎるくらいの時間をかけて亜里沙を感じさせてやる。指と舌とでかわいがると、亜里沙は狂ったように乱れた。

「お前、本番もやらせてんじゃないのか？」

「そんなことしたら即クビだよ。それにこんなに自分が感じやすいタイプだって知らなかった。お仕事ん時は、男の人さえいい気持ちになってくれればあたしは幸せなの。セックス経験だってそんなになかったんだから。こんなになったのは、イヌイちゃんのせいだよ」

可愛い顔でそう言われれば、悪い気はしない。さらに体を虐(いじ)めてやりたくなる。今では、こうして二十歳以上年下の亜里沙を抱く時だけが、乾にとって癒やされるひとときだ。

しかし、これが長続きしないのもわかっていた。いずれ亜里沙は自分から離れていくだろう。本人が言うように、若くて見映えのいい男が現れて、難なく奪っていくのだ。それが亜里沙以上に金にだらしのない男だとか、女を殴ることしか能のないヤクザな男でないのを祈るのみだ。心の底からそう願うほどには、亜里沙を愛しく大事に思っていた。

朝の光の中、乾と亜里沙は、床の上で全裸で絡み合った。乾の執拗(しつよう)で濃い愛撫に耐えられなくなった亜里沙が、とうとう泣き声で懇願する。そこまで欲したものを彼女の中心にねじ込む。若々しい肉襞(にくひだ)がぎゅっと収縮して締め付け、乾の頭の中も真っ白になる。肩に担ぎ上げた亜里沙の両脚が痙攣するようにピンと伸びるのが視角の隅に入る。

そうしながらも、女は貪欲に男のものをさらに奥へ迎え入れようとしている。乾はどこまでも女の中に落ち込んでいく。亜里沙の喉から笛のような細い叫び声が発せられた。彼女の爪がぐっと背中に食い込んできたのを合図に、二人同時に果てた。

エアコンがガンガンにきいているのに、汗まみれだ。またシャワーを浴びなければならない。だから夏は嫌いなんだ。乾は心の中で毒づいた。

またとろとろと眠りに落ちた亜里沙を置いて、乾は一人部屋を出た。夕方まで、固いコンクリートの階段に座って矢野の家を張らなければならないのかと思うとうんざりした。若い頃と違い、女を抱いたからといって気持ちも体もスカッとするということはない。現にこうして日盛りの中を歩いていると、頭の芯が重い。何か黒々としたものが澱（おり）のように体の中に溜まっていくような気がする。

真夏になったらブチ切れた奴らが増えて、真面目に金利を払おうとしなくなる。矢野のように飛んでしまう奴もいれば、苦し紛れに犯罪に手を染める奴もいる。追い詰められているうえに、あまりの暑さで思考が停止しているから、衝動的にやってしまうのだ。そうなると回収は絶望的だが、田所リースの宮坂社長は諦（あきら）めない。裏から手を回して乾を拘置所に面会に行かせたこともある。拘置所の係官が聞いていようがおかまいなしにどやしつけ、女房に払わせるように話をつけた。

このところ多いのが弁護士の介入である。昨日まで「必ず払いますから少しだけ待ってもらえませんか」と泣きついていた奴が、弁護士事務所に整理を依頼する。すると「弁護士介入通知」なるものが送られてくる。そこには、「今後は債務者と一切連絡をとってはならない」と書いてある。

　ヤミ金は出資法違反、貸金業法違反の存在である。ヤミ金業者から受け取った金は「不法原因給付」といって返す必要がないのである。ヤミ金の場合、金を貸すこと自体が不法の原因なので、金利のみならず、元金についても返還する義務はないのだ。乾のように違法行為に手を染めてヤバい連中に追われるなどというところまでいっていなければ、抜け出せる。ヤミ金には手出しができなくなるのだ。最近の債務者の中には、これを狙って初めから踏み倒してやろうという手合いもいるから回収はますます困難を極める。

　しかし宮坂は「借り逃げ」を決して許さない。犯罪に走った者にしろ、弁護士に頼った者にしろ、ほんの少しの額でも取り戻して来いと乾らに命じるのだ。

「いいかい。金で何でも始末をつけることを選んだのは、あいつらの方なんだよ。その流儀で最後まで押し通すのが筋ってもんだろ」

　宮坂は骨の髄まで金貸しだった。金を必要とする人間がいるから自分たちが存在するんだと言い放つ。宮坂が固執しているのは金そのものではないということが、長い付き合いの中でわかってきた。あの女が心底憎んでいるのは、金に操られる人間なのだ。

　信号待ちをしていて、ふと目を上げると、今まさにその宮坂の姿が道の向こうに見えた。

乾はぎょっとして電信柱の陰に隠れた。この時間、乾は矢野を張り込んでいることになっている。こんなところで社長と鉢合わせするのは、非常にまずい。だが宮坂はぼんやりした表情で、そのまま歩道を歩いて行ってしまった。乾はほっとしつつも、おぼつかない足取りで遠ざかる田所リースの女社長の後ろ姿を見詰めた。

視線を返して宮坂が出てきた建物を見た。近寄って確かめるまでもなく、それはかなりの入院病床を有する総合病院だということがわかった。宮坂の体調が悪いということは薄々感じていた。このところ急激に痩せてきているし、顔色も悪い。昔から田所リースで働いている池内に尋ねても、素っ気なく「知らない」と答えるだけだった。それは本当だろう。たとえ古くからの従業員だからといって、宮坂が他人に自分の体のことを相談するとは思えなかった。

だが、宮坂が何らかの病気を抱えていて、医者にかかっているということがこれで確実になった。どんな病気なのだろう、と乾はにわかに興味を持った。深刻なものかもしれない。この数か月の彼女の衰弱ぶりを見ると、そんな気がしてならない。

そういえば何年か前に、珍しく一週間ほど社長が仕事を休んだことがあった。それ以降は普段通り出勤して、金を貸し付け、厳しい取り立てをやり、言いがかりをつけてくる同業者や弁護士とやりあっていた。しかし最近はこうした通常業務にひどく疲れを感じているようである。

がんだろうか？　手術をしたけれど再発したとか？

乾は道を渡るのをやめ、反対側からゆっくりと宮坂の後をつけた。いくらもいかないうちに宮坂の丸まった背中がふっと消えた。そばの公園に入ったようだ。乾は横断歩道もないところで急いで道を渡った。何台かの車がクラクションを鳴らして走り去った。繁った木の陰から公園の中を覗いてみる。宮坂は濁った池の向こうを歩いている。東屋に向かっているようだ。誰かと待ち合わせでもしているのだろうか。だが、それ以上は乾のところからは窺い知ることができなかった。

乾は小さく首を振って踵を返すと、駅に向かって歩きだした。

＊

マキ子は男の姿を認めると、この前と同じベンチに腰を下ろした。しばらく男は動かなかった。マキ子がやって来たことはわかっているはずだ。池の向こうにある公園の入り口から、彼女が歩いて来るのをじっと見ていたのだから。池の上を渡ってくる風が男の髪の毛を揺らす様を、しばらくマキ子は眺めていた。

この前出たＰＥＴの結果は、心臓や食道のある胴体中心部、正確にいうと縦隔(じゅうかく)という部分と肺門のリンパ節に多発性の転移があるということだった。これだけでは症状は出ないという主治医の説明に慰められることもなかった。じゃあ、どうなれば症状が出るのか、と食い下がると、「肺に転移すれば呼吸困難になります」と言われた。

がんという言葉よりも呼吸困難という言葉に震え上がった。死ぬ前に息が苦しくなって七転八倒するのは勘弁してもらいたいと思った。誰かに看取ってもらいたいとは思わないが、最後の最後に「ああ、もうこんなに苦しませないでください。もうたくさんです。早く楽にしてやって！」と言ってくれる人がいないことが今さらながら身に沁みた。

「酷いもんだわ」

ぽつりと呟いた声に反応するように、滑らかなモーター音がした。電動車椅子がゆっくり回って、マキ子の方を向いた。椅子に腰かけたとはとてもいえないポーズで乗っている男も、傾いたままマキ子をじっと見詰めた。

「あんたには家族があるの？」

答えはない。もとよりそんなものは期待していない。

「あたしの家族は母親が一人きり。これがろくでもない親でさ。あの女が死んだ時はすっきりしたよ」

男は上体をひねるように少し動かした。連動して頭はガクガク頼りなく揺れ、折れ曲がった左手が、見えない何かを追い払うみたいに空を切った。これは何かの意思表示なのだろうか？　だが、すぐにその不可思議な一連の動作は治まった。マキ子は唇を舌でそっと湿らせた。

　話し始めると、鼻腔の奥に焼け焦げた臭いを感じた。恐怖の記憶には、いつもこの臭いがつきまとう。住居を兼ねた飲み屋の家屋は全焼ではなかったので、期待したような保険金は下りなかったようだ。芳江はやって来た保険屋に当たり散らした。とにかく、内装をやり替えるぐらいの金は手に入ったようだ。営業を再開した飲み屋の二階で母娘はまた暮らし始めた。安っぽい合板で壁を貼り替えても、木材が焦げた臭いや、煙にいぶされた臭いがかすかにするのだった。

　さんざんいがみ合った挙句、芳江は大原を叩き出した。しばらくは穏やかな生活が続いた。それは本当に短い間だった。マキ子は地元の商業高校に進学した。夜は店を手伝うこともあった。しかし店はたいしてはやらなかった。誰が醜く引き攣れた顔の女の店に来たいと思うだろうか。

　マキ子は二年生の一学期で高校をやめた。どうしても授業料が払えなかったからだ。近所の子供たちは、マキ子たちの家を「お化け屋敷」と呼んでいた。恐ろしく崩れた顔の女が住んでいて、火事場の臭いがいつまでもぷんぷんしている呪われた家というわけだ。

　マキ子は、昼間はパン屋でアルバイトをし、夜は母の飲み屋を手伝った。ろくに客の相手もせず飲んだくれている芳江に代わって店を切り盛りした。やって来るのは馴染み客ばかりで、たいていは貧しい工場労働者だ。彼らは連れだって来ては、つましく飲んだ。新しい客が入って来ることもたまにはあったが、芳江の顔を見てぎょっとする。まずそうに酒を飲みはするが、二度と来ることはなかった。

その中に珍しく通い詰めて来る男があった。無口な中年男で、趣味は悪いが、金のかかった形(なり)をしていた。金払いがいいので、珍しく芳江がちやほやともてなした。増田(ますだ)という名の男のことを、他の客は「セメント屋」だと言った。初めは千葉の方から山砂を運ぶダンプの運転手をしていたらしい。当時はビルや道路の建設ラッシュで、建設資材の需要は高かった。そこでセメントに目をつけた。うまく立ち回って儲けた。あいつは成り金だと客はやっかみ半分で噂していた。足繁く場末の店に通って来る増田は、そのうち母の情夫になるのではないかとマキ子は思った。たいして感慨もなかった。増田が来ると、芳江はマキ子を二階に上がらせて二人で飲むのだった。

ある晩、階段を上がって来る足音を聞いた。店を閉めた母だと思った。寝がえりをうった途端、誰かが布団の中に潜り込んできた。酒臭い息がまともに顔にかかった。はっきりと目が覚める前に体が動いた。男を突き飛ばして布団から出ようともがく。その手をつかまれた。大きな体がのしかかってくるのを、必死ではねのけようとするが、男の力は強かった。仰向けにされた上に馬乗りになられて、パジャマの前を思い切り開けられた。ボタンがバラバラと飛ぶ。男は一言も発しない。

「お母さん!!」

きっと芳江は酔い潰れているに違いないと思った。めちゃくちゃに暴れながら母を呼んだが、階下はしんと静まりかえっていた。露になった胸に男がむしゃぶりついてくる。荒い息の音が耳に響く。

「お母さん!!」

バンザイをさせられた格好で両手を押さえつけられた。

「いいおっぱいしてるじゃねえか」

その言葉で男が増田だとわかった。

「嫌だ！　やめて！」

口をふさがれた。ぬらぬらと生き物のようにうねる舌にむせる。足をバタバタと蹴って増田から逃れようとすると、片手が伸びてきて、逆にパジャマのズボンを脱がされた。

「静かにしろよ。芳江には金、払ってるんだからな」

全身の力が抜けた。急におとなしくなったマキ子の上で、男はにやりと笑った。

「いい子だ」

馬乗りのまま、油断なく自分も服を脱ぐ。毛深く醜い中年男の裸が途方もなく怖かった。男が時間をかけてマキ子を蹂躙する間、マキ子は声を出さずに泣いていた。啜り上げると、焦げた家の臭いが鼻の中にしのび込んできた。やっぱりこの家は呪われているんだ、と思った。思った途端に男の器官が体を刺し貫いた。あまりの痛さに悲鳴を上げた。こんなものを受け入れる自分が悔しくて情けなくて、腹立たしかった。

「何で逃げるということを考えなかったのか、自分でも不思議だね。あんなドブみたいなとこでしか生きられないと一途に思い込んでいたんだよ」

風が吹いて、遊歩道の上に差し交わした枝がさわさわと揺れた。

「母さんは魂と金とを交換したんだ。だから——仕方がないと思ったんだ」

なぜ感情があるかないかもわからない男に言い訳じみたことを語るのか、自分でもよくわからなかった。

「それに、自分の中には母親と同じ血が流れているとも思ったね。おんなじ生き方しかできないようになってるんじゃないかって。諦めたんだ。諦めと絶望。たった十七で」

傾いた頭を強張った首では支えきれないのか、男は肩に頭を寄りかからせて上目づかいにマキ子を見ている。今は口のきけない男が有り難かった。安直な慰めなんかを聞きたくなかった。その点、この障害を抱えた男は最適だ。

増田はその後、何度も二階へ上がって来てはマキ子を犯した。最初からあの男の目当ては十代の娘だったのだ。増田はそのために芳江に相当の金を渡しているようだった。もちろん、マキ子は母親に泣いて頼んだ。あんなことはしたくない、昼も夜も必死で働くから、増田を来させないで、と。芳江はてらてらと光る攣れた皮膚をぴくりと動かした。

「あんたがあの男に媚を売るからさ。こうなるようになってたんだ。あんたが男を呼んでるんだ」

　吐き捨てるようにそう言った。

「そのうち慣れるさ」と言った母を憎んだ。

　増田は忙しい男だった。セメントをいくら仕入れても足りないと言いつつ、関東一円に売りさばくために飛び回っていた。家庭もあった。そこで普通の生活を営みながらも、マキ子を抱くことに異様な執念を燃やした。おそらくは年端もいかない少女に性欲を掻き立てられるたちだったのだろう。仕事で家にも帰れないのに、少しの時間を作っては、芳江の店に来た。

　カウンターに増田が陣取ると、芳江はさっさと他の客を追い出して店じまいにする。客たちは芳江と増田がよろしくやるために追い出されたと思っていたに違いない。あんな化け物みたいな女を好んで抱く奇矯な男だと増田を決めつけていた。増田が膨らんだ札入れからおもむろにつかみ出した札を、数えもせず芳江に渡すのを見た客もいた。

　すぐさま増田は二階に上がって来る。時間がなければ自分は服も脱がなかった。忙しくなればなるほど、増田の異常な性欲は高まるようだった。それでも誰にも言えなかった。自分が汚れた体になったことを知られたくなかった。パン屋の仕事をしていて、突然、息ができなくなって座り込むこともあった。あの頃の十七歳はまだ子供だったし、子育てはごく個人的な事柄で、他人が介入すべきことではなかった。

世の中は大阪万博を目前にして盛り上がっていたが、マキ子にとっては、全く別の世界で行われている遠いことのようだった。商店街の電器屋のカラーテレビに映し出された太陽の塔が、自分をだます大掛かりな仕掛けに見えた。

エアコンなどどこの家にもなかった頃のこと。閉め切った狭い部屋の中、ぼってりと太った増田に好きなだけ嬲(なぶ)られた。階段に足音がした時から、体が竦(すく)んで動けなくなるのだった。母の言うように慣れてしまえればどんなにいいかと思ったが、そうはならなかった。男に組み伏せられるたび、心も体も少しずつ死んでいくような気がした。汗と酒と男の体臭。それから焦げた家の臭い──金に狂わされた母が発する臭いだ。

本当に死んでいたのかもしれない。この頃の記憶がほとんどマキ子にはない。自分に起きていることが現実のこととは思えなかった。

ビルの谷間のちっぽけな公園の中、濃緑(こみどり)の影を映した池の上を、奇跡のようにトンボがついっと飛んだ。翳(かげ)った東屋を一陣の風が吹き抜ける。

「どうだい？　何か感想は？」

もとより答えはない。

第三章　熟れた月

矢野のアパートの窓に灯がともった。高校生の息子が帰って来たのは確認した。だがパートに出たはずの妻の姿は見ていない。午前中、亜里沙のところに行っている間に戻って来たのか？　だが自転車はないようだ。今日は遅くなるのだろうか。誰かと会って金の算段でもしているのならいいが。乾はコンクリート製の非常階段に座って、ぼんやりと向かいのアパートの窓を見上げた。

時折、息子らしき人物の影が窓を過る。まさか子供を置いて夫婦で逃げるということはないだろう。その可能性を乾は頭の中で吟味してみた。過去には、車の中で寝泊まりしていた夫婦もいた。家に何度押しかけても、小学生と中学生の子供がいるばかりだった。ようやくつかまえた夫を軽く締め上げると、「相手が子供なら借金取りも黙って帰ると思った」と悪びれずに言い、へらへらと笑った。

頭にきて、襟首をつかんで拳を振り上げたが、二人の子供がじっと見ているので、その気が失せた。突き放すと、男は壁に背中をしたたかに打ちつけた。そうして、まだ薄ら笑いを浮かべたままポロポロと涙を流した。

「帰ってよ！　警察を呼ぶわよ！　ここは私たちの家なんだから」

外から戻って来た妻が怒鳴り散らした。でっぷりと太った年上の女房だった。

「あんな女房じゃあ、風俗でも稼げねえしなあ」

叩き出されるように外に出た後、その時の相棒だった男がグチった。

だが結局あの豪胆な妻が宮坂に頭を下げ、何とか借金を返済できるような筋道をつけた。子供たちだけで留守番をさせていた住宅を安く手放して、膨らんだ金利と元金の一部まで清算したようだ。

夫はサラリーマンだが、ようやく手に入れた建て売り住宅がネックだった。収入の多かった時代に設定した住宅ローンが支払えず、借金をしてしまう者は結構いる。家を売ろうとしても平成不況からずっと続く地価の下落で、買った時の何分の一にしかならないのだ。苦しくなってつい月々のローンの支払いに何か所ものサラ金に手を出してしまう。あとはお定まりのヤミ金行きだ。

あの夫婦は追い詰められ、家庭崩壊の危機にさらされて初めて、家そのものよりも家族の大切さに気づいたのだ。今は夫婦で働いて、地道に残りの借金を返している。

家族——乾は自身の手で崩壊させてしまった家庭のことを想った。

妻の奈美とは、銀行内で知り合って結婚した。一般職で窓口業務に携わっていた奈美は、支店内では評判の美人だった。乾が彼女を射止めたと知った同僚たちからは、やっかみ半分に乱暴な祝福を受けたものだった。

奈美は身につけるものも洗練された都会的な女性だったが、派手ではなく、堅く育てられた雰囲気があった。彼女が自分に気があったとは意外だった。乾も引き締まった体軀で見映えがよく、きびきびとした対応は行員らしいと好感を持たれてはいたものの、平凡な人間だと自覚していた。やはり奈美を妻にできたことは僥倖としかいいようがない。

奈美の父親は中学校の教頭だった。初めは、奈美との結婚を強固に反対されたが、娘の意思が固いと知ってしぶしぶ許してくれた。地方出身者ながら、都市銀行に就職した乾があちこちの支店を異動しつつ営業や融資の仕事を憶え、少しずつだが業績を上げている姿を見て、実直な青年だと認めてくれた。一年後に息子の昌也が生まれた時、都内にマンションを購入する頭金を援助してくれさえした。

その頃勤務していた渋谷北支店は、業績考課で表彰店になったのだが、業績アップに貢献したのが、乾の在籍していた営業課だった。大口の預金をしてくれたのが、たまたま乾の顧客だったこともあり、彼は鼻高々だった。上司からの期待も高まった。それに応えるべく、朝早くから夜遅くまで働いた。次の勤務先で出会った数字至上主義のヒステリックな支店長の下で潰されないように、また真面目一本の義父に認められようと必死だった。

しだいにそれが空回りして、自分で自分を追い込む結果になったのだが——。

「君には失望した」

ことが発覚した後、支店長と義父に同じ言葉でなじられた。

「やはり君と奈美を結婚させたのは、間違いだった」と義父は付け加えた。「君には、そういう反社会的な素養があったんだな。もともと」

銀行は懲戒解雇になり、妻は息子を連れて出ていった。マンションを売った金で、銀行で穴を開けた分を返済したので、何とか刑事告訴は免れた。

昌也だけには定期的に会わせてもらえないかという申し出も、すげなく断られた。

「今後一切、君とうちの家族とは関係ない。いいね？」

最後に義父にそう念を押されて、乾は頷くしかなかった。その時点で、まだ返し切れていない借金が自分でも把握できないくらいかさんでいた。義父もよくそれを承知していた。自分の娘や孫が乾の身内であるうちは、彼の借金からも、それに伴う不安定で荒んだ生活からも逃れられないと踏んだのだろう。義父のとった行動は正しいと、その後の厳しい取り立てを考えると今は理解できる。乾は黙って受け入れるしかなかった。

離婚についての話し合いにも、離婚届の提出にも、奈美は出て来なかった。最後に見た昌也の顔を思い出そうとしても、混乱の極みにあったあの頃のことは霞（かすみ）がかかったようにぼんやりとしている。あれから十八年。昌也には一度も会っていない。

そういえば、あれも夏だった。懲戒解雇を言い渡されて銀行の通用口から出た時、離婚届を役所に提出して外に出た時、街路樹から、耳を弄するほどの蟬しぐれが降っていた。そのことだけははっきりと憶えている。

「どうした。死にかけたような顔をしてるぜ」

いつの間にやって来たのか、尾崎が目の前に立っていた。

「まあ、似たようなもんだな」のろのろと立ち上がりながら乾は言った。「息子一人が戻っている。女房はまだだ。もちろん矢野も帰ってない」

尾崎はろくに聞きもせず、提げて来たコンビニの袋をばりばりと破って開けた。

＊

「自分で行動を起こさないと、誰も助けてくれないんだ。それを学んだ。十七の時にさ。だから、そうした」

マキ子の膝の上のバッグは、処方された大量の薬で膨らんでいる。抗がん剤は長期使用ができないため、医者と相談してまたホルモン剤を飲んでいる。ホルモン受容体が陽性だから、ホルモン治療ができてよかった、と主治医は言ったが、この期に及んで、よかったも何もないだろうとマキ子は心の中で呟いた。きっと苦虫を嚙み潰したような顔をしていたのだろう。医者は浮かべかけた笑顔を引っ込めて、気まずそうに咳払いをした。
今、マキ子が病院に通うのは、治療のためではない。病院の帰りにこの公園に寄って、不自由な体で電動車椅子に座る男と話すためだ。正確にいうと、一方的にマキ子がしゃべり、男がそれに耳を傾けるということなのだが、何の反応も示さない男がきちんと聞いているかどうか怪しいものだ。が、マキ子はそれで充分だった。いや、かえってその方がいいとさえ思う。

　今までマキ子は、人に弱みを見せずに生きてきた。身の上話を他人にしたこともない。死を前にしたからといって、この生き方を変えるわけにはいかない。ただ、心のうちを吐露する場所が欲しかった。

　ただ話すだけでは不充分だ。従容（しょうよう）として死に就くなどという態度は自分に似合わない。ろくでもない親に育てられ、悲惨としかいいようのない生涯を生き抜いてきたのだ。何ひとついいことのなかった人生の締めくくりに、思い切り誰かに怒りをぶつけ、罵（のの）り、自嘲し、そして嘆きたかった。こんな生き方と死に方をする自分を。

　自分をさらけ出すことを、ずっと己に禁じてきたのだ。今さら人に無防備な自分を見せられない。そこへいくと、体が不自由で、おそらくは知的なハンディがあるであろう行きずりの男は、その相手として最適だった。奇妙な姿勢で車椅子に縛りつけられた男を相手に、マキ子は語り続けた。語るにつれ、胸の奥底に無理やりしまい込んでいた怨嗟（えんさ）、憎悪、苛立ち、呪詛(じゅそ)、心細さ、失意の念や不平不満が噴き出してくるのがわかった。

吐き出したい。何もかも。これで楽になれるなどと思うわけではない。誰かにすがりたいわけでもない。もうとっくに死は受け容れているのだ。ただタガがはずれたようにマキ子はしゃべり続けるのだった。

生きて息をしているとはとうてい思えなかった日々の中、あの少年が現れた時のことは鮮明に憶えている。年の暮れ、増田が来始めて五か月が経っていた。パン屋のアルバイトの帰り、マキ子は呼び止められた。

同い年くらいの痩せぎすの少年だった。猫背で貧相な見かけとはうらはらに、炯々(けいけい)とした眼力を持ち合わせていた。射抜くような目つき。だが途方もなく昏(くら)い目だった。少年はマキ子に近寄って来た。この少年に凄みを与えているもう一つのものがよく見えた。顔半分が赤黒く腫れていた。唇はざっくりと切れていて、乾いた血液が固まっていた。

「お前のとこに俺の親父が行ってるだろ?」

体が震えた。その場を動けなかった。マキ子が答えないでいると、少年は急いで続けた。

怪我のせいでしゃべりにくそうだった。

「嘘をつくなよ。もうわかってるんだ。ここんとこ、あいつの行動を見張ってたから」押し殺した声が続く。「あいつは人間じゃない」

ええ、知ってる――心の中で呟いた。声にはならなかった。この男の子は、増田の息子なのだ。あのケダモノの。

「あいつは滅多に家には戻って来ない。稼いでいるくせに金もろくに入れない。お前のお袋とできてるんだろ？」

凍りついたようになったマキ子を見て、少年はやや声を和らげた。

「いいんだ、それは。あいつにはいつだって女がいるんだから」

そしてぐいっとマキ子の腕をつかんだ。体をのけぞらして逃げようとしたが、やはり動けなかった。少年はちょっと周囲を窺うようなそぶりをして、マキ子を路地に連れ込んだ。

「俺、増田伸宏。お前は？」

「宮坂――マキ子」

この少年は、自分の父親がマキ子の母と関係があると思っているのだ。もちろん、本当のことなど言えるはずもない。誰が信じるだろうか。母親が自分の娘を男に金で売っているなんて。

「ほったらかしにしてるくせに、お袋が文句を言ったり、俺が反抗したりすると、あいつは狂ったみたいに暴れるんだ。気に入らないことがあると、俺たちを散々殴る。それで憂さを晴らすんだ。それでお袋はいつだってびくびくしてる。殴られようが蹴られようが、もう黙ってしたいようにされている」

伸宏は言葉を切って、マキ子の顔をまじまじと見た。どんな反応をするか、試しているように。

「もう今や、逃げようとか、親父と別れようとかいう気力もなくなっちまった」また少し間をあけて言った。「生きてるのか死んでるのかわからない。どろんとした目でじっと親父が戻って来るのを待ってる」

それはあたしも一緒だ、と思った。でもどこかにふっと小さな光が見えたような気がした。なんだろう、あれは？　この子は何をしに来たのだろう。

「昨日、半月ぶりに親父が戻って来た」

腫れた顔を歪めたのが、笑ったということなのか。背筋がぞっとした。

「俺は親父に言ってやったんだ。もう戻って来なくていいって。お袋一人くらい、俺が食わせていくからって。お袋はただ茫然と見てただけ。それなのにあいつはいきなりお袋の胸倉をつかんで壁に打ち付けた。息子にこんなことを言わせたのはお前だろうって。あとはもう手がつけられない。いつものことだ」唇を触って顔をしかめる。「で、これ――」伸宏は自分の顔を指差した。「でも俺はまだいい方なんだ。お袋はもっと酷い。あばら骨と腕の骨を折られて入院した」

マキ子は立っていられなくて、板塀にもたれかかった。

「病院に警察が来たけど、お袋は親父をかばって何もしゃべらない。かばうっていうのは違うな。怖いんだ。後で何をされるかわからないから」また不気味な笑いを浮かべる。

「警察も薄々わかっているんだ。だけど、夫婦喧嘩には介入できないとか言いやがる」

　伸宏は、ぺっと唾を道に吐いた。

「肝心の親父ももうどこに行ったかわからないし」伸宏はポケットに手を突っ込んだ。

「でも多分、今日、お前のお袋のとこに行くと思う。あいつは思い切り暴力をふるった後は、きっと女を抱きたくなるんだ」

　ずるずると背中が滑って、板塀の下に座り込んでしまったマキ子を、伸宏は冷たく見下ろした。そっとポケットから出した手に折り畳みナイフが握られていた。マキ子はそれを淡々と見上げた。

「もう終わりにする。あいつを――殺す」

　囁くような声が降ってきた。

「殺して」

　そう言っただろうか？　それとも心で念じただけだったろうか？

　伸宏の推測した通り、その晩、増田はやって来た。カウンターの中から盗み見た脂ぎった中年男は上機嫌だった。おそらくは存分に暴力をふるった高揚感からだろう。いつもよりよくしゃべった。横に座った芳江に軽口を叩いている。笑うたび、黄色い乱杭歯（らんぐいば）が覗いた。時折ちらちらとマキ子に視線を送ってくる。舌舐めずりをする獰猛（どうもう）な獣のようで、怖気（おぞけ）をふるった。

その日は初めから他に客がなかった。だから事件の後、証言する者が誰もいなくて警察は苦心惨憺したようだ。マキ子はぐずぐずと汚れてもいないコップや皿を洗っていた。

「何してんだい？　さっさと上に行きな！」

とうとう焦れた芳江が言った。マキ子はすっと顔を上げた。母親を見据えたまま、ゆっくりとタオルで手を拭く。

——いいの？　お母さん。あたしはもう決めたからね。

そう問うたつもりだが、もちろん芳江が娘の意を汲むことはなかった。

マキ子は店と住居部分とをつなぐドアを開けて出た。狭くて急な階段の下は小さな土間になっている。向かいには、外に通じる引き戸があり、造りつけのちっぽけな靴箱があった。そこが玄関といえば玄関なのだ。いつも、マキ子はそこで靴を脱いで二階へ上がる。だがその日は、そのまま引き戸を開けて外へ出た。

引き戸を引く音が店にまで届くのではないかと冷や汗をかいた。隣の家のガレージの車の陰から、伸宏が現れた。暗くてどんな表情なのかは窺い知れなかった。目を合わすということもなかった。少年は開けたままになっている引き戸から中に入っていった。引き戸は後ろ手に閉められ、階段を上がる密やかな足音がした。

どこかの家からテレビの音が漏れ聞こえていた。年末の特別番組を見て笑う家族の声が耳に届いた。マキ子は一目散に駆けだした。どこへ行くという当てもなかった。走って走って、自分がどこにいるのかもわからなくなった。たった一枚きりのオーバーコートも置いてきたから、厚手のカーディガンの前をいくら掻き合わせても寒さが身に沁みた。どこかの工場の廃材置き場の片隅で、夜が明けるのを待った。震えが止まらないのは、寒いせいではなく、二階の自分の部屋で何が起こっているのか知っているからだった。ただ、空に異様に大きな満月がかかっていたのは憶えている。何か、おぞましく呪わしいものを呑み込んで膨れ上がったように見えた。その月が放つ、晒されたように白っぽい光は明るすぎた。恐ろしい罪に加担したマキ子を世界の中から見つけ出し、居場所を教えるために照射しているように思えた。

朝、まだ暗いうちに凍えかけた少女を見つけたのは、工場主の妻だった。驚いて事務所に入れてくれた。マキ子は毛布を掛けられ、ストーブのそばのソファで気を失うように寝入ってしまった。出勤して来た従業員がテレビをつけた。その音で目を覚ました。

「うへ、この近くじゃないか」

従業員が食い入るように見る画面に、大写しになった自分の家があった。増田が刺殺されたのだというニュースを、アナウンサーは淡々と読み上げた。

「こっちは白黒だからまだいいよ。うちの方はカラーだから、階段の下とか扉の前に血溜まりができててさ。まともに映ってたよ。気持ちの悪い。逃げようとしたのを追いかけて何度も刺したらしいよ」

戻って来た工場主の妻の言葉を聞いて本当に失神した。不審に思った工場主が通報したので、マキ子が事件現場の家の娘だと知れた。警察で事情を聴かれた時には、もう伸宏は逮捕されていた。逃げおおせるとは思っていなかったようだ。近くの路上にいたところを発見されたらしい。

ポケットの中には、血まみれの折り畳みナイフがまだ入っていたという。

マキ子は口をつぐんでいるつもりだったから、うまくやれば彼は捕まらなかったかもしれない。しかし、端から、その気はなかったということか。逆に伸宏の方は、事前にマキ子に犯行を打ち明けていたことは警察でしゃべらなかった。刑事には、なぜ惨劇があった時間に家にいなかったのかと問い詰められたけれど、「家にいたくなかったから」で押し通した。

その日に会ったばかりの少年を手引きして、家に入れたなどということは口が裂けても言いたくなかった。なぜ？　と問われたら何と答えたらいいのだろう。増田を殺すことに加担したことを知られるのはまだいい。その理由を明らかにされるくらいなら、死んだ方がましだった。

刑事も、犯人と事件現場の娘とが結託しているなどということは思いつきもしなかった。あまりに現実離れした構図だ。彼らは貧しい推理力を掻き立てて、ありふれた結末に落ちつけた。すなわち、愛人宅に入り浸っていた父親を、その息子が憎しみのあまり刺殺したというふうに。

物音に気付いて階段の下まで行った芳江は、増田が刺されて絶命するところをまともに見てしまった。自分も血溜まりに足をとられて転倒した挙句、失禁した。しばらくは心神喪失状態で話も聴けなかったようだ。犯人については男なのか女なのかも憶えていないと言った。警察もお手上げだった。

増田伸宏は、父親殺しの罪で少年刑務所に送られた。芳江はそんな状態だし、殺人にまつわる風聞はひどいものだし、とても店はやっていけなかった。化け物の住む呪われた家は存分にその力を発揮したわけだ。土地と建物を二束三文で叩き売って、芳江とマキ子はその場所を離れた。一年ほどして行ってみたら、家は取り壊されて駐車場になっていた。

それ以来、マキ子は母とあの晩のことを話したことはない。芳江はまたすぐに酒が手放せなくなったが、自ら飲み屋を経営しようというような気力は失っていた。ここから這い上がろうとか、いい暮らしをしようとか、人を見下そうとか、そんな気持ちがきれいさっぱり消えてしまった。自分の容貌をネタにしたり、娘の体まで売って生きていた貪欲な母はもうどこにもいなかった。

生活はマキ子が働いて支えるしかなかった。何でもやった。大衆食堂の皿洗い、ビルの清掃、神仏具店やレコード店の店員、クリーニング工場や印刷工場でも働いた。睡眠時間も削り、栄養も足りず、ガリガリに痩せ細った。それでも増田がいつやって来るかと怯えていた頃に較べると格段に幸せな日々だった。酒がないと芳江が暴れるので、食費よりも酒代の方が高くついた。酒をやめさせようとすると、勝手に近所の酒屋でツケで買ってきた。いくらも経たないうちに、芳江は立派なアル中になった。

「酒浸りになって、それでも四年は生きたね。肝硬変で黄疸が出て、それに譫妄だろ？　病院なんかに行こうとしないんだから」

　マキ子も投げやりになってしまった。もうどうでもいいと思い始めた。仕事で疲れ果ててオンボロアパートに帰ると、吐瀉物にまみれた母の面倒が待っていた。体よりも精神が消耗した。

「もう早く死んでくれ、と思ったね。そう思ったって罰は当たらないだろうさ。あの女のしたことを思えば」

　芳江はよく、壁のヒビ割れから虫が湧いて出ると言って騒いだ。

「金色の虫だよ。おお、気持ちの悪い！」放っておくと体を這い回るのだと、一匹一匹指で潰すしぐさをした。飽かずそうやって虫を潰し、見えない虫の死骸をクッキーの缶に入れた。いよいよ死が近づいて、寝たきりになった時、マキ子にそのクッキーの缶を渡した。金色の虫を溜めてあるから、これを売れば大金持ちになれる、と芳江は真面目な顔をして言った。

「最後の最後まで金の亡者だったね。見事なもんさ」

芳江が死んだ時、やっと自由になれたと思った。まだ二十一歳だった。これからは自分の裁量で生きていけるのだ。自分で行動を起こして自分を助けたように。マキ子は間接的に増田を殺し、母を見殺しにしたのだった。

芳江は柩(ひつぎ)の中に哀れに萎(しな)びた体で横たわっていた。あまりに痩せて縮んだので、もう醜いケロイドが目立たなかった。その姿が瞼の裏に一瞬浮かんだ。マキ子はそっと目を開けて空を見上げた。

遠くで雷の音がした。雨がくるのかもしれない。

＊

激しくアスファルトを叩く雨は、埃を舞い上げる。道行く人が駆けだしていく。乾も背広を頭に被って走った。たちまちズボンの裾が跳ね上がった泥水で汚れた。非常階段の下に飛び込むと、尾崎がのっそりと立ち上がったところだった。何か言ったようだが、雷鳴にかき消されてしまう。続けて灰色の空に稲妻が走った。側溝から水が溢れ出している。尾崎が「かなわないよな」というふうに首を振った。二人はしばらく並んで立って、低気圧がもたらした雷雨をやり過ごした。

雷が遠ざかると、尾崎が口を開いた。

「何かおかしい」

「何が？」

「矢野の女房はずっと帰って来ていない」

「息子は？」

「息子はいるんだ。けど、学校へは行こうとしない」

「それなら、とりあえずは安心だ。息子がいるんなら、女房は戻って来るだろ」

「だが、何か——」尾崎は鼻をふくらませた。「気に入らねえな。何か変だ」

まあ、いいか、と口の中で呟くと、コンビニで買ったらしいビニール傘を広げた。前も見えづらい雨をものともせず、のっしのっしと出ていった。

乾は濡れた背広を非常階段の手すりに掛けた。ぽたぽたと水が滴り落ちる。ズボンも足にぴったりと貼りついて不快だ。身だしなみに気を遣っていた銀行員時代とは違って、もう何年も同じ背広を着続けている。アウトレットショップで買った吊り下げ商品だ。雨飛沫を避けて、階段を少しだけ上がる。今日一日張り込めば、宮坂の気も済むだろう。

乾は階段に腰を下ろして、道を行き交う人々を見やった。雨の勢いはやや衰えたようだ。色とりどりの傘が通り過ぎる。それを見下ろしながら、とりとめもない思いを巡らせた。残った借金の額、別れた妻と子供のこと、宮坂の病気、亜里沙の若い肉体、自室のエアコンの騒音、濡れた背広——。

向かいのアパートの窓がガラリと勢いよく開いた。矢野の部屋だ。乾は雨の筋を通して窓に目を凝らした。彼の座っている階段とアパートの二階が同じ高さなので、窓はよく見えた。ひょっこりと若い男が顔を出した。矢野の息子のようだ。尾崎の言う通り、今日は木曜日なのに学校へは行っていない。風邪でもひいたのか？　息子は何やら白っぽいものを取り出して軒先に吊るした。そして窓枠に腰かけて、楽しげに見上げた。

「てるてる坊主――」

あいつ、高校生のくせに随分子供っぽいことをするじゃないか。乾はあきれた。しばらくそうしていて、息子はふいに乾の方へ顔を向けた。にっこりと笑いかける。

知ってるんだ、あいつ。自分たちが見張られていることを。親父がヤバいところから金を借りて追われていることや、妻子を捨てて愛人と逃げたこともわかっているのか？

息子らしき人物は、降りしきる雨の向こうから真っすぐに乾を見詰めてくる。ヤミ金の回収屋の男を。落ちぶれた元銀行員を。相変わらず無邪気な笑顔を浮かべて。

――何かおかしい。

尾崎の言葉が甦ってきた。

そうだ、何かおかしい。乾は違和感の源を探ろうと試みた。何かが違っているのだ。何かが――。

次の瞬間、背広を引っつかむと雨の中へ飛び出した。すぐにシャツまでびしょ濡れになる。バシャバシャと水を蹴散らし、アパートの外階段を駆け上がる。矢野の部屋は手前から三番目。何度も拳で叩いた合板のドアのノブを思い切り引いた。鍵はかかっておらず、勢いよく開いたドアは、壁に当たって大きな音を立てた。

いつも靴が散らかっていた狭い玄関は妙にすっきりしていた。息子が脱いだらしい茶色のバスケットシューズが一足あるきりだ。乾は声もかけずに勝手に家の中に上がり込んだ。何度かここへは上がり込んだから、間取りはわかっている。上がってすぐは、薄汚れたリノリウムが貼られた台所だ。そこは特に変わりはない。小さな食器棚と流しが向かい合っている。吊り戸棚の下に、使い込まれた鍋がいくつかぶら下がっているのもこの前来た時と同じだ。

奥の部屋が居間で、向かって右側が夫婦の寝室だったはずだ。そこへずかずかと入っていって、安っぽいカラー合板の洋服ダンスを開けた。ハンガーがバラバラと落ちているだけで服は一着もない。隣の整理ダンスも空っぽだ。押入れの中に布団は残されているが、細々（こまごま）したものは消えている。

乾は舌打ちした。身の回りの物だけを持って矢野の妻も姿を消したのだ。夫と申し合わせて一緒に逃げたのか。それとも愛人に走った夫を見限ってどこかへ行ったのか。乾は、居間の左側、高校生の息子の部屋を振り返った。襖は開け放たれている。窓枠に腰かけた息子は、窓の下半分を覆ったアルミ格子に頰杖をついて、外を眺めていた。頭の上で、てるてる坊主がくるくると回っている。おどけたような目鼻がフェルトペンで書き込まれていた。

矢野の妻が出ていったのは間違いなさそうだ。おそらくは昨日の午前中、乾が亜里沙のところに行っている隙に。

この失態を知ったら、宮坂がどれほど怒り狂うことか。しかし、まだ取り返しはつく。この息子を問い詰めれば、母親の行方がわかるに違いない。高校に在籍している息子を一人残していくなんてどういう料簡（りょうけん）なのか知らないが、とにかく連絡はつくようにしているはずだ。

「おい!!」

日に焼けた畳をドスドスと踏み鳴らして子供部屋へ入った。乾の剣幕にもかかわらず、息子はのんびりと振り返った。

「おい！　お前のお袋はどこへ行ったんだ？」

どう見てもまっとうには見えない人物にいきなり問い質されても、特に動じるふうもない。さっき道の向こうの乾に向かって微笑んだままの表情で見返してきた。

「何とか言えよ！　こっちはお前の親父に金貸してるんだ。知ってるだろ？　それでお袋も逃げやがったんだから」

「ふうん」

間の抜けた返答に一気に頭に血が上る。

「しらばっくれるんじゃねえ!!」

息子につかみかからんばかりに寄っていったが、彼は涼しい顔で乾を見上げた。

――何かがおかしい。

その時、あの違和感の原因にやっと思い当たった。矢野の息子は何度か見かけたが、もっとひょろりと痩せた少年だった気がする。髪型も違う。あいつの髪は短くてツンツン突っ立っていた。こんなにさらりと長めのヘアスタイルじゃなかった。

乾は窓に腰かけた少年を穴のあくほど睨みつけた。背はそう高くはないが、引き締まった機敏そうな体つきをしている。横に流した前髪の下で、茶色っぽい瞳が、何か面白いことに出合ったとでもいうように見開かれていた。右目の横には、小さな黒子が二つ並んでいる。

「お前――矢野の息子じゃないな」

「矢野って？　ああ、ここに住んでた人？　でももういないみたいだな。勝手に上がって悪かったけど、鍵かかってなかったし、雨がやむまでと思ってさ」

乾は改めて子供部屋の中を見渡した。学習机はあるが、教科書もカバンもない。本棚にはコミック誌がずらっと並んでいるが、何冊かは抜き取られた跡があった。ハンガーラックにも服はない。押入れの中は見なくてもだいたいのことはわかった。手で持てるだけの荷物を持って息子も姿を消したのだ。母の後を追って、夜陰に乗じて。

それでは、この少年はいったい――？

乾はゆっくりと窓に向き直った。

「お前、誰なんだ？」

少年は、おかしくて声を上げて笑いそうになるのをすんでのところで堪えたというふうな声で言った。

「俺？　ええと、そうだな。俺は陸上部員なんだ」

＊

梅雨が明けると同時に酷暑に見舞われた。どっと体力が奪われていくような気がする。貸し付ける客への面談が、マキ子には苦痛になってきた。しかし、融資していい客かどうかの判断はやはり人には任せられない。客の肩書や調子のいいしゃべりに惑わされず、嘘をついていないかどうか、回収できる見込みがあるかどうか、的確に見極めなければならない。法外な率で金を貸すのだから、そこのところは余計慎重になる。返さなければならない金なのにもかかわらず、手にした途端、自分の金と勘違いする愚かな輩はいくらでもいる。

回収不能になった分を差し引いても何とか長年やってこれたのは、自分の目が肥えているからだと思っていた。だが、病状が進んで衰弱するにつれ、人を見抜く力も失われていくような気がする。商売を畳むべきだろうか？　マキ子はとうとうそのことを勘案せねばならないところにきた。

因果な商売だが、あれからの人生をやってこれたのは、冷血で非情な金貸しという枠に自分をはめ込んできたからだ。金に翻弄されることなく、それを武器にやっていこうと決めた時の気持ちは今も変わらない。ならば、まさに死ぬ前日までこうしていたいと思うのだ。自分らしく死ぬために。

しかしこのところ、たびたび腰痛を覚えるようになった。主治医は、がん細胞の骨転移があるかもしれないと、骨シンチの検査を勧め、予約を入れた。歩くのもなかなかで、通院も大変だ。

「あんたと同じ体になっていく気がするよ」

マキ子はもの言わぬ相棒に話しかけた。猛暑の中、この男は電動車椅子を操作して律儀に公園へやって来る。マキ子と出会う前からの日課なのだろうから、ここで彼女の繰り言を聞かされたところで生活自体はそう変わったわけではないだろう。しかし、この男はどんな暮らし向きなのだろうか。

いつもは自分のことばかり勝手にしゃべって勝手に去っていくマキ子だが、今日は最初の一言の後、男の様子をじっくり観察した。体の状態はいつも同じだ。車椅子が唯一の移動手段で、それを操る右手だけは自分の意思で動かせるのだ。着ているものは毎回違っているし、清潔だ。家で誰かが身の回りの世話を焼いているのだろう。家族か？　あるいは福祉ボランティアか何かの手を借りているのだろうか？　彼らとの意思の疎通はどうやるのだろう？　暑いとか寒いとかは感じるのだろうか？

　こういう類いの人物と接したことがないので想像もできない。これで結構恵まれた環境で生活しているのかもしれない。こんな男がぬくぬくと暮らしていて、まだこれからも生き長らえていくのかと思うと、やはり憤怒の念を抑えきれない。

　マキ子はおもむろに口を開いた。

「あんたはさ、この世にも地獄があるって知ってるかい？」

　母親が死んでから、マキ子は下町の美容室で住み込みで働くようになった。

　母の放埒（ほうらつ）な生きざまから学んだことは多かった。同じ轍（てつ）を踏みたくなかった。食べるためにたくさんの職を転々とする根なし草のような生活はしたくなかった。手に職をつけようと決心した。

　美容師に格別の思い入れがあったわけではない。たまたま見た求人広告に、働きながら資格が取れるとあったのに惹（ひ）かれた。食と住を提供してくれるというのも魅力だった。暗い世の中だった。アメリカは五万八千人もの戦死者を出したベトナム戦争からようやく手を引いた。それでもなお、ベトナムでは不毛な内戦が続いていた。第四次中東戦争も勃発した。これに端を発した石油ショックの影響で、物価は驚異的に上昇していた。とても一人暮らしなどできる世情ではなかった。

夫婦で経営する美容室は繁盛していた。忙しい夫婦に代わって、マキ子は炊事、洗濯、掃除を請け負った。子供の世話から店の下働きまでこなした。美容師の真似ごとすらさせてもらえなかった。朝から晩まで立ちっぱなしで、深夜に店内の清掃を終えると泥のように眠った。給料は雀の涙ほどしかなかったが、何も考えないでいられることが有り難かった。

美容師夫婦、特に妻の方は厳しかった。ポンポン歯切れよくものを言い、それを上回るほどよく動いた。怠けたがる亭主の尻を叩くのも慣れたものだった。マキ子に対しても容赦はなかった。ひと通りの家事はこなせるし、きつい仕事も厭わないつもりだったが、女主人は細かいことでいちいちマキ子を叱った。彼女の言うことは常に筋が通っていた。自分は親からの躾を何も受けていないのだと自覚せざるを得なかった。

それでもきっぷのいい下町のおかみさんで、マキ子が「先生」と呼ぼうとすると、「おばちゃんでいいよ。気色が悪いから」と言った。双子の小学生の女の子も、マキ子によく懐いた。愛情深く育てられた子供たちは、素直で無邪気だった。近所の和菓子屋で買って来たさくら餅を初めて口にしたのもこの頃だ。桜で作っていると思っていたマキ子の勘違いを知り、一家は大笑いした。

ようやく客の髪に触らせてもらえたのは、住み込んで三年後で、それからしばらくして夜間の美容学校にも通わせてもらった。一人前の美容師になれたのは、二十六歳の時だった。その後、渋谷にある大きな美容院に移った。

「あんたの腕に見合うほどの給料をうちでは払ってあげられないからね」とおばちゃんは言った。夫婦で営む下町の美容室に必要なのは、安く雇える下働きの女の子だった。美容師の資格を取ると、誰もがよそへ移っていくのが習いになっていたのだった。

渋谷の美容院は美容師の数も多く、誰もがライバルだった。美容師間での上下関係もきっちりしているし、陰湿ないじめや客の取り合いやグループに分かれてのいがみ合いもあった。常に緊張を強いられる職場だった。

しかしマキ子にとっては何でもなかった。人の入れ替わりも激しかったが、マキ子は別の店に移ろうという気も特になかった。誰とも仲好くならず、オーナーや店長にも取り入らず、口数も少なく、淡々と仕事をこなすマキ子にはいつの間にか変人というレッテルが貼られていた。

休みの日には、どこへ行くという当てもなく、時間を持て余した。それで始めたのが、不動産屋巡りだった。いつか独立して自分の店を持ちたいと思っていたが、先立つものがなく、それは夢のまた夢だった。それでもその想定のもと、店を開けそうな物件を見て回るという行為に没頭した。店を持つなら、渋谷のようなしゃれてすました街ではなく、以前住み込んでいたような下町がいいと思った。

　別に本気で探しているわけではない。プロにはすぐに見抜かれるようで、最初は愛想のよかった不動産屋も冷やかしだとわかった途端につっけんどんになった。気の毒だとは思いながらも、マキ子は密かな楽しみを続けた。そのうち邪険にされるのにも慣れてしまった。

　生まれ育った南蒲田によく似た、住宅と一体化した工場や商店のある入り組んだ街を歩きつつ、この辺りの人はどこへ髪を整えに行くのだろうと考えたりした。すると食べていくためとはいえ、美容師という職業にたどり着いた自分が不思議でならなかった。芳江や虐(しいた)げられた過去とは完全に訣別したのだと思えた。

　店を持つという未来の自分を思い描いて、気分転換がうまくいったのか、心にゆとりができた。技術は向上するものの、いつまでも苦手だった客との会話も弾むようになった。肩の力が抜けて同僚との関係も改善した。

　ものごとがいい方向に転がっていると感じられた頃、萩野省一(はぎのしょういち)と出会った。神田(かんだ)の住宅街の奥まった場所にある古い不動産屋の従業員で、気まぐれに覗いたマキ子を丁重に接客してくれた。美容室を開くための空き店舗を探していると言うと、それならちょうどいい物件があるという。連れられて行った先は、今までの経営者が急病になって畳んでしまった店だった。設備もすっかり揃っていた。

「改装する費用がいらないじゃないですか」と熱心に勧められた。「近所の人も困っているんですよ。流行(はや)りの美容室だったから」

物件は、借地権付き建物だから、美容院の元経営者から借地権と建物だけを買いとり、後は地主に月々の借地代を払えばいい。

心が動いたが、何せ開店資金として貯めた金はまだわずかだった。自分で食べていけるだけでも有り難いと思っているくらいなのだ。また不動産屋まで戻って、他の物件も探してもらったが、あれ以上にいいものは見つからなかった。それはそうだろう。こんなごちゃごちゃした住宅街に、そうそう空き店舗などあるはずがない。第一、この不動産屋だって酷いものだ、とマキ子は密かに思った。狭い間口に木枠のガラス戸、コンクリート打ちっぱなしの床にはひびが縦横に走っている。二階の住居部分に誰かがいるのか、足音が筒抜けだ。

「この家屋も戦前に建てられたものなんですよ」と何の屈託もなく萩野は言った。「だからさっきの美容室なんてまだ新しいうちに入るんです。代替わりした時に改装しているし」と随分残念がった。彼の熱心さと親切さに負け、勤め先の電話番号を教えて帰った。するとと、一週間して電話がかかった。元の経営者と掛け合ったのだと言う。治療費に充てたいので早く手離したい。愛着のある美容院を続けてくれるなら、建物の代金は大幅に負けてくれるということになったらしい。

「いい話でしょう？」と我がことのように興奮する萩野は、商売気のない好人物に思えた。それでもマキ子は保留した。さらに一週間ほど考えて不動産屋を訪ねて行き、断った。

「すみません。やっぱり無理だと思います。私、ほんとにお金がなくて。身寄りも親しい人もいなくて保証人がいないから、銀行も貸してくれないし――」

「じゃあ、僕が保証人になりますよ。だったらいいでしょう？」

「は？」

萩野と結婚したのは、それから一年も経たないうちだった。マキ子は三十歳。萩野は三十六歳だった。保証人になってくれたから、というわけではない。唐突な申し出には、却って退いてしまった。この人の目的は何なのだろうと警戒心を露にした。後で萩野に聞いたら、自分でもどうしてあんなことを口走ったのかわからないと答えた。あの空き店舗が待っていた人物が現れたと思って必死だったのだと言う。これを逃したら、美容室は死んでいくしかないのだと。多分、それは不動産屋魂とか職業意識のようなものだったと付け足した。

「でも保証人にまでなると他の人には言ったことがないから、瞬間的に君に恋愛感情を抱いていたのかなあ」

萩野省一は、石川県の海辺の寒村の出身で、父親は漁師だったそうだ。彼が十一歳の時に海で死んだ。六人兄弟の四番目だった省一は、定時制高校を卒業して東京に出て来た。この不動産屋を営んでいる老人が同郷の人で、何かと面倒をみてくれたらしい。働きながら苦労して宅地建物取引主任者の資格を取って、ここに雇われたのだという。二階に住んでいる和田新平という老人は、腎臓が悪くて週に三回、人工透析を受けていた。だからもう不動産屋は省一にまかしているようなもんだと歯のない口で笑った。

ただ籍を入れただけで、新生活をスタートさせた。二人が今まで住んでいた部屋よりは幾分ましなアパートを省一が探し出してきて、そこからお互いの職場に通った。省一は和田不動産に、マキ子はたった一人で切り盛りする美容室に。生活は楽ではなかったが平気だった。自分の店が持てただけで夢がかなったと思っていたのに、家庭まで手に入れたのだ。漠然と自分は結婚しないと思っていたマキ子にとっては、奇跡のような展開だった。

省一は、人がよすぎて商売はへただった。和田不動産は、和田老人がやっていた時から小口の物件しか扱わず、たいして儲からなかった。和田の生活費や病院代を引くと、残りはわずかだ。しかもオンボロ事務所は借家で、賃料を払わねばならなかった。

「僕はさ、貧しいのには慣れてるんだ。君には悪いと思うけど」

省一は日本海を望む漁村での生活を、あまり話したがらなかった。おおざっぱな生い立ちを聞いただけでだいたいのことは推測できた。おそらく食べるものにも事欠くような暮らしだったのだろう。結婚するに当たっても、埼玉県蕨市に嫁に来ているという、省一のすぐ上の姉に会ったきりだ。

　マキ子の方も同様で、お互いの幼少期のことなど何も語らないまま、一緒に暮らしていたのだった。それで何の不足も不都合もなかった。ただマキ子は結婚して店を持ち、自分の望みはほぼ達成したと思っていたのに対し、省一は結婚を機に、もう少しだけ商売も生活の質も向上させたいと願っているようだった。所帯を持った男なら、誰でもが持つささやかな欲だ。しかし、このちっぽけな欲に、そのうち足をすくわれることになるとは、マキ子も省一自身も気づいていなかった。

　三年経っても二人の間には、子供が生まれなかった。マキ子が営む「スズラン美容室」は順調で、開店準備金として借りた金も返す見通しがついた。不動産屋の方は、鳴かず飛ばずだったが、二人ともどん底生活を経験しているだけに楽観的だった。ただ和田の病状はあまりよくなかった。

「早くあんたらの子供の顔が見てえなあ」と老人は言い、「そんならわしもいつお陀仏(だぶつ)になってもいいんだが」などと弱音を吐いた。

　兄弟の多かった省一も、口には出さないが、子供ができるのを心待ちにしていたようだ。自分と母親との関係を思うと、子を持つことに戸惑いを覚えるマキ子だったが、もちろんそんなことはおくびにも出さなかった。省一との結婚生活は短かったが、初めの三年間は穏やかで充実していた。

その最初の兆しは、省一が呟いた一言だった。

「都内でのオフィス需要が伸びるらしい。地価が上がるぞ」

後で国土庁が発表した『首都改造計画』の中でそういう予測がなされていたと知った。何気ない朝の風景での一言に、マキ子は「ふうん」とだけ答え、すぐに忘れてしまった。

そもそも和田不動産のエリアには、老朽木造住宅がひしめいていた。住宅でも商店でも、借地借家が入り乱れているのだ。土地と建物の所有者が別で、またそこに店子が入っている。又貸しされた物件もあったりして、権利関係が複雑なのだった。戦争中に空襲で焼け残った街に多い構造だ。所有者が売りたいと思っても一筋縄ではいかない。

ある住宅兼商店の所有者が売りたいというので和田不動産に相談に来た。省一は入居している三軒の商店主と丁寧に交渉し、立ち退き料の金額を決め、移転先まで世話してやってようやく更地にできた。そこをまた地主のためになるべく高く買ってくれる建て売り業者や大手の不動産会社に仲介して売ってやった。手間と労力がかかる割に実入りの少ない仕事だ。

「わしら町の不動産屋はこうやってうすーく儲けてやっていくもんなんだ。地元の住人のおかげで仕事させてもらってんだから」と和田は言った。

だが、情勢はあっという間に変わった。バブルが始まっていた。都心部の地価が仰天するほどのスピードで上がっていった。入札による国有地の払い下げでは、公示価格の数倍の値がついた。浜松町、日本橋、それから神田などの古い家屋に、坪一千万、二千万などとんでもない値がつくのだ。まさに狂騰である。こうなるともう人情の残る古い町も何もあったものではない。土地や家屋を売買するなどということを長いこと忘れていた人々が一気に色めきたった。

丸の内や大手町に隣接しているものの、古書店、印刷屋、学生アパート、小規模の商店、食堂、飲み屋などが密集した神田は、開発という名目で地上げ屋に狙われても不思議ではない。不動産ブローカーだとか仲介業者だとか、わけのわからない連中が入り込んで来た。美容院で働くマキ子は、客の口から様々な信じがたい話を聞いた。

地主が手放したのに居座っていた老婆のところに、段ボール箱を抱えた男がやって来て、おもむろにその中から札束をつかみだして出て行くように促されたとか、売ることを渋る父親を息子が脅して契約書にサインさせたとか、どんなに金を積まれても売らないと言い張っていた老人が突然行方知れずになって大騒ぎになり、親戚に問い合わせたりして捜し回ると、超高級な老人ホームに入っていたとか。

省一も、土地の取引が多くなって忙しくなった。入ってくる手数料も格段に多くなったようだ。忙しすぎて帰りが遅くなった。他の地区では犯罪も起こっていたから、マキ子は心配した。放火があったり、ダンプカーが突っ込んで家を壊したという話も聞いた。近所では嫌がらせも横行していた。窓からネズミの死骸を投げ込まれた、食堂にその筋の男たちが居座ってどんちゃん騒ぎをして営業妨害をする、「出て行け」と毎日電話がかかってきてノイローゼになった人もいた。

「大丈夫なの？」と問うと、省一は弱々しく微笑んで大丈夫、と答える。だが難しい顔をして考え込んでいることが多くなった。仕事上付き合いのあった別の不動産業者から、この辺りの開発に協力してもらえないかという申し出があったのだ。開発とは、要するに地上げということだ。報酬は莫大なものになる。だが、和田を始め、古くからの住人の意には沿わない仕事になるはずだ。

「だが、僕がやらなくても結局誰かがやるんだ。僕はみすみす儲けを投げ出すことになる」と、省一はマキ子に言った。そしてこう付け加えた。「貧しいのに慣れているなんて言ったのは嘘だ。貧しさには慣れてはいけないんだ。そこから抜け出せるチャンスがあれば見逃してはいけない。絶対に」

抜け出せるチャンスがあれば見逃してはいけない——それはまさにマキ子が実践してきた生き方だった。母や増田から逃れるために。だから——マキ子は省一を責めることはできなかった。これが父親に早くに死なれて、周囲から蔑（さげす）まれ、貧困にあえいできた彼が選んだ生き方なのだ。

和田不動産も含めた地域の地上げに着手した省一は、大手不動産会社が提示する金額で交渉を始めた。崩れかけた木造住宅の借家人に払われる額は、常識では考えられないようなものだった。たいていの住人は出て行った。どれだけ立ち退き料を払っても居座る住人には、どこからか雇われた弁護士やヤクザが話をつけた。

住みよかった町は様相をがらりと変えた。櫛の歯が欠けたみたいに、あちこちに空き地ができた。小ぢんまりした気持ちのいい喫茶店や本屋がなくなり、誰も住んでいない幽霊アパートが悄然と残された。活気があった町が灰色の死の町になってしまった。和田も不動産屋を畳むことにした。省一は既に独立するのに充分な資金を手にしていた。

「お前のやっていることは間違っているよ」最後に和田はそう言った。「これはただの土地転がしだ。地面にはそれに見合うまっとうな値段ってもんがある」

彼は長年住んだ神田にも、息子同様に思っていた省一にも見切りをつけて、姪のいる町田市に転居していった。

省一は怯まなかった。彼の考えはこうだった。バブル景気で驚異的に地価が上がった。いい悪いは別にして、これはどうしようもないことだ。だったら、その状況の中で最良のやり方で泳ぎ抜くしかない。そうやって皆自分を守ってきたのだから。

実際、大金で売れるとなれば、骨を埋めるつもりで住んでいた土地を手放す人は多い。売却額よりも高い不動産を買えば、買い替え特例によって税金がかからないという制度もあった。古くから付き合いのある住人には、省一は懇切丁寧に手続きをしてやってスムーズに移り住ませた。その際に少しでもいい値が付くようはからうと同時に、自分の懐にも相応の仲介料が転がり込むような方法を学んでいった。

「僕がやっていることは地上げは地上げかもしれないけど、悪いことだけではないよ」という省一の言葉をマキ子は信じた。

実際、人情味のある下町が崩壊したのは、彼のせいではないのだ。絶対に動かないと頑固に土地にしがみついていた人も、やがて考えが変わってきた。地価があまりに高くなり、親から子に引き継ぐ時、相続税が払えなくなるということに気づきだしたのだ。それなら親が元気なうちにもっと空気がよくて広い土地に住み替えたいと思い始めた。手放すと決めたら、少しでも高く売りたいと思うのが人の常だ。そういう人は地上げをしてもらうのを待っている。やはり頼るのは、地元で長年やってきた省一のところだった。

一度は関係が険悪になっていた古い住人も、省一に感謝して去っていった。新しい家を手に入れ、新生活を始めるのにあり余るほどのものが、転がり込んできたということだろう。

省一は、大通りに面した細長いビルを買い取った。建坪は三十坪ほどの古ぼけたビルだったが、あの頃の相場でいくと、十億以上の物件だったのではないか。もちろん、手持ちでそんな金はないから、銀行で借りたと言っていた。銀行には金が余っているんだから、簡単に貸してくれるんだと省一はうそぶいた。

スズラン美容室の土地の所有者も、土地を売ることにした。マキ子は立ち退かなければならなくなった。それで省一のビルの二階に移転することにした。それも省一が中に入って交渉し、結構な額の立ち退き料を手に入れた。

美容院の元の経営者の都合で安く手に入れた物件だったのに、こんなにもらえるのなら、全体でいったいどれくらいのお金が動いたのだろうとマキ子は空恐ろしくなった。そして今、省一は商売でそういう金を右から左に動かしているのだ。

彼がビルで始めた不動産屋には、客の他に銀行やノンバンクの人間や、同業者や、ディベロッパーと呼ばれる大手の開発業者、建設業者まで様々な種類の人々が出入りしていた。それが同じビルに美容室を構えることによってよくわかった。マキ子のスズラン美容室の客層もすっかり変わってしまった。

地元に住む客は減って、ボディコンと呼ばれるウェストシェイプの太いベルトに膝丈のタイトスカートというバブルファッションに身を包んだ若い女性が増えた。彼女らは皆一様に、前髪をぴんと立たせてかっちり固めるという髪型にしたがった。忙しくなったので、美容師を一人雇った。明るいが、軽い女の子で、すぐに省一のところで働く従業員と付き合いだした。

不動産屋も多忙を極め、多い時で七、八人もの従業員を雇っていた。もはや神田界隈だけでは収まらず、新宿、四谷（よつや）、浜松町、世田谷と扱うエリアが広がっていった。マキ子は、省一が地上げに手を染め始めても、詳しいことは何も聞かなかったし、彼の方も特に話さなかった。

時が経ち、会社が大きくなるにつれ、相当の金が省一の懐には入っているらしいということはわかった。二人はとうに最初のアパートも出て、家賃が三十五万円もするマンションに移っていた。着るものに無頓着だった省一は、ブランド物のソフトスーツを着ていた。初めて持った車は日産のシーマだった。高いから売れると言われた車だ。付き合いがあるから、似合わないとわかっていてもこんな格好をしなくちゃならないと、省一は笑ったが、マキ子は笑えなかった。まだその時は、一滴も酒が飲めないくせに銀座(ぎんざ)とか六本木(ろっぽんぎ)で接待をしている省一が気の毒だと思っていた。

何かがおかしくなっている、と感じたが、それは省一に限ってのことではない。たった五年かそこらしか続かなかったバブル期、その真っ只中にいた人々は、何の根拠もなくこれが延々と続くと信じていたのだ。後でバブルとは、と誰かが検証し、「それは泡のように人の心が溶けてなくなった時期」と決めつけていたが、的を射ている。

マキ子の美容室で働きだしたユカリという子は、彼氏から聞いた地上げの手口を教えてくれた。そんなことは省一の妻であるマキ子なら当然承知しているものだと思っていたのだろう。同業者間で回しているうちにどんどん地価は跳ね上がる。それが尋常な額ではない。四億で最初の業者が買ったものが、一億単位で値上がりし、最終的には十億を超す物件になる。

「それで先生、売り主も高く売れて大喜び。銀行もたくさんお金借りてくれて大助かり。間に入った仲介業者も一億ずつ懐に入ってくるんですって。要するに誰も困る人がいないんだって。この仕組み、あたし、いくら聞いてもわかんない。ま、頭悪いんだけどさ」

久しぶりに面と向かった省一の顔を見て、マキ子は言葉を失った。自由に動かせる金が十数億あると豪語する男。かつて貧困に苦しみ、それを憎悪した男の顔には、なんともいえない卑(いや)しさがあった。

母と同じだ。この男は、金に魂を持っていかれたのだと思った。マキ子が何と言おうと、熱に浮かされたように蓄財に励む省一の耳には届かなかった。ほんの少しだけいい生活がしたいと思う気持ちは、ずっとずっと省一を支えてきたはずだ。でもそれが欲に取って代わられた時、人は自分を見失うのだ。なぜなら欲には限度がないから。

萩野不動産に出入りする人種が明らかに変わったのもその頃だ。見た目は銀行員と同じでも、やはり匂いが全然違う胡散臭い連中だ。金の虜(とりこ)になった輩——とりこぼしのないよう、爛々(らんらん)と目を光らせている奴ら。どんなにとりつくろっても、どこか崩れて派手なところがあるから、すぐに見分けがついた。

彼らは、不動産、株、ゴルフ会員権、リゾート会員権、美術品、何でも金になると思えば売買する人間だ。いかにも儲かりそうな話を悪く言えばでっちあげるのだ。それに沿って話が進んでしまうのがバブルの怖いところだった。実のないものを種にして商売をする輩を虚業家というのだということを後で知った。

ピカソやゴッホの絵を、日本の立派な企業やそのオーナーが巨額で落札していた時代だ。そういうことに疎いマキ子には、ただの絵画にとんでもない値がつくことが理解できなかった。心配だったが省一のすることに口出しすまいと決めたのもこの頃だ。素人の自分では、もう太刀(たち)うちできないと思った。それほど自分の夫が遠くなってしまったということでもあったが。

長らく忘れていた感情も甦ってきた。すなわち、諦めるということだ。

マキ子の美容室の客に画廊の女経営者がいた。萩野不動産の顧客でもある。ブランド物で身を固め、濃い香水の匂いをぷんぷんさせていた。派手な顔立ちだったから、それがよく似合っていた。しかし、特に世間で浮いていたわけでもない。当時、証券会社の女子社員だって、水商売の女と見間違うほど派手で金のかかった形(なり)をしていた。殿村由布子(とのむらゆうこ)という四十年配の女が髪を整えさせながら話す話題には肝(きも)を潰した。

美術品の値段というものは相対的なもので絶対的なものではない。是非それが欲しいという人が二人いて、どうしても他に譲りたくなかったら、値段は永遠に上がり続けるのだという。だから絵の値段はあってないようなものなのだと言った。特に今は金余り現象のおかげで絵を担保にしたり、税金対策に利用したりできる。そのせいで需要は高まり、画商の間を行き来している間に三億のものが四十億になったりするのだと。

「それは土地より凄いですねえ」

と、そばで聞いていたユカリが言うと、由布子は「不動産より美術品の方がボロいわよ」と即答した。

画廊経営者といっても、美術品に対する愛情もなく、ただ取引の対象物としか見ていないのだ。一度、小ぶりな額入りの人物画を持って来て、「ここに掛けたら美容院が引きたつわよ」などと壁に当ててみたこともある。夢見るような少女が二人寄り添う構図で、品のいい絵だとは思った。それなりに褒めてはおいたのだが、値段を聞いて腰を抜かしそうになった。丁寧に断ると、端からその気はなかったように、すっとしまった。

「あら、残念ね。ローランサンの絵は凄く人気があるのよ。企業のにわかコレクターさんなら涎を垂らして欲しがるんだから」

「ヤな奴」

由布子が帰った後、ユカリがぼそりと言った。

省一は、そうした金満家との付き合いも深めていった。マキ子は黙って美容院の仕事にいそしんだ。狂乱の世の中はいつか終わりが来る。こんなばかげたやり方がいつまでも続くはずがない。もし萩野不動産が行き詰まっても、自分の商売さえ守り通していればまた二人でやっていけると思っていた。

その頃、顔見知りになったのが、田所だった。田所は、やはり萩野不動産に出入りする客の一人で、証券金融、不動産金融など「街金（まちきん）」の世界で働く男だった。裏でヤミ金もやっているという噂があった。金回りは相当によくて、先だって還暦祝いを赤坂（あかさか）のクラブを借りきってやり、一晩で六百万円使ったという話だった。

だが一見してそんなふうには全然見えない。身につけるものも地味で、下町の気のいい世話役といった感じだった。話好きな田所は、客がいない時を見計らって美容院に上がって来てはしゃべって帰った。不動産屋に来る客でそんなことをする人間はいないから、マキ子の貴重な情報源だった。省一のやっていることの概要を田所は教えてくれた。

人形焼きとかせんべいとか、彼の外見にふさわしい差し入れを持ってきては、田所は時間を潰していった。売り手と買い手とがもうだいたい目ぼしがついている土地売買に、何人もの業者が入る。それぞれが一二パーセントの手数料を抜いていき、それも一回だけではなく、二回転も三回転もする。どんどん地価は上がっていくが、それでも売れる。

なぜなら、銀行がノンバンクを通じて土地融資のための資金をいくらでも貸してくれるからだ。担保物件なんてものもいい加減で、表面上は一千万円の価値しかないものにも五千万円くらい平気で貸してくれるのだ。浮いた四千万円は、また中間業者の懐に納まるというしくみだ。マンションだって投機目的に造られているものなど、とても人の住めるものではない。風呂が大型ポリバケツほどの大きさしかなかったり、配管がおかしくて水が使えなかったり。それでも転売を繰り返すうちにガンガン値が上がっていく。

株も今は儲けが大きい。株式金融を利用すれば一五パーセント程度の金利を払って、手持ちがなくても株はやれる。二百万円なら二百三十万円持って来れば一千万円までの枠で株が買えるのだ。だから金もないのに株にはまる、いわゆる「株ジャンキー」が増えている。不動産担保を取って、そんな連中を食い物にしていく組織もある。

「つまり、ウラでは皆つながってるんだ。金に群がるハイエナみたいにさ」自分のことを棚に上げて田所はそう言った。そうしてこう続けた。「今、世の中で起こっていることは幻覚だ。皆、踊らされているんだ。わしらはそいつらの裏をかいて生きているのさ」

いつか終わりが来るという考えは、マキ子と同じだった。マキ子がそう言うと、田所は頷いた。

「天井知らずに何もかもが値上がりしていくと誰もが思い込んでいる。バカなことだ。いや、ほんとはわかってるけど、今があんまりいいもんだから目を逸らしているのかもしれないな。自分にとっていいことばかりを信じる。新興宗教とおんなじだ」

バブルの真っ只中にいながら醒めた見方をする男だった。マキ子は田所と話すにつれ、不安になった。だが、あの頃、もうバブルは終焉を迎えようとしていたのだ。田所は、それを予感していたのかもしれない。マキ子の顔に不安が広がるのを見て、田所は気の毒そうに言った。

「萩野も同じ列車に乗ってしまったんだ。行きつくところまで行くしかない」それから気を取り直すようにちょっと微笑んだ。「まあ、夢から覚めたらまた地場の不動産をしっかりやりゃあいいんだ。土地は固いよ。下がってもある程度の価値はあるんだから」

マキ子は和田が残した「地面にはそれに見合うまっとうな値段がある」という言葉を思い起こしてほっとした。そうだ、早く終わればいい。そうすれば省一も昔のように地道にやっていくだろう。帰り際、田所は言った。

「だからさ、わしは株とか美術品とか、ああいう訳のわからんもんには手を出さんのさ。それだけは気をつけるよう萩野に言っといてくれ」

だがもう遅かった。省一は抜き差しならないところまで足を突っ込んでいた。

バブルに踊らされた数年間のことを思うと、未だに苦い胃液が喉元まで上がってくる。マキ子はぐっとそれを呑み下した。

「早く秋にならないもんかねえ。秋に死ねるのにだけは感謝するよ。死ぬのはやっぱり秋がいい。木々が落とした葉が積み重なるだろ？　冷たい朽ち葉の中に埋もれて骸になるんだ。いい死に方だ」

朽ち葉の褥を思い描くと、幾分心が慰められた。花の下で死ぬよりずっと自分らしい。

第四章　だまし船

空に雲の白片が無数の斑紋となって浮かんでいる。鰯雲だ。秋は近くまで来ている。助かった、と乾は思った。今年も憎むべき夏を乗り切った。こうして年を重ねていくことに何の意味も見出せないが。

乾は、スタバのガラス面に向いた席に一人座り、刻々と茜の色に染まっていく雲を眺めていた。足早に歩いていく人々は、頭の上に空があることすら忘れているようだ。

田所リースの事務所を出る前に見た宮坂の姿を思い出す。毎日出勤して来るが、たいていは社長室にこもっている。業務のために出てきても、ちょっと体を動かすだけで顔をしかめる。何かの痛みに耐えているのだ。体はこれ以上ないというほど痩せてしまい、まるで枯れ木のようだ。死の影がまとわりついているといってもいい。

社長は重篤な病に侵されている。それもおそらくは命にかかわるような病気で、早晩、ヤミ金業の営業にも影響が出てくるであろう、というのは、従業員たちの中では暗黙の了解になっている。乾は手の中で紙コップをくるくる回した。

もし宮坂が死んでくれたら――今まで考えもしなかった新しい展開が生まれるかもしれない。あの女社長が握っている自分の借金は帳消しになるだろうか？　思うそばからそれを否定する。あまり甘く考えない方がいい。もし宮坂がヤミ金を廃業するとしても、あの冷徹な女は顧客リストをその債権ごと別の業者に売り渡すに違いない。そうなったら、自分はどうなる？　別の業者に雇われてこき使われるならまだいい方だ。回収される側に回されるかもしれない。そうなったらまた地獄のような日々が始まる。

だが――もしかしたらこれはチャンスかもしれない。

乾は何とかこの機会をつかんで、うまく立ち回れないものかと思案にふけった。悪知恵は相当に働くつもりだし、犯罪にもとうの昔に手を染めた。堕ちに堕ちた身だ。今さらきれいごとを言うつもりはない。

乾は宮坂の死を願った。

道路を挟んだ向こうの銀行から何人かの行員たちが出て来るのが見えた。今日の業務を終えて軽く一杯飲む相談でもしているのかもしれない。横断歩道を渡って来る彼らはまだ若く、屈託のない笑顔を浮かべている。ああいうふうに笑っていた時が自分にもあったのだと思うと不思議な気がした。

結婚して子供も生まれ、人生は順風満帆に思えていた時期が。あそこから今の場所まで堕ちるのに、そう時間はかからなかった。

表彰店になった渋谷北支店から異動したのは、江古田支店だった。江古田は時の流れから取り残されたような街だった。同僚が「寝ぼけまなこの街」と言ったが、当を得ていると思った。江古田駅を取り囲むようにして武蔵野音大や日大藝術学部など、毛色の変わった大学が集まっている。いわゆる学生街である。駅前ですら車で素通りできるような広い道路がなく、駅前商店街にいたっては、人と自転車とバイク以外は入れないような場所だった。

ただ小さくても、四、五年で回転していく大学生という堅い客層があるので、そういう意味では活気があった。他の学生街と違って、ここは全国チェーンのファミレスやコーヒーショップよりも個人経営の特徴のある店が目立った。そういうところも一昔前の懐かしい街という雰囲気がした。個人経営店は、昔からの付き合いの銀行が決まっているので、新規に顧客を開拓するのは難しかった。商店は多いが、皆小ぢんまりしているので金の動きは悪い。融資も営業も苦戦を強いられた。

乾と一緒に異動してきた支店長が、本部営業部出のエリートで、江古田支店の業績を上げるために指名されて来たのだと自負している人物だった。出世コースからはずれて左遷されて来たと言う者もあったが、真偽のほどはわからない。どちらにしても支店の業績は自分の業績と思い込んでいて、躍起になっていたのは事実だ。

よって本部から定められた目標は必達が当たり前、未達になろうものなら、口から泡を飛ばして激怒した。それは叱咤激励の域をはるかに超えていた。支店長室に役付き者を呼びつけて何時間でも説教し、挙句の果てに資料を投げつける、ビンタをくらわせるなどが日常茶飯事になった。間に入った次長の忠告にも、こうして実績を上げてきたのだと豪語した。

男性行員全員を残しての会議は深夜まで及び、終電を逃したことも何度もあった。実績を毎日報告させるのだが、地味な営業エリアでは、たいした業績も上げられない。女性行員にすら直接指導して、遅れたり、できていないと怒鳴り散らした。

自然に支店内の空気はぴりぴりする。窓口に来た客もそれを感じとるほどだった。緊張するあまり、窓口係に笑顔がなくなり、「女の子が無愛想だ」と苦情がきたりした。辞めていった女性行員も何人かあったし、係長の一人は精神のバランスを崩して長期休暇を取った。

パラノイアといっていいほどの異常な性格の支店長だった。

そんな時、窓口に来て新しく口座を開いてくれた客のところに呼ばれて出向くと、相手は乾のことを気に入ってくれた。末永という六十年配の男で、もともとここらの土地持ちで、学生用のワンルームマンションをいくつも経営している事業者だとわかった。ただマンション経営だけやっていればいいものを、商売気を出して貸しスタジオやらペットの美容院やら、思いつきでやったものはことごとくうまくいかず、せっかくの資産を食いつぶす結果になっていた。しかし、代々受け継いだものはまだ相当あって、あちこちの銀行や郵便局に預けてあるらしかった。

話していると、幼い頃に亡くなった末永の息子と乾とは同じ年だとわかった。それで余計目をかけてくれるようになった。何度も夫婦二人暮らしの家に招かれて食事を共にした。「うまい蟹をもらったよ」と呼ばれ、「君の子供にこれを」と玩具やお菓子をくれたりした。

長引く平成不況のあおりを受けて、どこの支店も業績は悪化していた。江古田支店長は、地域性も理解せず、具体的な策も打ち出さず、ただ部下の尻を叩けば成績が上がると一途に信じている無能な男だった。

その年の春のキャンペーンで思うような数字が出なかった時は、怒髪天を衝く勢いでがなりたてた。会議室では誰も座ることを許されず、延々三時間の説教が続いた。しまいに新入行員が体を折り曲げてその場で吐いた。

こういうノルマ到達第一主義のせいで支店全体がおかしな風潮に染まっていった。本部からは評価されていても、実際には押し売りに近い強引なやり方がまかり通り、数字さえ作ればそれでよしとするような考えが蔓延してしまった。行員は異様なストレスにさらされ、企業倫理は失われた。

初めは何とか切り抜けていた乾も、そうそうノルマを達成できるわけではない。毎日毎日薄氷を履む思いで江古田の街を走り回った。常に胃がしくしくと痛んでいた。唯一末永のところに行ってしゃべるのが息抜きだった。体調を悪くしている彼を夫婦は本気で心配してくれた。

別の顧客に連れられてキャバクラに行ったのは、やっぱりこの頃だった。

「ここへ来たら、日ごろの生活はすっかり忘れることだな。何せここは別世界なんだから」と、遊び慣れた客は言った。まさにそこでは、ヒステリックな支店長のことも、厳格な義父や子育てにしか興味のない妻のことも忘れられた。何度か客のお伴をした後、一人でも通うようになった。気に入った女がいたのだ。絵理というホステスで、行くと必ず指名した。彼女と肉体関係ができるのに、そう時間はかからなかった。

乾は夜の女のゴージャスな体に溺れた。ストレスだらけの仕事の反動で、彼女とのひとときはオアシスにいるような気がした。人目を惹く熟しきった女を連れ回すだけで嬉しかった。支店長に罵倒され、人格を踏みにじられても、絵理に優しくされると自信を回復できるのだった。

「ねえ、面白いところがあるの。すかっとするようなとこ。行ってみない？」

絵理に誘われて入ったのが、会員制のカジノだった。いくつものバカラ台に五十人近くの客がかじりついていた。

「ちょっとだけ運だめしをやってみましょうよ」

バカラ賭博のテーブルに絵理と並んで座った。二人で三万円分のチップをすった。

「もう！　頭にきた。勝つまで帰れないわ」

絵理が最後に買ったチップ三万円が見る間に積み上がった。三万円が十倍以上になった。絵理の言うように気持ちが晴れた。久しぶりに味わう爽快感だった。絵理のマンションへ行き、祝杯を上げた。

「こんなに勝ったの初めて。きっとあなたには幸運の女神がついているのよ。ちょっとその女神には妬いちゃうけどね」と言う絵理をベッドに押し倒した。最高の女と最高の運を手に入れたと愚かにも思った。身悶えして乾にむしゃぶりついてくる絵理の体を思うさま貪り、いたぶることのできる自分は、支店長の言うような「ろくでなし」の「負け犬行員」ではなく、上等な人間なのだと思えた。そうやって何かにすがっていなければ、自分というものが形をなくしていく気がした。

それからは絵理とカジノに入り浸った。賭け率の高い違法カジノだとは了解していた。それでも絵理の顔のおかげですんなり入れることの方に優越感を覚えた。自分が選ばれた存在のように感じられたのだ。狂った支店長のせいで、何もかもの基準がおかしくなっていたのかもしれない。普通なら絶対に手を出すことのなかった賭けごとにのめり込んだ。数時間で百万円を手にすることもあった。負けても勝てば返せると安易に考えた。ギャンブルに足をすくわれる典型的な例だが、その時は本気でそう思っていたのだ。負けが込むばいいわ」

と、絵理が囁いた。

「大丈夫。また取り戻せるわよ。あなたはついているんだから。その間、ちょっと借りれ

カジノ内では、酒も食事も煙草も無料で提供される。その感覚で金も貸してくれるのだ。それがカジノ店内のヤミ金業者だった。絵理もぐるで、そうやって客を誘い込み、借金だらけにするのだと気づいた時には、泥沼に首まで沈んでしまっていた。当然裏には暴力団がついているしくみだ。

返金を催促され、ようやく正気に戻って考えると、とんでもない状況になっているのがわかった。途端に絵理とは連絡がとれなくなった。キャバクラやマンションに押しかけると、明らかにその筋の男に「絵理に会ってる暇があったら金を返せ」と脅された。「腎臓でも何でも売って金を作ってこい」と言われて縮み上がった。

マンションを買ったばかりで手持ちの金はない。ヤクザと縁を切りたい一心でサラ金やクレジット会社から借りまくった。銀行のローンで借りると、胡散臭い借金を抱えていることがばれてしまうからだ。出資法の上限金利がまだ四〇パーセントの頃のことだ。一度借りると、とんでもない金利をとられた。

家には督促状が届いた。

「これ、何？」

不審がる奈美の手から封筒をひったくった。返済日がくると携帯電話に業者から連絡がくる。銀行のトイレに駆け込んでそれを受けた。朝は穏やかに「今日は入金日ですよ」。昼を過ぎると「まだ振り込みないんだけど」と一時間ごとにかかる。夕方になると「どうしてくれるんじゃ！　今から行くからな」とすごむ。そのままトイレで血液混じりの胃液を吐いた。

　そんな状態で銀行の業務もこなさなければならない。次々と借りた先はおおかた十社。月の支払いは五十万にもなった。目先のことしか頭になくなった。今日の支払いの数万円を用立てることに汲々とした。そこまでいくと思考停止状態に陥る。

　とうとう客の金に手を付けた。高齢で一人暮らしの客の預金を勝手に解約したり、ノルマ達成のために付き合いで作ってもらったカードを「キャンペーンが終わったのでもう解約しますね」と預かり、「解約するには暗証番号が必要」と言うと、老人は疑いもせずに教えてくれた。カードローンを利用してかなりの金額を引き出した。

　それでも焼け石に水で、そのうち「高利回りの商品があります」と商店主や事業主に持ちかけた。差し出された現金と引き換えに銀行の預り証を切ることはできないから、自分の名刺の裏に走り書きしたものを渡した。破綻は目に見えていた。銀行に入行した時に上司から、「自分の財布に入っている札と、顧客から預かった札とは全然別のもの。金に見えるのは自分の財布に入っているものだけ。あとはただの紙きれと思え」と教えられた。

今や支払いのために何もかもが色のついた金に見えていた。

顧客が窓口に名刺を持って来て問い合わせ、すべてが明らかになった。そうなった時、なぜかほっとしたのを憶えている。烈火のごとく怒り狂うかと思えた支店長が、あまりのことに鳩が豆鉄砲をくったような顔をしていたのも、胸がすく思いがした。きっと彼は部下の起こした不祥事の責任を取らされたに違いない。

銀行を懲戒解雇になり、家族と別れて一人になっても、まだなおサラ金での借金がかなり残っていた。そんな状況のくせに、もう月々のノルマ達成のためにあくせくすることもない、義父の顔色を窺うこともないと思うとさらにふてぶてしくなった。懲りずにまたギャンブルにふけった。今度はポーカーゲーム機で一気に借金を返すことを夢見たが、借金の額が増えただけだった。

自己破産して親戚にも見放された。それ以降も真面目に働くことはなかった。ギャンブルからは足を洗えなかったし、酒と女にも手を出して、すぐに元の木阿弥になった。ブラックリストに載ってしまって、もうどこも貸してくれない。以前にカードローンで金を横領した独居老人が認知症気味なのをいいことに、老人の養子に入って姓を変えた。それでまた借りた。サラ金、ヤミ金、もう見境なしだ。いつの間にか暴力団とも関係ができた。

乾が元銀行員だということで、便利に使われることもあった。報酬ももらえたし、系列のヤミ金から借りているため断れなかった。ある時、目をつけたレジャー関連の会社があるのだと相談された。タカラ開発という名を聞いてもピンとこなかった。経営が傾いた随分前から暴力団関係者を送り込んで、二重帳簿をつけて入念に粉飾決算をし、表向きはそこそこの業績を上げているように見せかけているのだという。

タカラ開発が都内に温泉施設を建てるということにして、銀行から融資を引き出そうというのである。乾は頼まれるままに建設計画書、見積書を作った。融資を申し込むのは中堅の銀行で、そこの支店長には暴力団の息がかかっているので、融資のための稟議書はすんなり通るはずだという。借入金は三億。実際には、計画書通りのものは建たない。差額の二億ほどが暴力団に流れるしくみになっていた。そうなったら、タカラ開発は放り出される。借入金と何も知らない社長が残される。

計画の途中でタカラ開発の社長が末永だと知った。あれから数年が経っていた。その間にまた始めた事業が失敗し、とうとう暴力団の食い物にされたのだ。人のいい末永は、今はまだ、入り込んできた経営コンサルタントだかなんだかが暴力団関係者だとは知らない。経営を立て直してくれると感謝すらしているかもしれない。末永に忠告してやることもできた。行員時代、あれほど世話になった人だったから。

だが、乾はそうはしなかった。この不況の世の中、人を疑うことを知らず、経営能力もないのに次々に事業を展開していったツケが回ったのだと、末永を見殺しにした。かつては江古田では名の知れた資産家だった末永は、もうどうあがいても返せない借金を押しつけられて行方をくらました。

どういう末路をたどるのかは、経験者の乾にはよくわかった。おそらく夫婦で粗末な借家住まいをし、住民票も移せずにびくびくしながら暮らしていくのだ。そう思っても心は痛まなかった。とうにそんな感受性は自分の中で握りつぶしてしまった。

そして——宮坂に拾われたのだ。

人混みの中から柏木リョウの顔が現れた。幅広い道路の向こうの信号が青になると、リョウは駆けだした。途中で反対から渡ってきた通行人に肩がぶつかり、ぴょこぴょことバッタみたいに頭を下げる。その様子を、乾は含み笑いをしながらスタバの中から見詰めた。

横断歩道を渡りきると、リョウの方も乾を見つけたらしく、また全力で走ってきた。

彼が自動ドアを通って入ってくる。空調のきいた店内で、ほっと体を緩ませるのがわかった。乾の隣の椅子を引いて座ると、しばらく肩を上下させて息を整えた。

「お前、あれぐらいのダッシュでなんだよ。陸上部員なんだろ？」

「あ、あれは冗談」

「だと思った。そういう筋肉のつき方してないもんな」

「あ、詳しいっすねえ、乾さん」

笑うと、目尻に並んだ二つの黒子も持ち上がった。

「ふざけた嘘をつきやがって」

「逃げ足は速いんですけどね」

　相変わらずおしゃべりな男だ。乾が渡してやった小銭でLサイズのアイスコーヒーを買ってきた。太いストローを突き刺すと、ズズズッと吸い上げる。

「うひゃー！」

　一口飲んで、うまそうに天井を見上げる。矢野に逃げられた大雨の日、勝手にあの部屋で雨宿りを決め込んでいた若い男は、柏木リョウと名乗った。あれから雨はますますひどくなり、乾もあそこで一緒に雨がやむまで待つしかなくなった。

　宮坂にどんな言い訳をしようかと考える時間も欲しかった。真面目に見張っていれば矢野の妻が堂々と荷物を運び出したのに気がついたはずだ。まさか女のところにしけ込んでいましたとは言えない。あれこれ考えている乾に、柏木リョウはやかましく話しかけてきたのだ。

「うるせー！　ちょっとは黙ってろ」

　すごんでも、効き目はなかった。矢野の息子と勘違いしたほどだから、リョウも高校生ほどの年齢だというのは見てわかった。しかし高校には行っていないようだ。珍しくも何ともない。高校を中退してぶらぶら遊び呆(ほう)けている輩はごまんといる。

「おじさん、何してる人？　何か仕事ないすかねえ」

そう言われてふっとこの男の使い道に思い当たった。乾は宮坂には内緒で「０９０金融」を自前でやっていた。田所リースにやって来て、融資を断られた客をつきとめ、自分の携帯番号入りのチラシを家の郵便受けに入れるのだ。

相手は切羽詰まっている。サラ金で枠いっぱいに借りてにっちもさっちもいかなくなっている。宮坂が断るほどの客だ。数日ごとにどこかの返済日がやって来る。一万、二万の金が喉から手が出るほど欲しいのだ。計算なんかできない。それはかつて同じ立場だった乾だからこそわかる心理だ。

チラシの「来店不要」「審査なし」「即日融資」という文言に釣られて、かなり高い率で電話がかかる。一回に数万しか貸さず、非常に短いサイクルで金利をもぎとれば、充分やっていける。いわば高金利で強引なやり口のヤミ金の、そのまた隙をついた商売だ。

携帯電話一本で始められるうえ、元手もあまりいらない。事務所も何もないから警察に訴えても業者を特定することができない。弁護士が受任通知などを送りつけてくることもない。もちろん携帯電話は違法業者から手に入れたもので、足がつかないようにしてある。自分の小遣い稼ぎにと始めた０９０金融だが、ワラにもすがりたい客が面白いほど食いついてきて、最近ではなかなか忙しい。乾自身も田所リースの回収屋なので、あまり表に顔を出したくないし、正規の業務の途中で抜けるわけにもいかない。

そこで柏木リョウをアルバイトで雇うことにした。金を貸した相手と電話でやり取りするのは乾、チラシを配ったり、金を渡したり受け取ったりと客と接するのはリョウ、というふうに役割を決めた。多重債務者は、取り立てがきつい業者から順に払うということが、乾にはよくわかっていた。遠い親戚に掛け合ったり、別のヤミ金から借りたりして何とか金をこしらえてくる。尻尾(しっぽ)をつかまれる恐れがないから、携帯を通して何とでも脅しをかけられる。

「給料を差し押さえるぞ」とサラリーマンの借り主を脅す。給料を差し押さえられたら他の業者への支払いができないし、暮らしもなりたたないから、効果はてきめんだ。しかし実際に給料の差し押さえができるのは、まっとうな金融機関だけで、しかも正当な手続きを踏んだ後のことだ。また差し押さえられる範囲は、毎月の本給プラス諸手当から税金と社会保険料を控除した額の四分の一までである。差し押さえを受けても最低限の生活は維持できるようになっている。

「お願いですからそれだけは勘弁してください。すぐにお宅には払いますから」と懇願する客に、乾は心の中で「金借りるなら、もっと勉強しろよ」とせせら笑った。

「乾さん、チラシはちゃんと郵便受けに入れときましたよ。今度は何をしたらいいんですか？」

アイスコーヒーを飲み終えたリョウが張り切って尋ねた。

こいつはゲーム感覚でこの仕事を楽しんでいるようだ。今のところたいして報酬も渡していない。今どきの若者にしては驚くべきことに、携帯電話も持っていなかったから、連絡用にプリペイド式携帯を一台、買い与えただけで住所も聞いていない。仕事ができて呼びつけると、嬉々としてやって来る。

　乾がさんざん恫喝し、怯えきった相手は、こんな能天気な若造が金を取りに現れて、さぞかし肩すかしを食っているだろう。簡便なスピードキャッシングは、摘発されないように借用書などの書類も一切書かせていないので、金の受け渡しは誰にでもできる。

　この商売のあくどさがわかっているのかいないのか、リョウは「乾さんが言った通りの金をもらいましたよ。いやあ、儲かりますねえ。いい商売ですねえ」などと、皺だらけの札を差し出す。この金を作るのに、主婦やサラリーマンや商店主がどんな思いをしているか、こんな極楽とんぼみたいな少年には知る由もないだろうなあ、と乾は思う。

　知人に土下座でもして借りた金かもしれない。息子が金を貯めて買った大切な腕時計をこっそり質に入れて作った金かもしれない。年老いた両親の年金をむしり取ってきた金かもしれない。そんなことは百も承知だ。それでも誰かの金をかすめとって生きていくのだ、俺は。

　乾は、しだいに色を失い藍色の夜に溶け込んでいく鰯雲を見上げながら思った。もうやり直せない、ここまできたら。世の中の汚泥の中を這いずり回り、腹いっぱい飲み下しながら生きるしかない。

いつからこうなったのか。いつ、自分の人生は大きくカーブを切ったのだろう。もちろん銀行員時代、狂った支店長の下でのストレスに耐えかねて道を踏み外したのがきっかけだったのは自覚している。だが、もしかしたら知らないうちに何かの兆し、先触れのようなものを自分は見逃していたのではないか？

卒業した大学があった土地での就職がうまくいかず、東京へ出てきたのが悪かったのか。第一希望だった地方新聞社の最終面接の日、事故による渋滞に巻き込まれて遅刻してしまった。あれは相当験が悪かった。大学時代にゼミの仲間と登った富士山で落石に遭遇し、乾一人が怪我をした。十数人が一列に並んで登っていたのに、なぜあの石は自分目がけて落ちてきたのだろう。いや、験が悪いといえば、高校三年生の時に転倒して骨折したこともあった。受験生なのに入院を余儀なくされて進路を変更したのだ。あれも――。

ポケットの中の携帯が鳴り、意味のない時間の遡上と不遇の勘定とを中断させた。

「待ってくれだと？　期日は守ってもらわねえと困るよ。こっちもボランティアでやってんじゃないんだ。わかってんだろ？　あんたも」

乾は携帯を耳に当てたまま店を出た。リョウが軽い足取りでついて来た。

「バブルが弾けた。呆気なかったね。あれをどう言ったらいいんだろう」マキ子は宙に視線をさまよわせた。「まるで全世界の上でぱんぱんに膨らんでいた風船が一気に爆発したみたいな感じだったね。すぐには誰も動けずに、ただぼんやりしているんだ。あんまり高いところに登りすぎたから、誰もが下り方がわからないみたいに。それから大混乱が始まるんだ」

*

車椅子の男はアーガイルチェックのベストを着込んでいる。この男に着替えさせるのはひと苦労だろうとマキ子はしゃべりながら一瞥した。歩けもしないのに、きちんとローファーの革靴まで履いているのには笑ってしまう。

いつまでこうしてこの公園に来て、体の自由がきかない男に自身の物語をしゃべり、毒づくことができるのか。腰痛に続いて股関節も痛みだしたところで骨シンチの検査を受けた。八月のことだ。その結果、腰椎へのラジオアイソトープの集積が見られた。右肋骨、腰椎、骨盤への多発性骨転移が出現しているとのことだった。放射線の照射を受けているので、有り難いことに痛みは薄らいだ。が、この後、他の骨や内臓にも転移していくことが予測された。

終わりは近づいている——あの時に感じた冷たい予感と同じだ。

株価がバブル以前の水準に暴落し、地価も長期にわたって下落していった。大きな歯車がゆっくりと逆回転を始めていた。こうなるともう誰にも止められない。大企業が倒産し、失業者が急増した。萩野不動産からは潮が引くように人々が去っていった。省一は顔色が悪く、夜も眠れない様子だった。

「いいじゃない。もう一遍、初めからやり直せば。そんなに儲からなくてもいいでしょう」

ビルが人手に渡ることになってもマキ子はそんなふうに省一を慰めた。しかし、そんなことではもう済まない状態になっていることに気づかないでいた。省一の負債は、バブル当時懐に入ってきた以上のものだった。数十億と聞いてマキ子は愕然（がくぜん）とした。抱え込んでいた土地は価格が下がってしまった。

土地取引で知り合った殿村由布子が持ち込んだ絵画も貸し倉庫に大量に眠っていた。これらを、土地を売買した時の差額に当てることもしていたようだ。日本人に人気のあった印象派の絵画を銀行やノンバンクの支店長、次長級にプレゼントするという使途もあった。何かと便宜をはかってもらうためにはそういう心遣いは重要だった。賄賂（わいろ）を受け取ることに麻痺してしまっている人々は、企業の中にごろごろしていた。ベンツ一台を付け届けで贈るなどということが普通にあった時代だった。

ところが由布子自体が素人画廊主で、コロー、シャガール、ルノアール、マチスといっても欧米では見向きもされない売れ残りをまとめて輸入したものだった。そんな作品に、名前だけで一枚数千万円の値を付けてあるが、まるで価値のない駄作だった。贋作も多く含まれていたようだ。もちろん、もう由布子とも連絡が取れなくなっていた。

省一は、負債がマキ子に及ばないようにと離婚を申し出た。形だけで、すべてのカタがついたらまた籍を戻すということだったので、マキ子もしぶしぶ了承した。そしてよその美容院で働き始めた。またアパート暮らしになったが、離婚したとはいえ、省一と一緒だったから、もうそんなに深く考えるのはよそうと思った。省一が消えたのは、そんな時だった。彼を捜す過程で田所から事情を聞いた。田所ももう表舞台から退いて、ヤミ金だけで食べているのだった。

省一は、萩野不動産の他に、幽霊カンパニーを作っていた。地価の高騰に誘われて、大企業が土地投機に血道を上げていた。同じようにして少しでも利ざやを稼ごうとした者は多かった。パチンコ屋、引っ越し業者、質屋、廃品回収業者、駐車場経営者、墓地の経営者までが都会の土地取引に参入してきた。彼らが土地転がしで得た転売差益をこの幽霊カンパニーに支出したことにして領収証を切る。要するに脱税の手伝いをしていたわけだ。こういう商売を「消し屋」といい、ここからも省一は利益を得ていたらしい。

この脱税にも絵画は使われていた形跡があると田所は言った。価値もないクズ絵画をとんでもない値で売りつける。買う方も承知の上のやり取りだ。こうして利益を〝消す〟のだ。得たものをみすみす税務署に持っていかれずにすむ。このやり方を伝授したのは殿村由布子で、彼女の背後にはヤバい連中もくっついていたらしい。

「だから萩野は姿を消したんだ。あいつが逮捕されてべらべらしゃべられたら困る奴らが大勢いるからな」

逮捕という言葉を聞いて、膝がガクガク震えた。まさか省一がそこまで闇の稼業に深入りしているとは思いもしなかった。田所は、いずれ姿を現すだろうから、しばらく待っていればいいと言った。だが不吉な予感に苛まれた。時代が省一を狂わせたのだ。バブルさえなかったら、商売べたな下町の不動産屋で一生を終えたはずだった。あんな卑しさを顔に浮かべることもなく。

何も喉を通らなかった。せっかく働きだした美容院も一か月も勤まらずに辞めてしまった。切れ切れの夢を見てうなされた。芳江が錆びたクッキーの缶を差し出してくる。「金色の虫を溜めてあるから、これを売れば大金持ちになれる」と言うのだ。恐る恐る缶の蓋を開ける。暗い中身に目を凝らす。そこには青白い省一の顔があるのだった。悲鳴を上げて夜中に目を覚まし、震えながら朝を待った。あの省一の顔は死人の顔だ。彼はもう死んでいるのだと確信した。

晴海埠頭の海で、省一の死体が揚がったのは、失踪から一か月と十日経った後だった。

愛車のシーマに乗ったまま、海に転落したらしい。海水に浸かっていた遺体は損傷が激しく、蕨市から飛んできた省一の姉と二人で身元確認をしたが、酷いものだった。マキ子はその場で気を失った。気がついた時は病院のベッドの上で、マキ子はもっと辛い現実と直面させられた。彼女は流産したのだった。

体調の変化に気がつかなかった。あれほど望んでいた子供を授かったのが、こんな時期だったとは。そしてそれを自分の不注意で死なせてしまうとは。省一を亡くしたことよりも、そのことの方がマキ子を打ちのめした。

「母親との生活で半分死んでいたあたしだったけど、あの瞬間に残りの半分も息を止めたのさ。あとは滓(かす)みたいな人生があるばっかり……」

だからあたしはごうつくばりの金貸し女のまま死んでいくんだ、という言葉は心の中で呟いた。あたしに至っては、骨を拾ってくれる者さえいやしない。

あの時亡くした子供は男の子だったのか、女の子だったのか。あの子を産んでいれば今どうなっていただろう。幸せな人生を送れていたかもしれないなんて、甘い考えは持つまいと自分に言い聞かせた。自分も子供に憎まれていたかもしれない。その可能性は充分ある。

でも――とマキ子は病に侵された胸に手を当てた。

一度はこの乳房から赤ん坊に乳を与えることはしたはずだ。生まれたばかりのみどり子に乳をふくませるのは、どんな感覚だろうか。そして今、そうすることのできなかった女の器官が蝕（むしば）まれて、命を奪われていくことに何か意味があるのだろうか。

男がゆっくりと瞬（まばた）きをした。ひどくゆっくりと。瞼を動かす神経も思うようにならないようだ。男のそういうしぐさにはもう慣れた。緩慢な瞬きは、話を促す合図なのだと勝手に解釈しているマキ子は、また口を開いた。

解剖に付された省一の血液からは大量のアルコールが検出されたという。警察は、酒を飲んだ挙句に自殺したという結論に達したようだ。省一は酒を一滴も飲めないのだから、そんな死に方はおかしいと反論する気力も失せていた。田所は、「その筋の者に消されたのだ」と推測したが、もはや心は動かなかった。戸籍上、他人になっているマキ子には、省一の遺骨さえ残らなかった。彼の姉が、故郷にある先祖代々の墓に入れるからと断って持ち去った。

義姉と夫の骨を見送って、駅の外に出た時、空に満月が浮かんでいた。ずくずくと熟れ切った果物のような月だった。腐り果て、溶け落ちてきそうな大きな月を、歩道から見上げた。どこかでこんな月を見たと思ったが、思い出せなかった。

夫と子供を一度に亡くしたマキ子は、それでも生き続けた。人間的な感覚の一部に蓋をすることを憶えた。没感情になること、愚鈍になることでその後の人生を生き抜いた。何も期待しなければ何も起こらない。

きっとあの時、必死の思いで押し込めたものを今、この男に吐き出しているのだ、とマキ子は思った。そして唐突にやってきた人生の終わりにこういう機会を与えられたことを神に感謝した。

もうとても美容師に戻る気は起こらなかった。あれはしゃんとした自分を持っていなければできない仕事だった。女の魂のこもった髪の毛をいじる仕事は。

田所が、自分のところで面倒をみようと言ってくれた。深く考えることもなく、その話に乗った。マキ子は還暦も過ぎた男の愛人兼ヤミ金の事務員となった。

その時からヤミ金の事務所があった池袋で暮らしている。バブル時代に金を稼ぐことと浪費することに明け暮れていた人々は、それが弾けても余韻から抜け出せないでいた。しばらくしのいでいれば、またあんな好況がやってくるのではないかという期待もあった。もうそんなことは決してないのだと思い知るには時間が必要だった。そのタイムラグにも、金は動いた。ヤミ金は繁盛していた。

ここでマキ子は金貸しのノウハウを学んだ。金を借りに来る人間は、勝手な事情だけをくどくどと繰り返す。平成不況に入っても同じだった。世の中の金回りがよくても悪くても、こういう人間は変わらずいつでもいるのだ。バブル時代、片手間で始めたであろうヤミ金だけが、田所の堅実な商売として残ったのにはそういう理由がある。ここここそが自分にふさわしい場所だと思った。金で復讐するのだ。母を、夫を変えてしまったものに自分は操られはしない。逆にそれを利用してやろうと考えた。

　金という武器を用いるなら、人の人生すらも変えられる。醜い金の亡者を自分の足下に這いつくばらせることも可能だ。忘れていた母の顔が浮かんだ。火傷の痕がケロイド状に引き攣れた母の横顔。あれが一番醜い化け物だ。これは母への復讐でもある。マキ子の人生を変えた母はもう死んでいないが、あの女の同類はいくらでも湧いて出る。魑魅魍魎（ちみもうりょう）のごとく。人間の欲望と愚かさには際限がない。

　田所リースには、田所の他に池内という機械のようにきっちりと事務をこなす従業員が中枢にいた。後の従業員は入れ替わりが激しく、当てにならなかった。マキ子は、年をとり、病に侵されて弱っていく田所に代わって金の回収から、客の面談までこなすようになった。それまでの憤懣（ふんまん）をぶつけるように容赦しなかった。

　金貸しに同情は禁物だ。逃げた客は、たいてい性懲りもなく別のところで金を借りる。そういう奴らを見つけ出したら、身柄をおさえ、身ぐるみ剝がして自分のやったことの帳尻を合わさせた。どんなに高利の金でも、客が望んで借りた以上は、返すのが道理だ。法律なんか関係ない。それが人間としての最低限のあり方だ。

　バブルに狂った時代、金銭感覚が麻痺して、億という金を稼ぎ出すために通常ならどれほど働かなければならないかを忘れ、簡単に動かしていた人々がいた。省一もその一人だった。だからマキ子は、背負った借金を簡単に踏み倒す人間を許せない。自分が作りだした地獄を恐れない人間を憎悪する。金を借りるということに畏怖の念を持っている人間だけを信用する。

ご多分にもれず、田所リースにも暴力団が付いていた。ほとんどのヤミ金業者には、世話役のヤクザが付いていて、彼らに月々数万から数十万のみかじめ料を払うことになっていた。それを払うことによって、暴力団からの恩恵を受けられた。同業者やヤバい客、別の暴力団とのゴタゴタから守ってもらえた。「ケツ持ち料」という隠語で呼ばれる所以だ。

とうとう田所が不治の病に侵された時、暴力団は、田所リースそのものを狙って乗り込んで来た。ヤミ金の経営は、ヤクザのしのぎとしては最適だ。だが、マキ子は田所が死んでも、田所リースから離れる気はなかった。自分が引き継いでやっていきたいと考え始めていた。これは天職なのだと思えた。暴力団と対等にやりあって、殺されるのなら仕方がないと思った。死を恐れる気持ちはさらさらなかった。

暴力団事務所で自分の腹を刺し、病院に運ばれた時、その組の若頭という男がやって来た。いかにもヤクザらしい派手な果物の盛りかごがサイドテーブルの上に置かれた。

「あんたじゃないかと思ったんだ」

若頭は、一人ベッドのそばに立って言った。マキ子はぼんやりと男を見上げた。ヤクザに心当たりはなかった。だが、男の目には憶えがあった。鋭く相手を射抜く、だが底知れぬ昏さに満ちた目。増田の息子だった。父親を刺し殺した薄倖の少年が、二十五年も経ってマキ子の前に現れたのだった。

　少年院から出所した増田伸宏は、世間に背を向け、裏の世界で生きてきた。それしか生きる術を知らなかった。十代という人生のとば口で殺人犯という烙印を押されてしまった者には。

「あたしの名前を憶えていたの……」

　犯行の晩出会って、たった数分名乗りあっただけなのに。

「お前のおかげで親父を殺せた――」

　マキ子は顔を背けた。思い出したくもない過去だ。だが、彼は続けた。

「お前の家であんなことになってすまなかった。もし会うことがあれば詫びを言いたいとずっと思ってた」

　伸宏は、田所の愛人として生きているマキ子の身の上を不憫だと感じたのだろうか。ヤミ金からは足を洗って、まともな生活に戻れるようにはからうと申し出た。田所リースを組にまかせてくれるなら、それ相応の金を支払うと言った。

「あんた、まさかあたしがこんなことやってんのが、自分のせいだとか思ってるんじゃないでしょうね」腹の傷が痛んだが、マキ子は声を荒らげた。「そんな同情は無用だよ。あたしはね、あれから自分の人生は自分で切り開いてきたんだ。あの事件がきっかけだった」

仲宏は何も答えなかった。

「あんたに頼まれたからあいつを殺す手伝いをしたんじゃない。だからあんたはあたしに恩義を感じることなんてないんだ。あたしはあんたの親父に死んで欲しかったんだから——」

仲宏の昏い目を真っすぐに見返した。多分、自分の目にも同じ翳りが宿っているだろう。

「あんたの父親はあたしの母と愛人関係にあったわけじゃない。あんたのクソみたいな父親がうちにやって来てた目的はね——」先を予測したみたいに、仲宏の目がさらに昏さを増した。だがやはり言葉は発しなかった。底なしの洞窟のような、二つの闇にマキ子はしゃべりかけた。

「毎晩、毎晩、あのケダモノが抱いてたのはあたしだったんだ」

また、引き絞られるように傷が痛んだ。

とてつもなく長い時間が流れたような気がした。

「そうか」

仲宏はそれだけ言うとベッドから一歩離れた。

「だからね、あたしは金貸しをして生きていくのさ。それが一番あたしに合った生き方だから」

「そうか」

もう詫びるということもしなかった。それから一言だけ言った。

「お前はかわいそうな女だ」

きっとマキ子は般若（はんにゃ）のような顔をしていたに違いない。伸宏は黙って去った。

田所リースはマキ子のものになった。それ以来、彼が若頭を務める組は、それとなく力になってくれる。闇の力が必要な時には、頼らざるを得ないが、直接伸宏に会うことはもうなかった。組の中で出世していく伸宏の陰の力に併せて、暴力団事務所に乗り込んで自分の腹に匕首を突き立てたという話が伝説のように語り継がれ、誰もマキ子のヤミ金に手出しをしなくなった。

＊

「お前さ――」がつがつとライス大盛りのハンバーグ定食をたいらげるリョウに向かって乾は言った。「この前、客に『何でこんな紙切れ返すのにバカみたいに必死になってんですか？』って言ったんだって？」

リョウはフォークを持ったまま皿から顔を上げた。唇の端から付け合わせのスパゲッティがはみ出している。

「はあ、言いましたけど」

「バカか！　お前」

リョウはフォークを置いてしゅんとなった。それでも口の中にあるものを呑み下そうと咀嚼は続けている。

「それが俺らの商売の元だろ。金だよ、金！　紙切れって何だよ」

「すんません」

——金に見えるのは自分の財布に入っているものだけ。あとはただの紙切れと思え。

元上司の声がふいに甦ってきた。

こいつ——乾はリョウの顔をまじまじと見た。こいつは何なんだ？

この年頃で定職にも就かず、繁華街をうろついている奴なら、遊ぶ金欲しさにうまい話にはすぐ飛びついてくる。彼から「何か仕事ないすかねえ」と言われた時に、こいつもそういう類いのぺらぺらした少年だと思った。

犯罪すれすれのヤバい仕事に手を染めることも厭わない連中。やがてくだらないトラブルに巻き込まれて警察の世話になって、いつの間にか暴力団の構成員になっていくのだ。まだあまり池袋にも馴染んでいないようなリョウは、都合よく使い捨てられる手合いだと踏んだ。

だが、何かこいつは違うと思い始めていた。

金にも女にも全く興味を示さず、淡白で欲がない。それでいて、妙なことに感激したりはしゃいだりするのだ。女子高生たちが連れだって歩いているのを見て、「外国人が多いすよねえ」などと感心している。彼女たちが皆、茶色や金色に髪を染めているのを見て真剣にそんなことを言う。

「バカ。あれは日本人だ。顔をよく見てみろ」

と言うと、「あー、ほんとだ」と驚いている。せっかくいくらかの金を報酬として払ってやったのに、すぐにストリートギャングと呼ばれる年少の奴らにカツアゲされたと言う。特に悔しそうでもなく、しゃあしゃあと「いやあ、びっくりしたー！」と目を丸くしている。

リョウにトンチンカンなことを言われた客は、続けて乾にこう言った。

「ほんとにそうだなあ、と思いましたよ。こんな紙切れに振り回されて俺、何やってるんだろうって。そう思ったら、あの子の言う通り、ばかばかしくなっちゃって」

客は冷静に借金の分析をし、自分を取り戻したのだ。悪い兆候だ。正常な思考ができないくらいのところまで追い込んで脅して、他の金融業者よりも先に金をかすめ取るというのが０９０金融のやり方だからだ。冷静になった客は、誰かに相談したり、めちゃくちゃだった返済計画を見直したりする。

「今度余計なことをしゃべったらクビにするからな」

「はい」

リョウは素直に頷いた。

何だってこいつは、こんな割に合わない仕事を嬉しそうにやってるんだ？　ヤミ金屋の使い走りなんて愉快な仕事とは言えない。実入りは悪い。そのうえにこんなふうにどやしつけると、たいていの若い奴はぷいと消えてしまうものだ。なのに、こいつはなぜか俺の周りにまとわりついている。乾にとっては都合のいいパシリだが、どうにも納まりの悪さを感じる。

急に食欲がなくなって、半分食べたカツカレーの皿を脇にどけて煙草に火を点けた。

「乾さんは友だちとかいないんですか？」

「何だと？」乾は目を剝いた。「子供じゃあるまいし、友だちって何だよ」

「えっと――」リョウは、右目のそばの黒子の辺りをカリカリと掻いた。

「じゃあ、あれすか？　やっぱ仕事関係の人ばっかですか？　乾さんの周りの人は」

「つまらねえこと言うな。お前には関係ないだろ」

友だち――そんなものを持っていた頃があっただろうか。あまりに遠くて思い出せない。いや、確かにあった。大学時代の友人の顔が浮かんできた。ゼミも同じで、富士山にも一緒に登った。落石に遭った乾を背負って下山してくれた恩人だ。診療所まで駆けに駆けて、着いた途端、彼も昏倒した。

板東という名の徳島出身の男だった。気が合って、何でも話し合えた。彼も東京で事務機器メーカーに就職したから、こっちでも親しくしていて、よく飲んだ。乾が江古田支店でノルマに苦しんでいる時、協力して自分の同僚を紹介してくれたりした。心理的に追い詰められて「眠れない」という乾を「そんなに無理するなよ」と心配してくれた。

それなのに——乾は板東を騙したのだ。

ギャンブルの負けが込んで借金取りに脅迫されている時、板東にも「いい利回りの商品があるんだ。絶対損はさせないから」と持ちかけたのだ。彼は「そうか」と疑いもせずに自分の貯金を全部崩して乾に預けた。その次には言いなりにカードローンで借りてくれさえもした。すべてが嘘だった。金も戻らない、板東名義の負債も残るとわかった時、乾よりも彼の方が苦しげな顔をしていた。今思えば最初からわかっていて、金を差し出してくれたのかもしれない。

そして乾は板東の前から姿を消した。自分が虫けら以下のものになり下がったと自覚した瞬間だった。

黙り込んで煙を宙に向かって吐き続ける乾の前で、気まずく俯いたリョウは、ナプキンを一枚抜いて何やら折り始めた。午後二時半のファミレスの店内は閑散としていて、賑やかなJポップスがむなしく流れている。カウンターのそばに立っている制服姿の店員が、あくびを噛み殺している。

乾は手持ち無沙汰に、リョウの手元を見やった。出来上がったのは帆のついた船だ。こいつの精神年齢はどうなっているんだ？　まったくイカレている。リョウは乾の視線に気づくと、ひょいとそれを持ち上げた。

　ふいにフラッシュバックのように、最後に見た昌也の姿が頭の中に浮かび上がってきた。昌也が幼稚園に行っている間に運送屋が来て、奈美と昌也の荷物だけを運び出した。奈美は運送屋と一緒に、一度実家へ戻った。最後の登園だった昌也を幼稚園に迎えに行ったのは乾だった。昌也に空っぽになったマンションの部屋を見せて動揺させたくなかった。だから奈美には、近所のファミレスで待っているからと伝えてあった。

　チョコレートパフェを二人で分け合って食べた。食べ終わると昌也は、足をぶらんぶらんとさせながら、ナプキンで折り紙をして遊んだ。奈美はなかなか来なかった。あれが最後になるとは思わなかった。妻と別れても子供には会えると甘く考えていたのだ。だから話の内容も憶えていない。おそらくたわいのないことを話していたのだろう。

　昌也がナプキンでこしらえた船を差し出した。

「パパ、ここをこうして持って」

〝だまし船〟という折り紙だった。舳先の部分をつまんだと思っていたら、目をつぶらされている間に、パタパタと折り返して、帆の部分に変わっているというしくみだ。

　乾は気安く騙されてやった。

「あれ、おかしいな」と言うと、昌也はくすくすと笑った。

「わあ、パパ、騙された」そしてすぐに笑いを引っ込め、真剣な顔でこう付け加えたのだ。「でも友だちにはこんなこと、しちゃいけないよ。友だちを騙すのはよくないからね」

奈美がやって来て、昌也を連れていった。白い〝だまし船〟だけが残った。あの船を俺はどうしたろう？　息子が残した最後のプレゼントを？

「乾さん、ここをつまんでみてください」

リョウがぐいっと〝だまし船〟の舳先を突き出した。

何なんだ？　こいつ――。

それでも乾は、ぺらんとしたナプキンの船に手を伸ばす。指先が震えてなかなかつかめなかった。

＊

「これ以上、しゃべることはないよ。もうあたしもここへ来られないかもしれない。あんたともお別れだ。せいぜい長生きしなよ」

大きく枝を伸ばした桜の木の葉は、褐色や黄色に色づいている。風が吹くと、はらりはらりと落ちて、湿った土の上に重なり合っていく。冷たい朽ち葉の褥だ。秋がマキ子のために用意した暗くて居心地のいい死に場所だ。うっとりとその場所を目で確かめた。

「そろそろ入院の支度をしておいた方がいいですよ」

主治医はそう言った。正常範囲だった腫瘍マーカーが範囲外に上がった。CTを撮った時から肝転移の疑いありと言われていた。今回、肝エコーをしたところ、それがはっきりしたのだ。坐骨への転移も複数になった。右肩甲骨にも新たに転移がみられた。

医者は、「いつまでも照射をかけるわけにはいかない」と言う。骨転移には非ステロイド系抗炎症薬が効くということで、その薬と副作用止めの薬が処方された。効くといっても、もちろん治癒するという意味ではなく、痛みを取るという意味だ。これで効かなかったり激しい副作用が出たりしたら、あとは麻薬に頼るしかなさそうだ。

最近では、顔を洗ったり着替えたりという日常的な動作が、苦になるようになってきた。痛みのせいで、何もかもにひどく時間がかかる。あれこれ薬を変えるたびに吐き気があったり眩暈があったりして、それも日常生活の支障になっている。しかし、入院してしまうともう二度と退院できないとわかっているので、マキ子は何とか抵抗を試みている。だが、これもいつまでもつか心許ない。

「あたしの母親は、死ぬまで金の奴隷だったけど、あたしは違う。金を使って復讐してやったんだ。そういう奴らにさ」

全身へのがん細胞の転移で縮んでしまった体を無理に反らせる。

「ある時、ふと気がついたんだ。人は二種類に分かれるって。金に一生こき使われる者と、金をうまくコントロールしてそれによって人の上に立つ人間とね。金のある無しじゃないよ。金を手にした途端、それの僕（しもべ）になってしまう人間はごまんといる。好きに金を使っているつもりで、実は金に使われているのさ。そういう連中は、金があれば何でもできると思っている一方で、金が無くなることを極端に恐れている。そして実際そうなった時には自分の尻ぬぐいもうまくできやしない。借りたものはきちんと返す。それができないなら、金なんか借りずにどこででも野垂れ死にしたらいいんだ」

ふっと唇の端を歪めて笑う。

「あんたはそんな体だからバブルの頃のことなんか知らないだろうね。世の中の価値がすっかりひっくり返ってしまった時でも、あんたはここへ来て池に広がる波紋でも見ていたんだろうから。あんたはいいよ。木の葉とお札の区別がつかなくてもそうやって、お日様西々（にしにし）で生きていけるんだろ？　あの頃、とんでもない額の金を手にした人間が、どれだけ変貌を遂げたことか――」

遠い目をしてマキ子は空の高みを見やった。あの頃も同じように秋の空は澄んでいただろうに、立ち止まって空を見上げる人間なんか一人もいなかったに違いない。自分の手許に集まってくる金を数えるのに夢中だった。

「あんたは幸せかもしれない」蔑むようにマキ子は言った。「何てったって、このちっぽけな公園があんたの全世界なんだから。人の醜いとこなんて見ずに済むんだから。人に裏切られることも、絶望することもない——」

男はゆっくりと瞬きをして、右の肩の方へ傾けていた頭をわずかに動かした。それだけで相当の労力を要したようだ。

「バブルの申し子のような奴らは、ほんの二年かそこらいい思いをしただけさ。金が絶対的なものだと信じられたのは、そんな短い間だけだったなんて」マキ子はかすれた笑い声を上げた。肋骨がきしむように痛んだ。「それからこっち、泣きごとを言う人間ばかりさ。不況で収入が減った。病気で働けない。ローンが払えなくなった。あれが欲しい、これが欲しい。子供に泣きつかれた。人に騙された——。何だっていいよ。金を借りる理由はさ」

マキ子はうんざりというふうに首を振った。

「あいつらは忘れてる。金を人に借りることが恥だってことをね。だからいとも簡単にうちのようなとこへやって来るんだ。挙句の果てに消えたり首をくったり、家族を捨てたり。およそそれまでの人格からかけ離れたことを平気でやってしまう。あたしはそれを許さない。借りたものはきっちり返してもらう。帳尻を合わさせる。自分が作った借金は、どんな汚い手を使ってでも、どんなにちょっとずつでも返すもんだよ。そうだろ？　あたしの言ってること間違ってるかい？」

瞬きをする代わりに、男はぐっと瞳に力を込めて見返してきた。

「いや、あんたの、言っていることは、正しいと思うよ」

間延びした上に、ヒューヒューという息の音が混じる声。

最初、誰か別の人物が東屋の中に入って来たのだと思った。マキ子は肩越しに後ろを振り返った。誰もいない。だとすると――。

「だけど、一つだけ、認識が、間違っている」

変なところが伸びたり、かすれたりと独特の発声だったが、聴き取れないということはなかった。目の前の障害者が発した声だとわかるまでに、さらに数秒を要した。マキ子は呆気にとられて車椅子に囚(とら)われている男を見下ろした。

「あんた――」

「僕は、口がきけない、もしかしたら、耳も全く聞こえなくて、人の言葉を、解する知能も、持ち合わせていない、とあんたが勝手に、思い込んだんだ。だけど、僕が言ってるのは、そういうこと、じゃない」

かなりゆっくりとだが、男の歪んだ口から言葉が溢れてくるのが、マキ子は容易には信じられなかった。凍りついた彼女にはおかまいなしに車椅子の男は続けた。ものを言い始めると、不思議なもので、みるみる表情が豊かになってきた。相変わらず体は硬直していて丸太同然。首の筋はこれ以上ないというほど突っ張っていて、ほんの少しの運動にも難儀する様子なのに。

「どうだい？　気が済んだかい？　ここで、怨みつらみを、吐き出してさ」

　答えられなかった。男はいく分、頭をくっくっと反らすようにして片頬を歪めた。それが彼の、いわゆる〝皮肉っぽい笑み〟というものなのだろう。長いこと無表情な男とばかり思って対峙してきたのに、マキ子は彼の表情を読んだ。

「心置きなく、死んで、いけそうかい？」

「あんたに心配してもらわなくて結構！」

　マキ子はさっと立ち上がって東屋を出て行こうとした。さっきまで人格のない人形を相手にしゃべっていると思っていたのに、こうして急に受け答えを始めた男に気味の悪さを感じた。と同時にばかなことをしたと自分を責めた。弱音を見ず知らずの他人に向かって吐いてしまうなんて。歯噛みをしたい気分だった。

　池に面した側とは反対の出口へ向かった。男は電動車椅子を進めて、その出口をふさいだ。驚くほど速い操作を、男は右手の指一本でやってのけた。車椅子のスティックは、彼の意図をスムーズに機械に伝えた。

「まあ、そう、急ぐことはないだろう？　いつもは、長々と、しゃべって帰るんだから」

　マキ子は怯えていることを気取られないように、ベンチにすとんと腰を下ろすと足を組んだ。途端に股関節が悲鳴を上げた。それをぐっと堪える。何を怖がることがある？　こんな痩せっぽちの身体障害者に？　車椅子から立ち上がることもできないのに？

「趣味がいいとは言えないね。薄のろのふりをしてあたしを騙すなんて」

「だから、僕は、一度もそんなことを、言ってないよ。ただ、おとなしい、聴衆を演じてた、だけだ」

男はまたスティックを動かして車椅子の位置を微妙に調整した。そっぽを向いたマキ子を横からしげしげと眺めている。

「いや、なかなか、面白かったよ。あんたの話」

怯えているのは、この男が怖いからじゃない。自分をすっかり晒けだしてしまったからだ、とマキ子は思い当たった。今まで一度もこんなに無防備になったことがなかった。常に鎧で固めて、決して他人に立ち入らせなかった。自分の内側の深い領域には。いったいなんだってこんな場所でこんな男に独り語りを始めたのか。もはやきっかけすら思い出せない。急に寒気を感じた。

「あんたは、自分自身の、人生を呪ってる。母親を憎み、夫を蔑む。だが、彼らはもう、いない。腹いせに、拝金主義の、世の中に、復讐しようと、決めたんだ。金を使ってね。目には目を、歯には歯を、という、わけだ」

男はいとも明快にマキ子という人間を分析した。

「冗談じゃない。あんたに何がわかるの」

たったそれだけの文言で自分の人生を決めつけられたのではたまらない。怒りがふつふつと湧いてきた。

「あんたみたいに自分の体すらうまく動かせない奴にさ。せいぜいその上等な車で行ける範囲のことしかわからないじゃないか。そりゃあ、気の毒だと思うよ。不自由な体をそこに縛りつけられてさ。さっきも言っただろ？　あんたは逆に幸せなんだって」

「人に、裏切られることも、絶望することも、ない」先回りして男が言った。「確かに。そういうことは、なかったな、今まで」

「そうだと思った」勝ち誇ったようにマキ子は男に向き直る。「所詮、あんたは見聞きした出来ごとを批評するしか能がないのさ。さぞかし楽しかったろうさ。あたしの酷い人生の話が聞けて。しかも、もうあとふた月ほどでくたばるときてる。金で人を踏みにじるような真似をして自業自得だって思ってるんだろ？」

「そうだな――」男は右手で操作用のスティックを撫でた。唯一、自分の自由になる指と機械との相性を確認するように。「あんたが、もういなくなるのは、寂しいよ。また、僕はここで、孤独を、かこつことになる」

マキ子は弾けるような笑い声を上げた。

「それじゃあ、これから一人ぼっちになったら、たまにはあたしのことも思い出しておくれよ。このチンケな東屋でさ」笑いすぎて腹が痛くなってきた。「あたしも死にがいがあるってもんだ。あんたの慰みになって。なんせあたしの周りは、あたしが死んだら諸手を上げて大喜びしそうな奴らばかりだからね」

　男は痛々しそうに顔をしかめて、笑い狂うマキ子を見ていた。

「だけど絶対に自由になんかしてやるもんか。あたしが死んだって借金は帳消しになんかならない。そこだけはきっちりして死ぬつもりだ。それが最後、あたしに残された仕事だね。誰か確かな奴に後を託していくことがね。逃げ得なんて絶対に許さないから」

「まるで、僕が、あんたに、金を借りて、いるような、気分になってきたよ」

　男はまた〃皮肉っぽい笑み〃らしきものを浮かべた。

「そうでなかったことを神様に感謝しなよ。なんせあたしは障害者だろうが身寄りのない年寄りだろうが、母子家庭だろうが容赦しないからね。きちんと返せるように取り計らってはやるが、絶対に諦めない。五万の金が払えなくてもいいさ。今日の食事代にとっておいた千円を取りあげる。それが道理だろ？」

「そうだ。それは、正しいよ」男は繰り返した。「あんたは、立派だ。自分のやり方を、貫いてる。過酷な、人生で、学んだことを、実践してる。だけど――」

　故意にか偶然にか、男の右手の指がスティックを押した。かすかなモーター音とともに男の車椅子が、すっとマキ子の方へ寄ってきた。

「だけど、ひとつだけ、認識が、間違ってるんだ」

　マキ子はまた怯えた。なぜこの男はこんなに自信たっぷりなのだろう。いったい何がそうさせるのだろう。

「あんたは、金のために、人生を台無しにした、人々を、嘲ってる。金に、ひれ伏した、情けない人間だとね。だから、そいつらを、金で、支配しようとしてる。たまには、情けをかけてやって、始末がつけられるように、してやる。踏み倒して、うまく逃げおおせた奴らを、憎悪する。追いかけていって、ほんの少しの金でも、むしり取って、悦に入っている。金によって、身を持ち崩した、彼らの首根っこを、押さえつけていると、思ってるんだ。でもね――」男はやっとの思いで首を起こしたが、マキ子を見据える目には力が漲っていた。「でも、それは、違うんだ。金の前に、ひれ伏しているのは、あんた自身なんだ」

どうなんだい？　というふうに男はゆっくりと瞬きした。

「は？　何でそんな――」

マキ子は言いかけた言葉を途中で呑み込んだ。持ち上がった瞼の下の男の瞳には、有無を言わせない力があった。

「あんたは、金で、人を縛りつけられると、思ってる。相手が、泣こうが喚こうが、逃げようが、金を取り立てる。あんたが、貸す側である限り、彼らより、優位だと、思ってる。でも、それは、あんたの思い違いだ」

「言ってる意味がわからないね」

言葉尻が震えているのがわかった。

「金が、全能だと思った時点で、あんたは、もう金に、隷属してるんだ。金に、縛りつけられているのは、あんた自身なんだよ」

「そんな――」

ばかなこと、という言葉が続かない。マキ子は、よろよろと立ち上がった。東屋の前は池になっている。男を背にして、池の方に歩み寄った。低い柵に手を置いて池を見下ろす。暗い水に映し出された自分の顔がこちらを見返した。はっと息が止まる。全身の産毛がぞわりと逆立った。顔に醜いケロイド状の痕――母だ。あれは母の顔だ。魂をすっかり金に持っていかれた醜悪な女。娘の体を売り物にした女。

驚いて頰と首を撫でる。桜の枝から枯れた葉が一枚落ちてきて、水面に波紋が広がった。母の顔が消える。いや、あれは私の顔だ。いつの間にか、私は母とそっくりになってしまっていたのだ。マキ子は戦慄した。金の力を信じてやってきた私こそが金に支配されていたのだ。あれほど嫌っていたのに、母と同じにふんぷんたる金の匂いを発散させていたのは、私自身だった――。

「金はね――ただの、道具なんだ」

後ろから静かな声がした。

「何の力も、ありゃしない。要は、道具を、使いこなせるかどうか、なんだ」

マキ子は首を回して男を振り返った。奇妙にねじれた格好のまま、男は車椅子に座っていた。

「僕には、家族はない。もともと、兄弟はいなかったし、両親も、もう死んでしまった。この体は——」右手をぎこちなく動かして自分を指す。「生まれつき、なんだ」

自分のことを話し始めると、急に淡々とした口調になった。さっきまで目に宿っていた光も影を潜めた。

「こんな、体で生きていくのは、並大抵の、ことじゃない」内容とは裏腹に、こともなげに言い放つ。

「父が、死んだ時に、少しばかりの、遺産を受け継いだ。ほんの少しばかりの、遺産だ。それを、僕は、うまく運用したんだ。きっと、運がよかったんだな。これで——」右手をちょっと持ち上げて指を動かしてみせた。「見てわかると、思うけど、僕が、意のままに動かせるのは、首から上をちょっとと、右手だけだ。右手で、パソコンは、何とか使える。だから、ネットで、株取引を始めた。少し、まとまった金ができたら、FX投資も、やってみた。なにしろ、時間は、有り余るほどあるからね。株で会社のことを、FX投資で世界の情勢を学んだ」

マキ子は池の柵に寄りかかって男の話を聞いていた。さっき受けた衝撃も、男に対する怒りもどこかへ消え去った。

「そして、ある程度の金が、貯まったら、すっかり、そういう蓄財から、手を引いた。僕の残りの人生を、計算して、やっていけるだけの、ものがあれば、後は不必要だからね」

すうっと息を吸い込む。薄い胸が膨らむ。「何せ、金は、ただの道具だから」

また例の笑みを浮かべる。

「使いこなせる以上の、道具を、持っていたって、無意味だ。そうだろ？」

マキ子は答えられなかった。唇がわずかに震えた。

「今は、趣味で、投資をやってる。金儲けとは別の投資だ。時間をかけて、調べて、有望な起業家や、研究に少しずつ、投資するんだ。株なんかより、ずっと楽しい。人と、つながることもできるし、なにより、わくわくする」

男は言葉を切って、しばらく休んだ。でも話すこと自体は苦ではないらしい。

「この近くに、マンションを、買った。バリアフリーの、障害者向けの仕様になった、マンション。福祉サービスを、最大限に利用して、それで足りない部分は、介護ボランティアを頼んだり、家政婦さんを、雇ったりして、暮らしている。そうしなければ、生きていけない。僕は、トイレにすら、自分で、行けないんだからね。悲しい体だ」

特に悲しそうでもなく、そう言った。

「不自由な体に、閉じ込められて、身動きできない。できるのは、パソコンを、いじることと、こうして、特注の車椅子を、操作して、近所を、散歩するくらいのことだ。家族もいないし、友人もいない。介護してくれる人たちは、気のいい人ばかりだし、手際もいい。僕との、距離の保ち方も、心得ている。時折、投資で知り合った人たちと、メールする。それだけだ。おそらく、あと十年経っても、同じだと思うね」

「あんたはそれで——」マキ子はようやくかすれた声を絞り出した。「楽しいわけ？」

「そうだな」男は右手を持ち上げて額に当て、芝居がかった考えるポーズをとった。「楽しいかと、聞かれれば、楽しくはないいな」

ごく真面目な顔で答える。

「でも、そもそも、人生なんて、楽しくなければならないってことは、ないだろ？」

マキ子は、ふらっと体が揺れたような気がして東屋のコンクリートの壁に手をついた。そのままベンチに頽（くずお）れる。足下で何かがガラガラと音を立てて崩れていくようだった。自分が今まで地面だと思っていたものが、実は脆（もろ）い砂岩の積み重なりだったとしたら……？

「さて」また車椅子が軽やかに動いて、元の位置に戻った。「あんたは、今、死に直面している。悪いけど、僕には、何もしてあげられない」

苦いものがマキ子の喉を駆け昇ってきた。赤の他人に自分の生命の期限を知られるのは、何とも腹立たしいものだ。しかも自分は、おとなしく黙りこくっている男に、思いのたけをぶちまけてしまった。何か言おうとしたマキ子を、男は右手で押しとどめた。

「僕のような、人間が、無為に長生きをすることを、あんたは、我慢ならないようだけど、それも、正しい考えだと思う」

「何も、あたしはそんな――」

すっかりこの障害者のペースに巻き込まれてしまったことに気づかず、マキ子はうろたえる。

「いいんだ。自分の、食いぶちは、もう稼いであるとはいえ、この先、たいして有益に、生きられそうにない。人の手を煩わせ、疎まれながら、生活していく、可能性は大だ」

マキ子は口を挟むことを諦めて、男の言うことに素直に耳を傾けた。ひとつひとつの言葉が心に沁みた。葉からこぼれた清冽（せいれつ）な朝露が黒い土に吸い込まれるように。だが決してそんな心のありようを読まれまいと用心した。努めて不機嫌さを装う。

「ただ、死ほど平等なものは、ないよ。誰の上にも、死は等しく訪れる。金持ちにも、貧者にも。おごり高ぶる者にも、つましく生きる者にも。賢い者にも、愚かな者にも。健常者にも、障害者にも」

男が言葉を切るたびに、マキ子は彼を観察した。きちんと撫でつけられた髪の毛。滑らかにとはお世辞にも言えないが、まずまず自分の意思は伝えられる口。時折余計な音声が混じるけれど、コツをつかめば聴き取るのはそう難しいことではない。たまに下がってきてはまた上がる緩慢な動きの瞼。車椅子をいつでも動かせるように常に構えている右の手。

この男はなぜ愚者のふりをして私の話を聞いたのだろう？　なぜ私を軽蔑しないのだろう？　いや、そもそもなぜ私とこの男とは出会ったのだろう？

「死は、絶対的で、容赦がない。でも、救いでもある」

ふてぶてしく腕を組み、マキ子は男を見返した。

「だからこそ、あんたは、ここで、泣きごとを、繰り返したんだ」

「泣きごと？」

すっかり見透かされている。他人の力添えがなければ一日たりとも生きていけない男に。

「でくのぼうみたいなあんたに八つ当たりしたのは悪かったと思っているけどね。でも別に泣きごとを言ったわけじゃないよ。あたしは死ぬのが怖いわけじゃない」

「そうさ。それはわかってる。僕も、死ぬのは怖くないよ。怖いのは、ちっとも変わらずに、このまま、死んでいくことさ」

その言葉はマキ子の心を思うさま突いた。

――変わらずこのまま死んでいくこと。

ついさっきまで、絶対に変わることなくゆるぎなく、自分の姿勢を貫いて死んでいくことにこそ、意味を見出していたのに。

男はスティックを傾けて車椅子を池の方に向けた。「ウィ――ン」という軽い唸りを聞きながら、マキ子はまた震えた。長く話して疲れたのか、男は沈黙した。

私は怖かったのか？　このまま金貸しとして死んでいくのが？　死を宣告されてから、ずっとずっと小さな棘が心に突き刺さっているような居心地の悪さを感じていた。あれは死そのものに対する慄きではなく、死までに何かをしなければならないという焦燥感だった？

束の間訪れた静寂の中、マキ子は考えを巡らせた。でもどうすればいいのだろう。残された時間はあまりに少ない。変に歪んだ男の骨ばった肩を、彼女はじっと眺めていた。

「たとえば、僕の場合だけど――」ようやく男が口を開いた。「まだ、死ぬまでには、間があると、思っているし、日々空想するんだ。どんなふうに、変わりたいか」

そしてカクカクとぎこちなく首を何とか動かして、ちらりとマキ子の方を見た。

「こう思うんだ。僕は、一度も自分の足で、立ったことがない。でも、一度だけ歩く自分に、変わっていたらって。二本の足で立って、朝露に、濡れた草の上を、裸足で踏みしめたら、どんな感じかな。何度も、経験した人たちは、ただこう言うんだ。『ひんやりして、気持ちがよかった』って。でも、僕にとっては、全然違う」

池に向き直った男の顔は窺い知れない。

「――全然、違うんだ」

池の上には間断なく黄金の光が降り注ぎ、落ちてきた葉があちこちで波紋を作っていた。空気は澄んでいて、それでいて耳障りな都会の騒音を東屋までは伝えてこない。ありきたりで平穏な風景は、マキ子を苦しめている体の痛みを忘れさせた。

「でも僕は、そんな体には、とうてい、変われない。遠くまで続く草原を、自分の足で走ることができたら、明日、死んでもかまわないんだけど、残念ながら、そうはいかない」

「ああ……」

不覚にも声を漏らしてしまった。彼の言葉に心を動かされたことを感づかれたに違いない。

「それに比べたら――」男は池に向かってしゃべり続ける。「あんたが、変わることなんて、容易いことだ。もしそうしたければ、死ぬまでには、まだたっぷり時間がある」

マキ子は跳び上がるように立ち上がった。やはり坐骨がひどく痛んだが、たいして気にならなかった。

「かわいそうな女だ」と言った伸宏の言葉が頭の中でうわぁんと響いていた。

第五章　合言葉

乾は重い足を引きずるように池袋の街を歩いた。

昼間の池袋は、中学生から二十代までの若い女の子が多い。かつては「駅ブクロ」と呼ばれ、駅周辺を離れてしまうと、居酒屋くらいしかない街だと、いかにもつまらなそうに言われていたらしいが、開発が進みその様相は一変した。居酒屋が並ぶ横丁は取り壊されて近代的なビルになった。店子として入った居酒屋には、もう昔のうらぶれた風情はない。

最近では、池袋が「住みたい街ランキング」の第三位になっているという。それを裏付けるように、二十階建て以上のタワーマンションが、雨後のタケノコのようににょきにょきと建った。ダサい街だと言われ続けてきた池袋の面影は、もうどこにもない。

池袋西口公園と、サンシャイン60から乙女ロード界隈には、若い女性が群れていた。執事役の男性が客をお嬢様扱いしてくれるバトラーカフェだとか、コスプレ用の衣装を売るショップ、ミニコミ誌専門の店を目当てにやって来るらしい。

中年サラリーマンが勤めるような大企業が少ないということもあって、昼の池袋の一部分はオタク女に占拠されている。下町と山の手の境に位置する混沌とした街という雰囲気もあり、ますます雑然としてとらえどころのない街になってしまった。

田所リースの入っているビルの前を、どんよりとした目つきのオカマが一人通っていく。朝っぱらから宮坂に呼ばれた理由はよくわかっていた。事務の池内から二日前に耳打ちされていたからだ。乾が片手間で始めた０９０金融のことが宮坂の耳に入ったらしい。

当然、あのヤバい女社長がそれを許すはずがない。田所リースからこぼれ落ちた客を食い物にしているのだから、なおさらだ。リョウというアルバイトまで雇って派手にやりすぎたのだ。もう０９０金融は店じまいしなければならないだろう。が、それだけでは済まないということは、過去の経験から乾にはよくわかっていた。クビになるならまだしも、凍結してくれている借金の債権をどこか別の業者に売られるかもしれない。

「いっそ逃げるか」

雑居ビルに入りながら乾は独りごちた。

その気力も逃げおおせる自信もないことは、もう何度も検証した。この世界は裏でいくらでもつながっている。どこかの情報網に引っかかって炙りだされるのは目に見えている。それにもう逃げ続けるのはごめんだ。ああいう生活がどれほど人間を消耗させ、疲弊させるか、乾は身をもって知っていた。

東京以外のところへ行くのはどうだろう。

乾は故郷である瀬戸内海沿岸の街を思い描いた。あそこに今も住む親戚にも、さんざん不義理をしたのだ。今さら帰れるわけもない。もう今の生活以上のものも以下のものもない。このサイケデリックで猥雑（わいざつ）な街でカメのように首を縮めて生きていくしかない。

小さなエレベーターの中は、濃厚な香水の匂いで満ちていた。上に運ばれながら乾は、宮坂に対する言い訳を何とか考えようとした。脳がうまく働かない。八階に着くまでにはすっかり諦めてしまった。

リョウにはさっき携帯で連絡しておいた。多分、この細々（ほそぼそ）とした小遣い稼ぎはもうおしまいになるだろうと。今まで働いた分はきっちり払うからと言うと、リョウは「え？　何すか？　それ」と驚いた声を上げた。何やら向こうがしゃべっているうちに切ってしまった。妙な奴だが、あいつを連れ回している間は、なぜか心が和んだ。

「本当におかしな奴だ」

声に出してしまってから、自分がリョウとの別れを惜しんでいるのに驚いた。

社長室に入ると、宮坂は安っぽいスティール机の向こうで顔を上げた。全身が衰弱しているのに顔だけはむくんでいる。彼女と向かい合った途端、「ああ、この女はもう死ぬのだ」と思った。この間まで宮坂の死を期待していたのに、今はそう確信しても何の感慨もなかった。乾は静かな死の気配に満ちた部屋の中で立ちつくしていた。

「かければ？」

冷たく言われてパイプ椅子に腰を下ろす。宮坂はしばらく乾を無視して、やりかけていた作業を続けた。池内に命じてプリントアウトさせた書類に目を通しているようだ。十分ほど待たせた後、書類を置いて老眼鏡をはずした。

「あたしはしばらく入院しなきゃならない」

唐突に女社長は言った。乾は答えない。

「あたしの体の先行きはわからないけど、この仕事は人に譲ることにした」

ああ、やっぱり――と乾は落胆した。受け継いだ人物は、自分を今まで通り雇ってくれるだろうか？　それとも……。

「あんたがあたしに隠れてこそこそやってる商売のことは聞いた」

乾はうなだれた。タイミングが悪すぎた。０９０金融のことがばれるのと、田所リースの経営者が代わるのとが同時だなんて。きっと自分は切り捨てられるだろう。暴力団関係者がここをやり始めたら、自分のような回収屋は不要だ。

「随分なやりようだってね、あんたのヤミ金業。あたしの向こうを張ってるつもりかい？」

「いや、そんな――」

頭の中は真っ白だ。宮坂は顔を歪めた。それは乾に対する怒りのせいではなく、体の中を貫いた痛みのせいらしかった。

「あんたのその阿漕(あこぎ)でこすっからいやり方には心底むかつくね」

「すみません」

ここまで知られたら頭を下げるしかないだろう。

「あんたが少しばかり自由になる金を持ったからって何だってんだよ。そこまで堕ちたあんたがさ」

下げた頭のまま、唇を噛みしめた。こんな女に言われる筋合いはない。人を人とも思わない金儲け主義の女に。

「うちのうわまえをはねるとはいい度胸してるよ」宮坂の声は以前より小さいが、その分低くてぞっとする響きがあった。「懐に転がり込んだ金で自分の借金を返したらどうなんだ」

痛いところを突いてくる。死を前にしているとわかっているだけに、妙に凄みのある言葉だった。何を考えているのか。この血も涙もない女は。

「あんたがぎりぎり生活できるほどのものは渡しているはずだけどね。何に使うんだい？その金。妻にも子にも去られたあんたに使い道があんの？」

ぎりっと奥歯を噛む音が、頭蓋にまで響いてきた。

「ちょっとはいいもんでも食べたか。それとも女につぎ込んだか。あの女にさ。ヘルスで稼いでうちの借金もバンバン返している子にさ。いい気になってんじゃないよ！」

知っているのだ、宮坂は。抜け目のない女だ。以前、矢野の一家にまんまと逃げられた時、亜里沙のところに行っていたのもお見通しなのだ。

「あんたはさ、そうやって人のおこぼれにあずかって生きていくのかい？　ええ？　元は立派な銀行員だったたってのに」

宮坂の罵詈雑言に言い返す気力は、とうの昔に失くしていた。

「あんたのことは調べさせてもらった」乾はそろそろと頭を上げて社長を見た。「こんなナメた真似をされたんじゃあ、かなわないからね」

なぜか胴震いがした。

「落ちぶれた銀行員という認識しかなかったけど、あんたも相当なもんだね」

銀行員時代の悪行がとうとうこの女社長にも知れたわけだ。だが、この世界ではどこにでも転がっている転落の図式ではないか。

「それをいちいちあげつらう気はないよ。人には人の事情ってもんがあるからね」

宮坂はさらりとそう言った。乾は胸を撫で下ろした。病み衰えた女は、指先でボールペンをくるくる回しながら、しばらく乾を観察した。これからの話をどう持ち出そうか思案しているふうにもとれた。

「乾」

「はい」

「あんたさ、いつまでもそうやって生きていけると思ってる？」

「は？」

「いつか人は死ぬんだよ」

「はあ」

驚きだ。宮坂がこんなことを言うなんて。自分の死を目前にして感傷的になっているのか？

「いまさらこんなこと言っても始まらないかもしれないけど、あんたには自分の人生を立て直すチャンスが何度かあったはずだ。それをあんたはみすみすやり過ごしてきた」

そうだ。江古田支店で支店長の悪罵に耐えながら、汗だくで顧客回りをしていた時、あのまま数年だけ我慢すればどちらかが異動になっていたのに。

サラ金の支払いが滞った時、素直に妻や義父に打ち明けていれば、客の預金にまで手を出すことはなかった。末永をはめる計画を耳にした時、すぐに彼にそのことを告げればよかった。そうすれば恩人を見殺しにすることもなかった。あの時得た報酬なんて雀の涙ほどだったのに。自分の惰弱で狡い性格がそれをせずにやり過ごしてしまった。

――でも友だちにはこんなこと、しちゃいけないよ。友だちを騙すのはよくないからね。

昌也の折ったナプキンのだまし船の舳先が、乾の心臓をえぐる。

「人は生まれてからずっと死に向かって疾走してる。つまり、死がゴールってわけ。生まれた環境や人生のありようは、人それぞれだけど、最終的にたどり着くところは同じってこと。人間が一番公平に扱われる場所だ」

宮坂の意図がわからず、乾は頷くしかなかった。

死を前に気弱になった社長が存外にいい提案をしてくれるんじゃないかと一瞬淡い期待を抱いた。でなければ、こんな話をするはずがない。全く宮坂らしくない口ぶりだ。

しかし、その期待は見事に粉砕された。

「とにかくあんたがあたしに黙ってやったことには、それなりの責めを受けてもらう。ここにはここのルールってもんがあるからね」

「わかりました」

「あんたの借金は次の経営者が引き継ぐ。甘く考えないことだね」

「はい」

宮坂は、今度はペーパーナイフを手に取り、机をコツンコツンと叩いた。そして上目づかいにじっと乾を見た。その視線を受け止められず、乾は目を逸らす。

「あんたが投げ出してしまった人生はまだたっぷり残りがある」

「はあ……」

「死ぬまでに変わりたいと思わないの？」

宮坂がペーパーナイフに指を掛けたまま、問いかける。

変わる？　変われるのか、この俺が？

何かが乾の深いところを突いた。ほんの少し――。それは形を成す前にさっと消え去った。清流の底で、きらりと光った小魚の銀色の腹のように。

「あんたがつまらない小細工を弄するのは、まだやり直したい、自分を変えたいと思うからだよ。まだ見込みはある。このあたしだってね――」

宮坂はふっと笑みを漏らした。こんなふうに笑えるのか、この女も。いつも人を嘲るようにしか笑えないと思っていた。

「乾」

「はい」

「人間、死ぬまでは生きてる」

冗談を言ったのだろうか。だが笑えなかった。

宮坂は、ペーパーナイフの切っ先を乾に向けた。

「死ぬその瞬間までは、生きることを考えてりゃ、間違いない」

「社長――」

「何だい？」

「社長は変わりましたね」

嬉しくもなさそうに宮坂は「そうかい」と呟いた。それから我に返ったように表情を引き締めた。

「もう行きな。忙しいんだ」

素っ気なく宮坂は言い、脇によけていた書類を引き寄せた。老眼鏡をかけるとひどく老けて見えた。

乾は、パイプ椅子から立ち上がった。

ドアまで歩き、振り返る。宮坂の骨ばった肩や、すっかり白髪だらけになった頭をじっくり見やった。この女は、今度病院に入ったら、自分はここへ戻って来ることはないとよく承知している。それはどんな気分なのだろう。

どんな人間にも平等に訪れる死は、この女にとって救いなのだろうか。

乾は、さっき頭の隅をかすめていったものを慎重に探った。何かがまた姿を現そうとしていた。遠い遠い記憶の糸をたぐりよせる。

ふと宮坂が顔を上げた。まだそこにいたのかというふうに下唇を突き出した。

「あんたの前歴には虫唾(むしず)が走ったね。典型的な借金漬け人生だからさ。あたしの一番嫌うタイプだね。甘ったれた臆病者だ。恵まれた環境からよくもそこまで——」

憎まれ口を叩き始めた宮坂は、しゃんと背筋が伸びた。冷徹であざとい、凄腕の金貸し女。目の前の人物を罵ることで、まとわりつく死の影を追いやっているようだった。

「よくもそこまで堕落したもんだ。サラ金でブラックリストに載ったら名字まで変えてまた借りまくる」

乾は慄いて、背中をドアにくっつけた。容赦のない声が飛んでくる。

「あんたの元の名字は阿久津なんだってね。阿久津佑太。いい名前じゃないか。親が泣いてるよ。勝手に名字変えてさ」

皮肉をこめて宮坂は言った。そこまで言って疲れたのか、肩を上下させ、ほうっと息を吐く。そしてほんのちょっとだけ、表情を緩めた。

「いいことを教えてやろうか？　何もかもなかったことにするおまじないさ。あんたのその腐った生き様を変えたいならね」

「何もかもウーピーパーピーの木の下に埋めればいいんだ」

宮坂はごくごく真面目な顔で、噛み締めるように言った。

「え？」

聞き間違えたのかと思った。いや、そうに違いない。そんなはずはないのだ。この女があの言葉を口にするなんてあり得ない。

「社長、あの……」

「おまじないさ。ある男に教わったんだ。嫌なものは、全部ウーピーパーピーの木の下に埋めるんだって。そうしたら、なかったことになる。始めっからやり直せる。すべてはうまくいく。そういうおまじないの言葉だってさ」

やはり宮坂は、にこりともせずにそう言った。それから馬鹿なことを口にしたというふうに、軽く肩をすくめた。

全身に悪寒が走り、硬直してしまって動けなかった。衝撃を受けている部下の様子がわかっているのかいないのか、宮坂は不機嫌に声を荒らげた。

「とっとと仕事にかかりな。きちんと取れるものを取って来るんだよ」

しまいの方はかすれ声になり、激しく咳き込んだ。

乾は慌ててノブを回した。汗で濡れた手が滑った。咳き込み続ける宮坂の声を背に、急いでドアを閉める。足早に事務所を横切りかけて、回転椅子を蹴り飛ばしてしまった。池内が不審げに視線を送ってくる。

廊下に飛び出して、エレベーターのボタンを押した。箱がゆっくり上昇してくるが、それを待たずに階段を駆け下りた。足がもつれ、息が上がる。

踊り場で一度立ち止まって、壁に手をついた。こみ上げてきた吐き気をやり過ごす。

そんなはずはない。そんなはずは。

何だって今、こんな場所であのまじないの言葉を聞かされるのか。

もしかして——もしかして、あそこに何か埋めてあるのか？　俺の人生を変える何かが。

ウーピーパーピーの木の下に？

よろよろと残りの階段を下りた。

ビルの外に出ると、そこにリョウが立っていた。

「あ、乾さん！」

嬉しそうに駆け寄って来る。だが真っ赤に充血した乾の目を見て、ぎょっとして立ちすくんだ。

「あの――どうかしたんすか？」

そんなリョウの前を、乾は大股で通り過ぎた。一歩、二歩、歩み寄ろうとしたリョウに「ついて来るな」と目で威嚇する。今は誰とも話したくなかった。早く一人になりたかった。人混みを、肩でかき分けるようにして、前に進んだ。

リョウがついっとそばに寄って来て、「ヤバいことになっちゃったんすか？」と問う。

「失せろ」

すごんだつもりでも、この男には効果がない。

「あの――、社長に何か言われた、とか？」

「いや……」

「そうなんでしょ？　社長さんに呼ばれたんでしょ？　乾さん、いつもと様子、違いすぎっすよ」

「たいしたことじゃないって」

「でも、あの――」

いつになく食い下がってくるリョウが鬱陶しかった。

「また連絡する。バイト代はちゃんと払ってやるから、どっかへ行け」

リョウは、ようやく歩を緩めた。乾は、肩を怒らせたまま、雑踏の中を歩き続けた。

立ち止まったリョウが、乾の背中に向けて叫んだ。

「それ、大事なことですから！　社長さんが言ったこと」

いきなり立ち止まった乾に、後ろから来た男がぶつかりそうになった。背中にギターケースを担いだ金髪男がぶつぶつ言いながら追い越していく。

乾はゆっくりと振り返った。もうどこにもリョウの姿はなかった。


乾は、ありったけの金をポケットに突っ込んだ。ありったけといってもいくらもないが、往復の電車賃には何とか足りるだろう。

宮坂にも断らず、電車に飛び乗った。在来線を乗り継いで、西へ西へと向かう。

こんなふうにあそこへ戻る日が来るとは思えなかった。あの、嫌な思い出しかない瀬戸内海沿岸の町へ。

――あんたの元の名字は阿久津なんだってね。阿久津佑太。

頭の中で、宮坂の声が鳴り響く。そうだ。俺は名字を変えて生きてきたのだ。名前を変えるために利用した認知症気味の老婆はどうなっただろう。今まで考えもしなかった。きっと孤独に死んでいっただろう。形だけ養子になった自分は、名字だけもらうとさっさと逃げ出したのだから。

親が泣いているかどうかは確かめようがない。縁を切って、音信不通になって長い年月が経ってしまった。たった一人きりの母親と。

暗い窓にもたれて、乾は指折り数えた。こんなふうに数えたことすらなかった。そのあまりに長い年月に愕然とする。自分はあの時の母親の年を越えてしまっているという事実に、今さらながら気がついた。

母親が刑務所に収監されてから、一度も会っていないのだ。

――何もかもウーピーパーピーの木の下に埋めればいいんだよ、佑太。そうしたら、なかったことになるの。初めっからやり直せるんだから。心配しなくていい。何もかもうまくいくよ。

あのおまじないの言葉と儀式。あれは、母と乾だけが知っているものだった。

あの言葉を母親から聞くと、どれだけ安心したことか。乾は、弱く心細かった時分の幼い子に返った気がした。しかし、夜に閉ざされた電車の窓には、疲れ果ててやつれた中年男が映っているだけだった。

なぜ今、宮坂の口からあれを聞くことになったのか。彼女に秘密のまじないを教えた男とは誰なのか。思いを巡らせているうちに、うとうとと眠りに落ちていった。

夢を見た。四歳か五歳の乾が、母親に連れられて、坂道を上っている。町はずれの丘のてっぺんにある一本の木。下から風が吹き上げてきて、小さな背中を押す。大きく広がった木の枝も、ざわざわと揺れている。

近づくと、緑の葉の中に、いくつもの黄緑色の花が咲いているのがわかる。ユリノキだ。花は、六枚の花弁を持つユリに似た花で、基部にオレンジ色の斑紋が入っている。特徴的なのは、葉の形で、一枚一枚が、半袖シャツのような形をしていた。そのせいで、ハンテンボクとか、ヤッコダコの木とも呼ばれていた。母は、一枚の葉を手にして、

「ほら、見てごらん、佑太。これ、佑太のTシャツと同じだよ」と体のそばに寄せた。

「模様があったら、すっかり一緒でしょ？」

「ウーピーパーピーのもよう？」

「そうだね。ウーピーパーピーの模様があったらね」

ちらちらと動く木漏れ日が、母の顔の上で踊っていた。あの情景を今も鮮やかに思い出すことができる。

あの頃、乾が気に入って、毎日のように着たがったTシャツには、NHKの教育テレビで放送していた幼児向けの番組のキャラクターがプリントしてあった。かわいい子猿のキャラクターが活躍する番組で、タイトルは「ウッキー・ハッピー」だったと思う。だが、

舌足らずの乾には、うまく発音することができず、「ウーピーパーピー」で通していた。

だから、あの丘にあったユリノキは、母子の間では、ウーピーパーピーの木で通じ合っていた。

父親は、その時にはもう病気で亡くなっていた。

小さい頃、痩せっぽちだった乾は、よくいじめられた。どんなに酷い目にあっても抵抗できなかった。ただめそめそと泣き続けた。父親のいない環境が彼を意気地のない子にしてしまったのでは、と考えた母は、時間があれば、よくあの丘に連れていった。街中が見渡せ、遠くに海も見えるあの丘に。

「ほら、あのお空からお父さんが見ているよ。佑太が泣いたら、お父さんも悲しいよ」

それでも乾は容易には泣き止まなかった。

最初は、友だちに割られたコップだった。保育園で使っていたプラスチックのコップを落としたところを踏みつけられた。あれもウッキー・ハッピーの柄だったのかもしれない。泣いて帰ってきた乾の手を引いて、母は丘に上った。割れたコップをクッキーの缶に入れて、ウーピーパーピーの木の根元に埋めた。

「こうすればね、神様が割れたコップを持っていってくれる。何もかもがまっさらの始まりに戻るんだよ。だから、もう泣かないで。いい子だから」

あれは、父のいない乾を励ますために母親が考えついた苦肉の策だったのかもしれない。

全く子供だましのやり方だと今なら思う。でも、それで乾は救われたのだ。

なぜなら、少し経ってその缶を掘り出すと、中身は消えていたのだから。

母が、こっそり一人で戻って来て、中身を持ち去っていたのだろう。嫌なことをなかったことにするために。

その後、ウーピーパーピーの木の下には、いろんな物が埋められた。引き裂かれた給食エプロンや、汚された上靴や、落書きされたノートなど。いじめにあってもじっと耐えるしかなかった乾は、自分でそれらを埋めた。母親は、時々それを掘り起こしては、処分してくれていたのだと思う。

それは小学校の中学年になるくらいまで続いた。そのうち、「ウーピーパーピーの木の下に埋める」は、母子の合言葉になった。何もかも消し去ってしまいたいものは、そこに埋めて、すっかり忘れるのだ。そうやって、乾はつらい幼少期を生き抜いた。

あの合言葉とおまじないの儀式――いったいなぜ今、宮坂によってそれがもたらされたのか。さっぱりわからない。


ガタンとひと揺れして、電車は停車した。乾は目をこすった。耳慣れない駅名がアナウンスされる。ぱらぱらと座席に散っていた乗客が、黙って降りていく。

乾ものろのろと立ち上がり、真夜中の駅に降り立った。その日の終着駅。

改札を抜け、闇の中に消えていく乗客たちの背中をぼんやりと眺めた。今日はもう、これ以上は先に進めない。明日の始発が出るまで、ここで夜明かしをすると決めた。温かい缶コーヒーを一本買ってきて、駅舎の中のベンチに座った。秋も深まり、夜が更けると冷えてきた。何も食べていないのに、不思議と空腹は感じなかった。

靴を脱いで、ベンチの上に両足を上げる。膝を抱えるようにして、缶コーヒーをちびちびと飲んだ。明日一日、この調子で走り続ければ、故郷の街に着くだろう。そこまで考えて、自分はなぜそこに向かおうとしているのかわからなくなった。

あのおまじないの言葉に導かれて？　馬鹿げている。缶に口をつけたまま、声を出さずに笑った。こんなふうにあの街に戻ることがあるなんて――何度も心に去来したことがまた繰り返される。

あそこで最後に起こったことは、もうウーピーパーピーの木の下にも埋められないほど、大きかった。あれが乾の人生を変えたのだ。

だから、二度と戻らないつもりで故郷を出た。足を踏み入れないだけではない。あの街に関するすべてに背を向けてきた。そうやって振り払っても振り払っても、ついて回るものにいつも腹を立て、苦しんだが、それが彼の上昇志向につながってもいた。

どうしてなんだ？　乾は自問してみる。どうして俺は、よく考えもせずあそこに戻ろうとしているんだ。あの忌むべき土地に。

母親が殺人を犯した場所に。

しだいに冷えていく缶コーヒーを、ぐっと握りしめた。

ベンチにもたれて眠ろうとしたが、眠れなかった。次々と記憶が甦ってきて、乾を押し流す。

どこが始まりだったのか。あれほど輝いていた高校生活だったのに。翳りはどこからやってきたのだろう。

乾がいじめから抜け出し、自分に自信を持ったのは中学に入る前だった。彼は自分の足が速いことに気づいたのだ。そのまま、中学では陸上部に入った。乾はめきめきと頭角を現した。

初めは短距離。一〇〇メートルより二〇〇メートルの方が得意だったが、四〇〇メートルも走った。中学二年の県中学校総体で県の中学新記録を出した。三年生になった時、練習メニューに加わったハードルの魅力にとりつかれた。自分から、これを専門にやりたいと先生に直訴した。選手が少ない部だったので、フラットレースも兼ねて走るということで、乾の希望は通った。その後、指導教師の勧めもあり、一番長い距離を走る四〇〇メートルハードルを選んだ。

フラットレースからハードルへ転向したのは、ただ単純に走るだけではなく、いろいろと工夫をすることによって、いくらでも記録が伸びる競技に面白さを感じたからだ。それが四〇〇メートルだと、より技術的な調整を施す余地があるのだった。

　もうこれしかないと思うほど、ハードルにのめり込んだ。県内では、飛び抜けた成績を残せた。無駄のないしなやかな筋肉をまとった乾に、かつての弱々しい面影はどこにもなかった。もう誰も彼を蔑んだり、いじめたりしなかった。ハードルは、まさに乾の人生を変えてくれたのだ。

　中学三年生で国体にも出場し、東京の国立競技場で行われたジュニアオリンピックにも出て好成績を残せた。すっかり自分に自信がついた。そのまま、県内でも有名な陸上部のある高校に進学した。

　だから——もう彼には必要がなくなっていたのだ。

　ウーピーパーピーの木は。

　いつの間にか、あの言葉もおまじないも忘れ去った。自分のことで頭が一杯で、母親のことまで気が回らなかった。その間も母は働きづめだったが、それは当たり前だと思うようになっていた。

　母にも、始まりはあったはずなのだ。

　あんなことに至るまでの助走が、どこかで始まっていたのだろうけれど、その気配には、到底気がつかなかった。

乾は、駅のトイレで顔を洗った。薄っすらと無精ひげが生え、目の下には、隈ができていた。ハンカチで顔を拭いながら、乾は唸った。

もうすぐ始発が出る。駅の外から、街が目覚めるかすかな音が伝わってきていた。幾人かの勤め人が構内に入ってきた。乾も券売機で切符を買った。この線で一番遠くまで行ける切符を。

始発に乗り込み、財布をしまおうとしたら、ポケットの中で携帯電話が震えた。着信履歴を見ると、昨日から何度もかかってきていたのに、気がつかなかったのだということがわかった。発信元は、田所リースの事務所、それと尾崎。一回だけ、リョウからもかかっていた。

乾は、電源を切った。

動き出した電車の窓に向いて、また考えにふけった。

そうだ。乾に限っていえば、最初の翳りは、高校の陸上部で、野田に会ったことだった。野田は、短距離ランナーだった。一〇〇メートルでいい成績を出していた。中学とは違い、高校の陸上部では、多くの優秀なアスリートが集まってきていた。野田の走りを見た時、短距離をやめてハードルに転向していて、よかったと思ったものだ。

彼は天生の短距離選手だった。中学の時に、全日本中学校選手権で優勝したという輝かしい経歴の持ち主だった。高校一年でも、次々と高校記録を塗り替えていた。

進学したT高校では、顧問の教師の他に、学外のコーチがいた。指導教師は、異動があれば変わってしまうが、学外から来てくれるコーチなら、ずっと同じ指導を受けられるという利点があった。

その時のコーチは、短距離でかつては日本新記録を出し、オリンピック強化選手にも選ばれたことのある一色（いっしき）というコーチだった。乾が陸上部に入部した当時は、どこかの会社に勤めていたのだが、野田や乾という優秀なアスリートを新入生に迎えたことで、不自由なサラリーマン生活に見切りをつけた。

一色コーチの父親が経営する会社をいずれは継ぐことになっていて、そこに専務として入ったのだ。そうすれば、勤務時間の融通がきくからだった。放課後、部員たちがグラウンドに出ると、一色コーチも仕事を早めに切り上げてやって来た。

「お前はお母さんの自慢の息子なんだろ？　頑張れよ」

と、しょっちゅう一色コーチに言われるのには閉口した。乾の母親が長年勤めているのは、一色コーチの父親が経営する金属部品や機械工具、特殊樹脂等の卸会社だった。彼らが住む街では、大手の企業だった。

一色コーチが作ってくれる練習メニューは細やかで、一人一人の個性を生かしたものだった。選手を型にはめず、本人の意見も聞いてくれ、それを取り入れた練習を組んでくれた。ただ体をいじめるだけではいい記録は出ない、というのが一色コーチの持論で、楽しみながら走るということに重きを置いていたように思う。

コーチは体育大学で学び、新しいスポーツ理論も身につけた人だった。いずれは指導者になろうと、広く陸上競技を経験していた。ハードルの経験もあった。

社会人チームや教育現場で陸上の指導者になれなかったのは、交通事故で足に怪我を負い挫折したことと、父親の会社を継ぐという使命を担っていたことが理由だったようだ。

一色コーチに巡り合えたことは、乾にとって僥倖だった。

ハードルとハードルとの間の歩幅や歩数、ピッチの上げ下げ、利き足で跳ぶか逆足で跳ぶか。いくらでも考えることはあった。コーチは、「小柄で体を折り畳むことに長けている日本人の方が、足を上げること自体が苦手な欧米人よりもハードル競技向きだ」と熱心に指導してくれた。

フィジカル、メンタル、テクニックと、あらゆる面からハードラーとしての乾を育て上げてくれた。

母が自分と同じ会社で働いているせいか、乾には特に目をかけてくれていたように思う。食事をおごってくれたり、スポーツ理論の本を貸してくれたり、各地で行われる記録会や合宿に行かせてくれたりした。時には車を運転して、他県まで連れて行ってくれたものだ。

母子家庭のせいで、経済的に苦しい乾にとって、遠征費はばかにならなかった。本来なら家計を助けるためにアルバイトでもするべきところなのだろうが、母は、乾を練習に集中させるために、それを許さなかった。昼間は「一色金属」で働き、夕方から夜にかけて、近所の弁当店で翌朝の仕込みの手伝いをしてから帰ってきていた。

二つの仕事を掛け持ちしていることも、一色コーチの口添えで、一色金属では大目に見てもらっていたように思う。

それでも乾はシューズもいいものが買えず、使い古したものをいつまでも使っていた。裕福な家庭の野田が捨てるシューズの方が、よっぽどいいものに見えた。別に野田が羨ましいとは思わなかったが、そういう時は、気持ちが萎えたものだ。見かねた一色コーチが、こっそりシューズや練習着を買い与えてくれたこともある。

一色コーチの勧めで、乾は練習日誌をつけていた。出したタイム、練習計画、達成できたもの、できなかったもの、工夫すべき点、疑問点。それから日々自分が感じたこと。それこそ、何でもかんでも記録した。

そうすると、問題点が見えてくるのだ、とコーチは言った。その通りだった。自分では普段気がつかないことが見つかった。気持ちの整理ができ、気分転換にもなった。

「習慣にして、ずっと続けろ。これからの競技人生で参考になるから」

と言って、一色コーチは部員全員に練習日誌をつけさせた。誰にも見せることのない、自分だけの日誌だが、たびたび振り返って読むことで、成長の記録にもなったし、自信にもつながった。練習日誌として使っていた小ぶりの手帳は、乾の宝物だった。

「すごい熱の入れようね。コーチはあなたたちを育てることで、自分のできなかったことを成し遂げようとしているんだね。ありがたいこと」

と母も言っていた。コーチは、あまり仕事の方は熱心でなくて、社長に怒られているけどね、と付け加えて笑った。コーチは、陸上に入れあげるばかりで、まだ結婚もしていなかった。それが社長である父親には、不満だったのだ。彼はその当時、もう三十半ばを過ぎていたのだから。

「大阪に恋人がいるんじゃないかね。時々、あっちに行っているみたいだから」

あまり人の噂をしない母が、会社で聞きかじってきたことを言った。もともと寡黙だった息子が思春期を迎え、少しでも共通の話題を持ちたいと思ったのかもしれない。

母は、どうしても乾を大学へ行かせようと躍起になっていた。その母の期待に応えるためにも、優秀な成績を収めて、特待生待遇で大学へ進みたかった。乾は、ますます練習にのめり込み、数々の地区大会や高校総体、インターハイで記録を伸ばした。四〇〇メートルハードルの県高校新記録も打ち立てた。全国高校新記録にも迫る記録だった。

乾と野田を擁するT高陸上部は、県内のみならず、全国に名前が知れ渡った。まさに順風満帆だった。

そうだ、あのまま駆け抜けていたら、俺は間違いなくオリンピックに出場できていただろう。強化選手に選ばれるのは、間違いないと確信していたんだからな。朝焼けに照らし出された街や野山を、車窓からぼんやり眺めながら、乾は思った。

高校二年に上がる直前の春休み中、野田が練習中に肉離れを起こした。

「グリッと音がしたよ」

と野田はさもたいしたことでないように言っていたが、周囲は青ざめた。

右足の腿裏だったと思う。資産家の彼の父親は、すぐに名のある整形外科医に診させるため、東京まで連れていった。その後、スポーツトレーナーをつけ、リハビリとハリ治療、マッサージ、回復を早めるという酸素治療まで施した。その手厚さを目の当たりにして、ようやく野田が持つ生活環境との格差を実感した。

そういうことで、おごり高ぶることのない野田は、焦りを見せることもなく淡々と過ごしていた。彼が出場するはずだったその年の春の織田記念陸上ジュニア、県の高校陸上では、T高陸上部はふるわなかった。リレーも野田が抜けたせいで、惨憺たる結果に終わった。

手厚いケアが功を奏したのか、野田は梅雨の時期には、サーキット・トレーニングには参加できるようになった。足に負担をかけず腹筋を鍛えるために、トランポリンなどもやっていた。しかしその後、軽い練習を再開した野田は、短距離をどうもうまく走れないようだった。記録もよくない。

悩みすぎると煮詰まってしまうので、一色コーチの提案で、気分転換にハードルをやってみることになった。野田は、あまり乗り気ではなかった。乾が練習しているのを、そばでじっと立って見ていたが、そのうち、やる気になったのか、練習を始めた。

「佑太、教えてくれよ、跳び方」

苦労知らずで温厚な野田は、何のこだわりもなくそんなことを言った。

遊び感覚で始めたハードルだったはずだ。ちょっとした気まぐれで。

それなのに、うまかった。器用にハードリングをこなした。もともと走るのが速いせいで、トップスピードにまで持っていくのが早い。そのままエンジン全開で、滑るようにハードルを越えていく。乾が工夫に工夫を重ねて習得したハードルの走りや跳び方を、難なく手に入れたように見えた。驚いたことに、彼の股関節は可動性が高く、乾よりも長身なのに、跳ぶ姿勢を作るのがうまかった。

ハイスピードを維持したままの流れるような跳躍。

乾は呆気にとられた。この調子でいけば、早晩、乾の記録も塗り替えられるのではないかという焦燥感にとらわれた。そんな乾の心中を察することなく、野田は、ハードルの面白さに没頭していった。かつて乾がそうだったように。

「短距離を走ると、また肉離れをやるんじゃないかと気になるんだ。そのメンタルが体にも伝わって、要するに短距離を走るのが怖くなった」

という彼の説明を、一色コーチも顧問も納得して聞いていることに小さな怒りを覚えた。

もちろん、野田に他意がないのはわかっていた。この天真爛漫な男は、自分が人を傷つけることなど、あろうはずがないと思っているのだ。

それなら、せめて一一〇メートルハードルにしてくれればいいものを、野田は、乾と同じ四〇〇メートルハードルを選んだ。背の高い野田は、ストライドも大きい。その特長は長い距離を走るハードルに適していた。スピードがある上に、ハードルを越えるテクニックも身につけた野田は、脅威そのものだった。

夏休みに入ってから、インターハイに向けての調整練習が始まったが、それにも身が入らなかった。T高の野田晋が、短距離から四〇〇メートルハードルへ転向したというニュースが、陸上界で話題になったりするのも、いまいましかった。

インターハイでは、かろうじて乾の方がいい記録を出して優勝したが、僅差だった。そしてとうとうその日がやってきた。十月の国体で、野田に抜かれたのだ。野田は三位で、乾は六位。屈辱的だった。ずっとずっと優勝を目指してやってきたのに、野田を気にするあまり、精神的な弱さが出た。

競技人は、負けることは常に覚悟していなければならない。負けることに慣れてはいけないが、負けたことに拘泥していたのでは、進歩はない。そんなことは百も承知だった。今までもそういうことは何度もあった。そのたびに負けた理由を分析し、克服してきたつもりだ。自分の強さはそこにあると思っていた。

だが、野田に負けたことは、乾を完膚(かんぷ)なきまでに叩きのめした。

自分が弱いからだ、というふうには、どうしても考えられなかった。以前なら、この負けをバネにまた工夫と練習を重ねて自分を鍛え直した。

なぜ、四〇〇メートルハードルを選んだのだ？　と野田の背中に問いかけた。なぜ、後から転向してきたお前の方がいい成績を出すんだ？　と。短距離に戻ってやればいいじゃないか。肉離れなんて、アスリートなら誰だって経験することだ。そんなことで気まぐれにハードルを始め、やすやすと俺を抜いていくなんて。

わかっていた。これは嫉妬なのだ。野田がどの競技を選ぼうが、あいつの自由だ。俺がこんなことを言う筋合いはないのだ。でも、言わずにいられなかった。ハードルでいい成績を残して、特待生枠で大学へ進むという展望まで水泡に帰すことになりかねない。

野田の家庭環境ならどこの大学にだって進学できる。あるいは海外留学だって可能だ。俺の将来まで踏みつけにしているということがわからないのか。才能にも、経済的なものにも恵まれ、何の苦労もせずにここまで来たお前には。

いつの間にか、練習日誌に、そういう鬱屈した思いを書きつけるようになった。歪んだ思いを野田にぶつける代わりに、手帳には、彼に対する恨みつらみを書きつけた。しまいには、「野田がまた肉離れでもやらないか。もうしばらくはグラウンドを走れないくらいに」と書いた。

書いてから、はっと我に返った。そこまで自分は腐った人間になってしまったのかと思ってさらに落ち込んだ。そういう精神状態だから、練習もうまくいくはずがなかった。まったく身が入らなかった。一色コーチも気にして声をかけてくれたが、自分の胸の内を話すわけにはいかなかった。

「スランプなんだって？　佑太。どうしたんだ。俺でよかったら相談に乗るよ」

　年明けに、そうのんびりした口調で野田に言われた時、どうしようもなく憎しみが募った。自分でもまったくお門(かど)違いの感情だとはわかっていた。しかし、母が乾を大学へ進学させるために苦労して金の算段をしていると知り、自分への情けなさ、置かれた境遇の理不尽さなどを強く感じていた時期でもあった。つい、こう言ってしまった。

「そうか。なら、今日の練習が終わったら、阿佐美(あさみ)神社の裏へ来てくれるか？」

　ちょっと他の誰にも言いにくいことなんだと付け加える。野田は、「きっと行くよ。皆には内緒にしとく」と声を落とした。その返答の仕方も、乾を見下しているように思えてならなかった。

　学校の裏山のてっぺんに、阿佐美神社という小さな神社があった。そこへ続く坂道と急な石段は、T高の運動部が体力作りをする格好の場所でもあった。が、神主もいないちっぽけで寂(さび)れた社殿の裏に回る人は、いなかった。鬱蒼(うっそう)とした森が反対側の山裾まで続いているだけで、道もなかった。

野田を呼び出して、何を言おうとしたのか、その時ははっきり意識していなかった。あんなことになろうとは予測もしていなかった。ただ石段の下に立って、色褪せた朱色の鳥居をしばらく見上げていたことは憶えている。前の日に雨が降ったせいで、てらてらと濡れて光った石段に一歩足をかけた瞬間、鎮守の森の中で、名も知らぬ鳥が鋭く啼いたことも。

あの時、行かなければよかったのだ。

あのまま、帰っていればよかった。あの鳥の啼き声は、不吉なことが起きる予兆だったのだ。野田は、待ちぼうけを食い、腹を立てて帰っただろう。しばらく口をきいてくれなかったかもしれないが、その方が、どれだけよかったか知れない。

あんな結果になるくらいなら。

瀬戸内海が見えてきた。午後の遅い時間、のったりとした海を眺めていると、あれから二十数年が経ったことが嘘のように思えてくる。そのまま乗っていれば、あと数時間で故郷の街に着くというのに、乾は海のそばの駅で降りてしまった。怖かった。あそこに戻るのが。

十七歳のあの日、身に帯びた悪意は、そのまま自分に返ってきたとしか思えない。あれから人生の歯車が狂い始めたのだ。

潮の香りがするホームのベンチに腰を下ろし、海岸沿いに並んだ家々と、その向こうに見え隠れする海をじっと見ていた。駅前の雑貨屋の前で、年とった犬が腹這いになって寝ている。釣りの道具を提げて、片手運転する自転車の男がその前を通った。ふらついて、対向車とぶつかりそうになる。軽くブレーキをかけた軽自動車の中年女性は、フロントガラス越しに男を睨みつけた。

そんな情景を、乾は見るともなく見ていた。

どこにでもある風景が、ふいに見慣れぬものに見える時がある。自分の立ち位置が、まったくわからなくなるのだ。見知らぬ場所に置き去りにされた迷子のように不安にかられる時が。まさにあの時がそれだった。

乾は、阿佐美神社の石段をゆっくり上っていった。部活練習の時、何度も全速力で上り下りした馴染みの石段だった。それをいちいち段を数えるみたいに一歩一歩上った。

神社の裏の崖っぷちに立っている野田の後ろ姿も、しばらく見つめていた。木々が途切れ、赤土が露出した場所で、そこだけは眺望が開けているのだ。そこで野田は、背伸びするみたいにして景色を眺めていた。

こいつはいい奴なんだ、と思った。鷹揚（おうよう）で闊達（かったつ）で、人を憎むなんてことを考えたこともない。自分が憎まれることがあるなんてことも。

それが――それがお前の罪なんだよ。

しゃんと伸びた背中に向かって、心の中でそう呟いた。

声なき声を聞き取ったみたいに、野田が振り返った。

体を半分こちらに向けた時、乾の姿を認めて笑ったような気もする。だが、よく憶えていない。その時、自分がすべきことがわかった。ゆっくりと乾は野田が立っている方へ歩いていった。

「野田、ハードルをやめてくれないか？」

考える前に言葉が口をついて出た。野田はきょとんと乾を見返した。

「ハードルを俺に譲ってくれよ」

「ゆずる？」

まだ乾の意図がわからないふうだった。

「ハードルでなくても、お前はいい成績を残せるじゃないか。もう一回、短距離で頑張ればいいだろ？」

ようやく乾の言わんとすることが伝わったのだろう、その途端、野田は朗らかな笑い声を上げた。笑ったのだ。あの男は。さもおかしそうに。

「何だって？　もう一回言ってくれよ」

相手の笑い声が収まるのを、じっと待った。もう一回だって？　どれほどの屈辱感を覚えながら、これを言ったと思っているんだ。だが、そんな思いも振り捨てた。

「四〇〇メートルハードルをやめてくれよ。俺、あれに賭けてるんだ」

すっと野田の顔から笑みが引いた。

「俺が気まぐれかなんかでハードルをやっていると思ってんの？」

「いや、そうじゃないけど──」

「佑太、俺、お前にそんなこと言われると思わなかった」心底、がっかりした声で野田は言った。「いいライバルだと思ってた。こんなこと、言う奴と競ってたなんて、俺──」

野田は正しい。だけど、こんなところで正論を言って欲しくなかった。

惨めさに苦しくなる前に、言葉を重ねた。

「そんなことはわかってるよ。でも、お前には、たくさんの選択肢がある。俺は、四〇〇メートルハードルしかない。これでいい成績を出して、それで大学から引き合いが来るのを待つしかない。俺──」

言葉に詰まったが、ここまできて言い淀むことはできなかった。一気に後を続けた。

「俺、陸上部へ入るのと引き換えに、授業料免除してもらえる大学へ、特待生かスポーツ推薦で入学したいと思ってる。うちの──」

「お前の家の事情は知ってるよ」

あの時、一瞬でも野田が同情してくれると期待した自分を、今は笑いたかった。野田はこう言ったのだ。

「お前がスランプに陥った理由がわかったよ。そんなことを考えて走っていたんじゃあ、記録も伸びないはずだ」

だらんと両脇に垂らした拳を、ぎゅっと握りしめた。

「お前を悩ませていたのは、そういうことか。そうして、これがお前の出した解決策か」

決して侮蔑した言いようではなかった。静かに野田は、そう言った。むしろ、悲しみが勝った言い方だったと思う。端から勝負を捨て、卑しい考えを持つに至った部活仲間を憐れんでいるふうだった。

それが乾には、たまらなかった。

野田は、大きく息を吐いて、腕組みをした。そして崖のそばにぽつんと立った小ぶりの松の木に背中を預けた。本気で嘆いているのだ、とわかった。わかっていながら、乾はさらに卑屈な行動に出た。がばっとその場に土下座したのだ。

「な、頼む。それなら、せめて一一〇メートルハードルに転向してくれよ。そしたら——」

「佑太——」

しごく落ち着いた口調で、野田が遮った。乾は、頭を濡れた赤土にこすりつけた。ジャージの脛に、水が浸みてきた。

「お前なら、どこの大学だって行けるだろ？　俺と違って、お前なら——」

「佑太――」もう一度、野田が言った。「佑太、お前――」

少しだけ顔を上げた。野田が履いた高価なシューズが目の前にあった。松の根の前に。

「お前、みっともないよ」

松の木の前の地面に、小さな亀裂が入るのを、乾はじっと見ていた。あの時のことを、何度も頭の中で再生してみた。あれの意味を理解していたかどうか。何度思い出しても、よくわからない。

「みっともない」と言われたことの方がショックで、何も考えられなかった。怒りと情けなさとで、頭の中が真っ白になっていたのだ。松の木の根元の亀裂は、だんだん大きくなっていたけれど、乾はただ茫然とそれを見ていたきりだった。それがもたらす結果には、思いが至らなかった。

亀裂から、赤土にまみれた松の根っこが飛び出してきた時も、それが何を意味するのかわからなかった。野田が寄りかかった松の木が、崖に向かって倒れたのだとは。

野田は、無言だった。叫び声はおろか、唸り声も上げなかった。きっと彼も自分の身に何が起こったのか、理解できなかったのだと思う。はっと思って上を向いた時には、野田の足元は崩れていた。反射的に立ち上がったことは憶えている。

手を差し伸べただろうか。それとも「危ない！」と叫んだだろうか。その辺の記憶は曖昧だ。ただバランスを崩した野田の体が、松の木とともにスローモーションのように崖の向こうに落ちていく様子は、はっきりと憶えている。低い松の木に体をくっつけたまま。

さっきまで乾の目の前にあったシューズの裏が見えた。頭が下になり、二つのシューズは空中を蹴り上げるみたいに弧を描いた。そして、松の木と野田は転落していったのだ。きっとあっという間だったと思うけれど、そこだけは、酷くゆっくりした時間が流れた気がした。

驚いて一瞬体が硬直したが、乾はすぐに崖の突先に取りついた。赤土がごっそりと抉れて落ちていた。

「野田!!」

這いつくばって、崖下を覗き込んだ。その間も、足元がぐずぐずと崩れていく。巻き込まれるのを恐れて、乾は後退した。それでも野田が落ちた方向を必死で見やった。崖の途中に生えていたらしい灌木が、一緒に崩れ落ちて、重なり合っていた。

「野田!!」

もう一回叫んだが、答えはなかった。ただ崖下の、赤土と折れた灌木の下に、見慣れたT高陸上部のジャージが少しだけ見えた。

前日は激しい雨が降った。陸上部も室内でのストレッチやダッシュ練習をしただけで終わった。だからといって、この崖が崩れるとは思いもしなかった。今まで一度もそんなことはなかったのだ。もっと酷い雨降りの時でも。

野田は運が悪かったのだ。乾は、そのままの姿勢でそろそろと後退した。立ち上がって、手のひらについた赤土を払う。そのまま、崖に背を向けた。迷ったのは、一瞬だった。決断は早かった。部活の仲間を見捨てる決断は。

一目散に石段と坂を駆け下りた。学校の裏門から入り、自転車置き場にまで来て、息を整えた。

「おう！」声を掛けられてぎょっとした。「気をつけて帰れよ！」

一色コーチだった。強張った乾の顔を見て、片眉を上げた。

「どうかしたか？」

「いえ」

自転車に跨（また）がり、できるだけゆっくりペダルを漕いで、その場を離れた。裏門のところで振り返ると、コーチは自分の車の方へ歩いて行くところだった。

学校から遠ざかるにつれ、吐き気がした。今ならまだ間に合う、と何度も思った。今戻って、野田が崖から落ちたことを知らせれば、たいしたことにならないかもしれない。俺が見て見ぬふりをして、その場を離れたことも、ばれないかもしれない。今なら、取り返しがつく――。

だが乾は、取り返しがつく地点を越えて走り続けた。

家に帰り着いて、アパートの狭い玄関に立った時、初めて自分の格好に目がいった。シユーズもジャージの膝も赤土でどろどろだった。鏡を見たら、額にも土がついていた。野田の前で土下座した時についたものだ。これにコーチは気づいただろうか？

そう思うと、堪えていたものが込み上げてきて、トイレに駆け込んで吐いた。

母親が戻って来たのは、いつも通り、午後九時を回ってからだった。

息子が自分で洗って干してあるジャージとシューズをちらりと見たが、疲れ果てているのだろう、何も言わなかった。乾は気分が悪いと言って、母が用意した夕食を食べていなかった。そのことには、心配したようなことを言ったと思うが、乾はそれどころではなかった。ジャージを洗う時、尻ポケットに入れていたはずの手帳がなくなっていることに気がついたからだ。

必死で記憶をさらった。どこで落としたのだろう。最後にあれを確認したのは、部活の練習が終わった時だ。その日の練習内容を簡単につけた。日付のすぐ下には、こう書いてあった。

練習後　野田　神社裏

それに、野田に対する恨み言(うらみごと)。悪口雑言(あっこうぞうごん)。手帳に乾の名前は記してなかったが、知っている人が読めば、誰が書いたか明白だろう。

頭の中が真っ白になり、冷たい汗が額を伝った。

「どうしたの？　佑太。顔色が悪いようだけど」

「なんでもない」

「でも、食欲もないんだろ？」

「いいって」

母を押しのけるようにして、自室に入った。後ろ手でドアを閉めると、ベッドに倒れ込んだ。手帳を紛失したことに気づいた時、アパートの自転車置き場から、幹線道路に出るまでの道をたどってみた。どこにも落ちていなかった。

まさか――まさか、あの阿佐美神社の崖のところで落としたのだろうか？　野田に土下座した時に？　崖下を覗いた時に？　走って逃げる時に？

そんなはずはない。石段を駆け下りる時、尻ポケットに固い手帳が収まっていた気がする。今までも自転車を漕いでいる時、尻ポケットからはみ出して、落としそうになったことがあった。きっと帰り道のどこかで落としたに違いない。きっとそうだ。道端の草むらにでも入り込んで、誰にも見つけられずに朽ちていくのだ。

野田はどうしただろう。案外、自力で這い上がって、助けもせずに立ち去った乾に怒りながら家路をたどったのかもしれない。明日会ったら、一発殴るくらいじゃ済まないと思いながら。

そうであってくれたら――。

そうだったら――そうだったらどんなによかったか。

海風に吹かれながら、乾は顔を手で覆った。

高校二年生だったあの日に帰れたら、そうしたら、俺は迷わず崖下まで行って、野田を助けるのに。

雑貨屋の前の犬が、顔を上げて、ホームに座る乾を見上げていた。

いや、そんなことをしてももう遅かったのだ。あそこから転落した時点で、野田は決定的な損傷を受けていたのだから。赤土の崖が崩れたことは、下の住人がすぐに気づいた。誰かがそれに巻き込まれたことも。

野田はすぐに救急車で病院に運ばれた。あの街で一番大きな総合病院に。夜通し懸命な治療が続いたという。

しかし、彼は頭を強く打ち、脳幹にも大きなダメージを受けていた。外傷性脳損傷。将来を嘱望(しょくぼう)されたアスリートは植物状態になった。

今、この瞬間にも――と乾は、海の向こうに小さく見える霞んだ島影を見やりながら、思う。意識のない野田が、この世のどこかで生きていて、そして虚(むな)しく息だけを繰り返しているのだ。人工呼吸器に助けられた息を。

「こんな姿でも、生きていてくれたら嬉しいの。親ってそういうものよ」

見舞いが許されて、野田の病室を部活の仲間と訪れた時、野田の母親が言った言葉が、まだ頭の中に染みついている。あれからしばらくして、よりよい医療を求めて、両親とども別の土地に移っていったが、彼の容態が好転するとは思えなかった。

野田の身に起きた衝撃的なことを耳にした後も、乾は自分のことしか考えなかった。

翌日、こっそりと阿佐美神社の崖上に行って、手帳が落ちていないか探した。警察や消防が来て、現場検証を行った後だった。最悪な場合、彼らにそれを拾われるという可能性もあった。そうなったら、もうおしまいだ。まだ見つけられていないなら、それを回収しておきたかった。坂道や石段、崖の周辺、森の中。目を皿のようにして、這いつくばって探した。だが、どこにも手帳はなかった。

とうとう諦めた。希望的な観測で自分を慰めた。誰の目にもつかない場所に落ちたままになっている。あるいは誰かが拾って、読みもしないでどこかに捨てた。道路の真ん中で、車に轢かれてボロボロになってしまった。

どれもありそうになかった。

それでも結局手帳は出てこず、どこからも乾を非難する声は上がらなかった。あの日、野田があんなところに行った理由を、誰一人思いつかなかった。野田は、律儀にも乾との約束を誰にも話していなかったのだ。あれは不幸な事故として処理された。

崩れた崖は修復されて、元の状態に戻った。野田の体は元に戻らなかったけれど。

あれがすべての始まりだったのだ。卑怯な手で、ライバルを排除しようとした報いを、俺は受けたのだ。こうなる道筋を、とうの昔に自分でつけていた。あの時に――あの阿佐美神社の裏で、俺は人生の決定的な選択をしていたのだ。

兆しや先触れを見逃していたのではない。あの後打ち続いた不運は、自分で呼び寄せたもの。就職試験がうまくいかなかったことや、数々の怪我。まともではない支店長の下に配属されたこと。験が悪いなどという言葉でひとくくりにしようとしていた自分を笑った。

では、あれもそうなのか？　母が引き起こした殺人事件も？　因果応報の一端だったのか。きれいな放物線を描いて堕ちていく人生の。

自分のことに夢中になるあまり、母のことにまで気が回らなかった。母は酷く疲れている様子で、口数も少なくなっていた。きっと乾が野田の件で落ち込んで、いい成績が出せないことを、母も気に病んでいるのだろう、くらいにしか思わなかった。あのままでいけば、スポーツ推薦ももらえるかどうか微妙だった。

どこまでも愚かで自己中心的だった。

母は、思いもかけない行為で、乾の目を覚まさせた。すなわち、殺人を犯すという形で。人を殺したのだ。あの母が。

理由は、男女間の痴情のもつれ。耳を疑った。

勤めていた会社の上司と関係を持ち、別れ話が出たことに逆上して、相手を刺した。およそ母らしからぬ行動だ。でも、母自身がそう告白したのだから、間違いはない。もし違っているのなら、どんなことがあっても否定しただろう。

殺人犯であることに加え、たった一人の息子に誤解され、嫌悪されるのだ。そんなことは耐えられなかったに違いない。

「わたしが殺しました」

拘束されるやいなや、すぐに母は罪を認めた。

妻に先立たれた折原という男と深い仲になり、相手のいいなりに会社の金を横領していた。

「あの人に嫌われたくなかったんです」

経理を担当していた母に金を引き出させるのが目的で、折原は母に近づいたのだ。母は折原が教える手口で、まとまった金額を何度かにわたって引き出したと告白した。すべては折原の手に渡ったという。

会社の金を横領していたことよりも、人を殺したということよりも、母親が男と肉体関係を持っていたことが、乾は許せなかった。母はどんなことがあっても、子供のために身を粉にして働き、子供の喜びを共有する存在でなければならなかった。

自分の快楽に身を委ねてはいけないのだ。まったく身勝手な考えだとはわかっていた。でも母親が女であることが、どうしても許せなかった。

部活の友が重大な事故に遭った時には、知らん顔を決め込んだくせに、母親が犯した間違いには、動揺し、苦悩した。

きっとあの頃の自分は、醜い顔をしていたに違いない。陰鬱で狂気じみ、世界中を呪っているように荒んだ雰囲気をまとっていただろう。

母がいなくなったから、生活の糧を得る方法すらなかった。

救いの手を差し伸べてくれたのは、一色コーチだった。残りの高校生活が続けられるよう、学校に掛け合って、授業料を免除してもらった。生活費も援助してくれて、部活をやめずにすむよう、取り計らってくれた。おかげで乾は、陸上を続けられた。ただし残りの競技生活は、悲惨なものだった。高校最後のインターハイでは、予選敗退。秋の国体予選で転倒し、足首を剝離骨折した。それで選手生活はおしまいになった。

しばらく入院しなければならなかったが、これでもう走らなくてもいいのだと思うと、かえってすっきりしたことを憶えている。未練を残すことなく、陸上競技からもハードルからも遠ざかることができると。このまま、野田との確執や自分の罪の重さを忘れたかった。向き合うべき人生から逃げた最初の出来事だった。あれ以来、乾は逃げ続けてきたのだ。

担任教師や一色の骨折りで、特別な事情を抱えた学生向けの返済する必要のない奨学金をもらって、なんとか大学へは進学できた。

でも母親が殺人罪で服役しているという事実は、彼の人生の汚点だった。大学は県外に進んだのに、どこからかその噂は湧き出してきて、彼につきまとった。何をやってもうまくいかない気がした。

自分の心を掘り下げると、母親に裏切られたという鬱屈した思いを振り切れないことに気づくのだ。甘えた稚拙な考えだ。世の中には、もっと過酷な境遇を撥ね返して生きている者は多くいる。だが乾は、いつまでも母親を許せず、それに固執する自分に囚われ続けた。

それでまるまる四年間の大学生活を棒に振った。陸上とは無縁の生活だった。勉学にも身が入らなかった。生活費をアルバイトで稼がなければならないという事情もあった。そういうすべてのことを母親のせいにした。それまで必死に働いて、母は息子を養ってくれていたのに。感謝の気持ちからは程遠かった。

母のことは極力考えないようにした。息子を忘れて、男と情を交わしていた瞬間が一瞬でもあった母のことは。

ようやく自分の人生に向き合えるようになったのは、銀行に就職してからだ。もう何も考えず、がむしゃらに働いた。自分に鞭を当てるような気持ちだった。

奈美との結婚話が持ち上がった時、親兄弟のことを聞かれた。隠していてもいずれわかるだろうと、母のことを打ち明けた。当然ながら、結婚には猛反対された。奈美も動揺しただろうが、結局は乾と結婚する意志を貫いて、親を説得してくれた。

その時、義父が出してきた条件は、母親とは今後一切縁を切るというものだった。すぐにその条件を呑んだ。奈美と結婚したかったというよりは、これで本当に自分の気持ちに踏ん切りがついたと思ったのだ。もうすぐ母親が出所してくるということはわかっていた。その時に、幸せな結婚生活を送るためという大義名分で、母を遠ざけることができると考えたのだ。

きっと母親から接触があれば、迷い、悩むだろうとわかっていたから。またしても卑怯なやり方を選んだわけだ。

その数か月後、母が出所してきたと、母の妹、つまり叔母から連絡があった。乾は、自分の今の生活のことを伝え、義父との約束も伝えた。だから、会うわけにはいかないのだと。母は叔母を通して、承諾する意を伝えてきた。叔母は、その後も二人の間を取り持とうと何度か接触してきたが、無視した。

どうやら母は、寡婦となっていた叔母のところで暮らしているようだった。

それでも母と会うべきではないかという逡巡は、常に乾の心を占めていた。それを心の隅に押しやって、銀行業務に打ち込んだ。自分は、うまくやっている。人生を己の力で立て直したのだ、と思いたかった。

成績を伸ばして、周囲に評価されたかった。それしか生きる指針がなかった。その思いが、いつしか乾をぎちぎちに縛り付けていった。自分という人間が損なわれていることにも気づかなかった。

成績至上主義の狂った支店長の下での重度のストレスに耐えかね、道を踏み外してしまった。何もかもが露になった時、義父が言った「君には、そういう反社会的な素養があったんだな。もともと」という言葉はこたえた。

人を殺めた母、野田を見殺しにした自分を重ね合わせて、妙に納得した。

しゃかりきになって人生を切り開いた気になっていた自分がおかしかった。そうなんだ。無駄な努力だったんだ。俺はこういう人間なんだから。

だからこそ、宮坂の下で因果な仕事をこなす自分が、一番納まりがいいと思っていた。

数本の普通列車をやり過ごした挙句、乾はやっと下りの電車に乗った。

海の方を見ると、夕焼けの燃え残りが、わずかに水平線を照らしていた。

なぜ、あの街に戻ろうとしているんだろう。あそこに何があるというのだろう。昨日から何度も繰り返す自問を、また心の中で呟いた。

叔母からは、年賀状だけは届いていたが、母からは何も言ってこなかった。息子の生活を邪魔してはいけないと遠慮していたのだろう。そのうち、年賀状も届かなくなった。数年後、叔母の息子である従弟から、喪中欠礼の葉書が来た。叔母が死んだのだ。

それっきり、母とは音信不通になった。乾も離婚し、住所を転々としたから、もし向こうがその気になったとしても、連絡の取りようがなかっただろう。

夜も更けてから、ようやく故郷の街にたどり着いた。駅前のラーメン屋が開いていたから、そこでラーメンを食べた。東京を出てから、まともな物を腹に入れたのは、初めてだった。夜の底に沈んだ街は、様子が変わっているのかどうかもわからない。

ラーメン屋でビジネスホテルの場所を訊いて、そこで一泊した。

翌朝、ホテルの窓から見た街は、日本中、どこにでもある地方の繁華街という様相だった。特に郷愁も覚えないことにほっとした。繁華街とは逆の方向へ向かう。途中で見つけたホームセンターで、折り畳み式の小さなシャベルを買った。

そんな自分の行動を笑う。

お前、本当にウーピーパーピーの木の下を掘り返すつもりかよ。

血も涙もない金貸し女が気まぐれに口にした言葉を頼りに、こんな遠くまで来て。

それで思い出して、携帯電話の電源を入れてみた。十数本の受信履歴があった。すべて田所リースからだった。慌ててまた電源を切った。

幼少の頃住んでいた場所はよく憶えていなかったが、街の東側にある丘はすぐにわかった。あそこからの眺めは頭の中に今もあった。記憶をたどりながら、一時間もしないうちに麓に着いた。

てっぺんに、たった一本だけそびえ立つユリノキを認めた時には、ちょっと感動した。しばらく下から眺めていた。風が吹いて、泰然と枝を揺らすさまを。

それからゆっくりと道を上った。もっと道幅があると思っていたのに、細く感じられた。それは自分が大人になったせいなのか。それとも年月を経て、道端の草むらや灌木が茂ったせいなのか。

中腹で振り返った。海が遠くに見えるのは、昔の通りだ。ビルや住宅街や田畑の向こうに、乾が通っていた高校が見えた。背後にこんもりと神社を頂く緑の山が見えた。阿佐美神社はまだあのままあるのだろう。野田が落ちた崖は、今はもう緑に覆われて、見分けがつかなくなっているかもしれない。

グラウンドが見えた。あそこで軽々とハードルを跳んでいた頃の無心な高校生から、なんと遠くに来たものだろう。もうそれほど感慨も覚えず、そう思った。ここにこうして立っている薄汚れた自分が、別の人間にしか思えなかった。

すっかり途切れてしまったのだ。ここで紡いでいた時間は、今、乾を取り巻く時間にはつながっていない。結ぶよすがももうない。

気を取り直して、歩を進めた。

ウーピーパーピーの木が、目の前に迫ってきた。Tシャツの形の葉は、茶色く枯れかけて幾重にも重なり合っていた。風が吹くと、シャラシャラと軽い音をたてて、舞い落ちた。乾は、根元に目を凝らした。いつも母と乾が穴を掘って埋める場所は決まっていた。ユリノキのくねった根っこが、少し地上に顔を出したところだ。思えば、後から母が来て、掘り起こすための目印が必要だったのだ。

掘り出して処分し、なかったことにするために。

乾は、買ってきたシャベルを伸ばして構え、固い土に突き立てた。

母はどうしたろう？　もう死んでいるかもしれないな。妹である叔母が亡くなってしまったくらいだから。これも、そう心を動かすことなく思った。従弟の住所もわからないから、誰に尋ねることもできない。

新しいシャベルは、ザクザクと小気味よい音をたてはするが、作業はあまりはかどらなかった。馬鹿げていると思った。こんなことをして何になる？　だが、俺の人生そのものが馬鹿げているじゃないか。力を込めて掘ると、息が上がった。普段、まったく運動をしていないせいだ。しばらくここにも雨が降っていないのか、土も固かった。

ふと手を止めた。頭の上で鳴る乾いた葉擦れの音が、いつしかシューッ、シューッという音に変わっているような気がした。野田の喉につながれた人工呼吸器の音だ。チューブからの酸素を吸いながら、蠟（ろう）のように白い顔の野田がかすかに笑う幻想——。自分をこんな姿にした友人が陥った逆運を思って。

そんな幻想を振り払うように、やたらシャベルを動かした。昔は、こんなに深く埋めたりしなかった。どうせ掘り出すのだから、母は浅くしか穴を掘らなかった。

何もないに決まっている。宮坂が口にした言葉は、何の意味もなさないものだったのだ。自分で勝手に意味を付け加えただけだ。

シャベルの先がガツンッと何かに当たった。

そろそろと土を取り除くと、赤茶けた缶の蓋が見えた。シャベルを慎重に動かして、周囲を掘った。しまいには膝をついて、手で掘った。もはや何の模様だったのかもわからない、表面が錆びた歪な四角形の缶が出てきた。

缶の蓋を開けようにも、錆びついてしまってびくとも動かない。地面の上に置いて、シャベルの先で突き、蓋を壊した。何度目かに、蓋が内側に崩れ落ちた。慎重にそれを取り除き、中のものを取り出した。幾重にもビニールで包まれ、テープで巻いてある。もどかしく思いながらも、一つずつ剝がしていった。

ビニールの破れ目から、何かが滑り落ちた。地面の上に転がったものに、じっと目を凝らす。そして、手を伸ばした。拾い上げる前から、それが何だかわかっていた。

茶色い革の表紙のついた手帳。忘れるはずもない。高校に入ってすぐに買い求め、二年生の三学期まで、書き続けたのだから。T高陸上部における乾の練習日誌。野田が崖から転落した日に失くした手帳。

震える指で、めくってみた。長い間土の中に埋もれていたけれど、厳重に包み込まれていたおかげで、多少黄ばんでいるものの、難なく読み取れた。文字が滲むということもない。若かった自分がつけた記録。克明な練習メニュー。反省。目標。感想。どれほどハードル競技に打ち込んでいたか。あの頃の熱情がそのまま記されていた。
だが、最後の方を読むのは辛かった。野田が四〇〇メートルハードルに転向してきてからの記録。彼への呪詛が書き連ねてある。特に国体で野田に敗れてからは、口調は激しくなり、文字も乱れている。尋常ではなかった心の在りようを突き付けられている気がした。

なんであんなに速い記録が出るんだろう。俺の方が長くハードルをやっているのに
怪我をした奴に抜かれる自分が情けない。野田は俺を見下している
野田がまた肉離れでもやらないか。もうしばらくはグラウンドを走れないくらいに
車に撥ねられたらいいのに
野田が憎い、憎い、憎い
コロシタイ

読んでいられなくて、一度、目を閉じた。でも読まずにいられない。
そして、あの決定的なメモ。

練習後　野田　神社裏

日付は、野田が致命的な怪我を負った日だ。そこでぱったりと終わっている。以降は白紙だ。

これがなぜここに埋まっていたのだろう。ここへ嫌なものを埋める儀式は、乾と母だけが知っている。この缶を埋めたのは、母に違いない。母が手帳を拾って、埋めたのだろうか。

乾は、ビニールを裂いた。まだ中に別のものが入っている。それを引っ張り出した。スライドジッパー付きのビニール袋。その中に、また紙袋が入っている。紙袋の中からは、写真が数枚現れた。多少色褪せてはいるけれど、何が写っているかはよくわかった。望遠レンズで撮ったらしい写真だ。ジャージ姿の高校生。うつむいて、何かを探している様子だ。次の写真は、倍率を上げてある。それを見るまでもなく、写しとられた人物が自分だということはわかっていた。

立っていられなくなって、乾は、草の上にどっかりと腰を落としてしまった。野田が転落した崖の上で、落としたはずの手帳を必死に探している自分の姿が、こうしてレンズに捉えられていたとは。長い間、そのまま茫然としていた。母がこれを持っている理由が思いつかなかった。母はカメラなんか扱えなかった。

ゆっくりと写真が入っていた紙袋を裏返す。そして、乾はその答えを見つけた。紙袋の隅に、「カナイ興産」という文字と会社のマークが印字されていた。一色コーチが、父親の会社に入るまで勤めていた会社の名前だ。

一色コーチの趣味は写真を撮ることだった。プロが使うようなカメラを持っていた。それでよく陸上部員が走る姿を撮ってくれたものだ。自分が走る姿勢を研究し、悪い癖を正すのに役立った。もちろん、競技会や記録会の記念写真も撮ってくれた。

焼き増しして配ってくれる時には、この紙袋に入れて渡してくれていた。前の会社で不要になった袋をたくさんもらってきているのだと言っていた。

望遠レンズを構えて、トラックの外から、走る選手を狙ってシャッターを押していた一色コーチの姿が浮かんできた。遠くからぶれることなく、的確に目標物を写す技術の持ち主。この写真を撮ったのは、一色コーチなのだ。

でもなぜ――？

なぜ手帳を探す乾を狙って隠し撮りし、なぜ母にこれを渡したのか。

乾は、ユリノキを見上げた。また新たな風が吹き、Tシャツの形の葉がはらはらと降ってきた。風は丘を吹き下りていく。

遠くの高校のグラウンドで、土が舞い上げられる様を乾は思い描いた。

第六章　温かな雪

病院から公園に来るのに、いつもの倍以上の時間がかかった。体が揺れるのをもう背骨で支え切れない。自分でも意識しないうちに腹筋でカバーしようとしているのだろう。腰に加えて横腹の痛みがひどくなる。さっき診察を受けた時に、モルヒネ塩酸塩を三ミリグラム処方されたので、その他の痛みは治まっている。麻薬は一日四回までしか飲めないから、あとは我慢するしかない。入院は三日後と主治医と決めた。

とうとうゴールへ向かってまっしぐらだ、とマキ子は公園の入り口を遠目に見やりながら思った。ここまで来ても、ヤミ金の業務は通常通り行っている。客との面談は池内に任せた。これからマキ子が死ぬまでは、何とか彼が田所リースをもたせてくれるはずだ。

それから後は——。それに関してはあるアイデアが頭に浮かんでいた。マキ子は、公園で出会った車椅子の男とあれから何度も話した。

今度は聞き役に回ることが多かった。体が不自由なせいで学校にはあまり通っていない。

しかし膨大な書物を読み、ネットで情報を仕入れることによって博学で見識も高く、鋭い洞察力と判断力を身につけていた。

話すにつけ、聡明叡知な男であると知れた。蓄財のために発揮した経済的な勘も相当なものである。彼は謙遜したことを言ったが、今保有している資産はかなりなものだろう。でなければ新規の事業や研究に投資するなどというばくちに似た方法に、自分の資産を賭けることなんかできやしない。

しかしマキ子が舌を巻いたのは、彼の生きることに対する執念と工夫であった。

「僕は、自殺ができない」男は言った。「だから、生きるしかない」

彼は空想する力を育てたという。

「車椅子の上でしか、生活できない僕は、想像することによって、生き延びてきたんだ。特に、子供の頃には、それは重要だった」

犬を飼うことを想像する。自転車に乗ることを想像する。海に飛び込むことを想像する。列車で独り旅をすることを想像する。友だちと喧嘩をすることを想像する。受験勉強をすることを想像する。肉体労働者になることを想像する。

空想力はいくらでも未知の世界を開拓してくれた。

「僕は、僕の空想の世界の、住人なんだ。体は、こうだけど、誰よりも、自由だね」

じゃあ——とその時、マキ子は思った。ヤミ金業者になった自分を想像してごらんよ、と。この男がヤミ金業をやったらどうだろう。愉快じゃないか。何せ金儲けなんて全然考えていないんだから。それが金のために人生を狂わせてしまい、にっちもさっちもいかなくなった客どもを相手にするんだ。

やっぱり私に言ったのと同じことを言うだろうか。金は道具にすぎないんだと。そう言われた奴らはきっとぽかんと口を開けてしまうに違いない。それからこの男はどうするだろう。回転の速い頭をフルに使って、客が早く借金を返せるようにはからってやるかもしれない。金利なんかいいから元金だけ返せ、と言うかもしれない。一人一人の生活が成り立つようにアドバイスまでしてやるかもしれない。お得意の空想する力を使って。そうすれば、この男も公園で無為に時間を潰すよりずっといい過ごし方ができる。すっかりカタがつくまでは、退屈などとは無縁の生活が送れるだろう。

マキ子は、男に田所リースを任せようと決心したのだった。そこまで考えて、自分はまだ男の名前すら知らないと気づいた。公園の入り口にたどり着くと、肩で息をして一休みしなければならなかった。

東屋に静かに車椅子がとまっていた。木々は葉を落としてしまい、枝が晩秋の風に揺れていた。遊歩道を歩くと、降り積もった落ち葉がカサカサと音を立てた。もう二度とここへ来ることはない。通い慣れた道筋を楽しみ、頭に憶えこませようとゆっくりと歩を進めた。これから病院で過ごす時間のために、すこしばかり空想の種を仕込んでいかねばならない。

あんたの名前をまだ聞いていなかった、と言うと、男は愉快そうに笑った。マキ子以外には、笑いとは気づかないくらい、顔を引き攣らせた代物だったけれど。

「僕の、名前は、鈴木博。平凡だけど、いい名前だろ？」

「あんたにあたしのやってる事業の始末をつけてもらいたいと思ってね」

「あんたの、仕事は、極悪非道な、金貸しだろ？」

笑うと肋骨と背骨が痛む。でも笑わずにいられなかった。

「そうだよ。どっちにしてももうやっていけないんだ。好きにしてくれてかまわない。有能な事務員がいるから、彼が細かいことは受け持ってくれる。あんたは大きな指示だけ出したらいいのさ」

「借用書を、全部破って、『解散！』とか？」

「そういうこと」

「あんたは、頑固だ。もう死ぬっていうのに」

「どういうことだい？」

「自分で、やればいいのに、いい人だと、思われたくないんだ。極悪非道なまま、死んでいきたいんだ」

また笑って、その反動の痛みに見舞われた。博は、傾いた頭のまま、そんなマキ子をじっと見ていた。

「お見舞いには、行けないな」入院すると伝えるとそう言った。

「いいさ。誰にも来てもらいたくない」

「じゃあ、もう、会えないんだ」

「そう。もう会えない」

マキ子はベンチに手をついてようやくの思いで立ち上がった。なるべくさりげなくここを去りたかった。この世を去る時もこういうふうにさりげなくできればいいけど、と思った。立ち去りかけて、振り返った。

「ああ、そうそう。あの話はよかったね。あんたから聞いた『ウーピーパーピーの木の下に埋める』って話」

「初めっから、やり直せる、おまじないの話か」

「そう、あれ。うちの社員にさ、すっかり堕落して人生を投げ出した奴がいてさ。あれを授けてやったんだ。どうせ意味なんか通じないだろうとは思ったけど。だけど――」

「だけど？」

「うん。なんだかえらく感じ入ってたよ。いつもの奴らしくなかったね」

マキ子はあの話をした時の乾の顔を思い浮かべた。思い切り叱責してやり込めておしまいにするつもりだったのに、乾の顔を見ているうちに、ふとあの話を思い出して口にしたのだった。自滅した元銀行員の経歴を見たせいか、回収役の乾があのまま自堕落で無気力な生活を送ることが我慢ならなくなった。まだ若くてやり直しもきくはずだ。自分が博に言われたように、自分を変えることもできる。それまで一度も思ったことがないのに、急に乾がはがゆく思えた。

だから教えてやったのだ。何もかもなかったことにできるおまじないを。

ここで博から聞いた受け売りだったけれど。きっと博もそうやって想像力を駆使して生き抜いてきたのだ。

＊

——ウーピーパーピーの木の下に埋める。

博は公園を出て行くマキ子の後ろ姿を見ながら、その言葉を反芻した。これが他人の心に響くなんて思いもしなかった。

生まれてこのかた、博は車椅子に縛りつけられてきた。子供の頃から何台もの車椅子のお世話になった。これがなければ一歩たりとも進めないのだ。筋肉は落ちて突っ張った筋だらけの体。この薄い体でさえ、重力に支配されている。ぺったりと無様に座面に貼りつくしかない。首から下の体は、右手以外は自分の意思では動かせない。

そんな体を持て余し、絶望し、悲観した。そこから束の間逃げ出す方法は、彼の唯一の武器である空想力を使うしかなかった。重力をはねのけて、車椅子から跳び上がる自分を思い描いた。力の漲った体は、ほんのひと蹴りで車椅子から離れる。スキップをすることも、草原を走りまわることも可能だ。背伸びをして枝から果実をもぎとることも、宙に浮かぶことさえも。

そうやって空想の力を駆ると、現実は遠ざかり、物事は明るい方向に向いた。どこまでも自由であるために、何もかもから解き放たれるために、あのイメージトレーニングはうまくいった。この不自由な肢体に一生閉じ込められるという事実は変えられない。いつか治るという明るい展望もない。友人がいなくても、親が死んでも、これで切り抜けてきた。

暗い場所でうずくまるのは、もううんざりだった。すべてのものに意味を見出す。それも努めて明るい方向へ。何せ考える時間はたっぷりあるのだから。

人に教えてやるようなものでもないと思っていた。これは博にしか効かない特別なメソッドなのだ。だけど、もしかしたらほんの一部の人には有効なのかもしれないな、と博は思った。ほんの一部だけど。

ウーピーパーピーの木の逸話を聞いたのは、もう二十年以上も前のことだった。

不自由な体の息子を不憫がって、両親は、早くにパソコンを買い与えてくれた。それはあの頃、博が世界を覗く窓だった。インターネットによって、あらゆる情報を得ることができた。右手の指が動くことを、神に感謝した。一本の指でキーを叩き、博は世界とつながった。

自分が絶対にできないことも見ることならできる。スポーツ観戦は、もとから好きだった。だから、ネットでもスポーツ好きの若者が集まるサイトをよく覗いた。そこでスポーツ全般について、いろいろな意見を交換した。

楽しかった。そのサイトでは、別の人格をまとった自分を作りだした。

すなわち、運動神経抜群で、体を鍛えることが趣味で、あらゆるスポーツに一家言(いっかげん)あるという人物に。その場では、博はＫｅｎと名乗った。


君は何のスポーツをやっているんだ？


と、誰かに問われ、咄嗟に陸上をやっていると答えた。ハードルの選手だと答えたのは、その直前に有名なハードル選手のドキュメンタリー番組を見たからだった。疾走と跳躍。これだ、と思った。

飛翔する自分を想像する。何度も何度も。そこには永遠が始まる刹那がある。きっちりと引かれた一本の線みたいに。

あの頃、博を支えていたのは、時間と空間に関する独自の観念だった。

その後は、優秀なハードル選手を装うために、知識を収集した。サイトで披露していた知識は、すべてネット上やネットで取り寄せた文献からのものだった。今考えると冷や汗ものだ。

しかしそこでは、いつも自分が夢想していた通りのもう一人の自分が生き生きと息づいていた。自分の足で大地を蹴り、軽々と跳躍する自分が。サイトを訪れる同年代の仲間は、誰も疑いの目を向けなかった。博のことを、高校生ハードラーだと信じて疑わなかった。

彼らとやり取りをしていると、おずおずと入ってきた少女がいた。結と名乗ったその子は、ハードルのことを知りたいと言った。どうやら片思いをしている相手が、四〇〇メートルハードルの選手らしかった。一歳年上の彼に近づくために、ハードル競技に詳しくなりたいと思っているようだった。

結というハンドルネームのその子とは、やがてメールアドレスを交換して、直接メールをやり取りするようになった。まだフェイスブックもラインもなかった時代のことだ。

決して会うことのない相手だとわかっていたから、気安く健常者を装い続けた。博は彼女とのやり取りを楽しんだ。単調な生活を潤わせてくれる心躍るイベントだった。結ともっと親しくなろうとは思わなかった。できるはずもなかった。

彼女は博の思惑通り、体軀に恵まれたスポーツ万能のＫｅｎに頼りきり、日々の出来事や愚痴や恋の相談などをするようになっていた。この心地よい関係を続けるために、Ｋｅ nにも付き合っている彼女がいるということにした。結がこちらに踏み込んでこないよう、予防線を張ったのだ。

Kenが走っている写真を送って、と頼まれたことがあった。あれには困った。変に拒絶したら、不審に思われるだろう。だから博は母親に頼んで、一番近くの陸上競技場へ連れていってもらった。ちょうど陸上の競技会が行われていた。ハードルのレースもあった。誰とも知らない若いアスリートの写真を母に遠目で撮ってもらい、結に送った。

結からも自分の写真が送られてきた。想像した通りの、純粋でややおとなしそうな感じの子。だけど、真っすぐにカメラを見つめる視線の奥には、芯の強さも見受けられた。

結は、恋する相手の（もう名前も忘れた）母親のことも、書き綴ってきた。

彼女がバイトしていたファミリーレストランに時たまやって来る、中年男女の女性の方が相手のお母さんだと知れた時には、相当興奮していた。夫を亡くして久しい彼の母親と、その男とはどういう関係なのだろうか。どうもただの知り合いというわけではなさそうだった。不穏な関係というのが、結の見解だった。

女性が男性に脅されているのかもしれないと。

二人は想像をたくましくした。あれこれと可能性をお互いに書き送った。博は、そういう行為を楽しんだ。もしネット上で結と知り合わなかったら、こんなことは体験できなかったろう。同年代の女の子の目で見た世の中は、博にとって新鮮そのものだった。

あの子は、思いもかけないことに首を突っ込んで、思いもかけない事柄を拾い集めてくるのだった。動かない体に従って、たいして心も動かなくなっていた博にとっては、目が覚めるような一連の出来事だった。

結がいちいち報告してくる状況を分析し、彼女にアドバイスを送る。写真の中で躍動する行動派の高校生アスリートになりきって。

そうだな、あれには心が震えたな、と博は思った。

その母親が口にした、とびきりの謎の言葉。

ウーピーパーピーの木の下に埋めた。そこに埋めたら、何もかもなかったことになる。初めっからやり直せる。すべてはうまくいく——だって？

博はメールで聞き返したものだ。

結から来たメールの文章を何度も見返した挙句に。不思議な言葉だった。格言か何かだろうか？　ネットで検索してみたが、何もヒットしなかった。博は唸った。しかし何度も読み返しているうちに、愉快な気分になってきた。意味はわからないけど、素敵な言葉に思えてきた。

人生をリセットするためのおまじないみたいだ。だから、そう結に伝えた。幸運のおまじないに見えるって。母親に頼まれたんだから、片思いの彼にも伝えるべきだって。あの言葉を、結は恋の相手に伝えたのだろうか。その結末を、博は知らない。唐突にメールが途絶えたのだ。何度送っても返事が返ってこなくなった。とうとう博は諦めた。

ひどく落胆したが、彼はこういう日が来ることを予測していた。いつかおしまいが来ることを。彼の本当の姿を知られて終わりになったのではないということが、せめてもの慰めだ。諦めることは身についていた。

きっと彼女は彼とうまくいっているのだ。現実の彼の存在が大きくなり、男のメール相手がいることが彼に対する裏切りのような気がしてきたのかもしれない。いや、彼から直接、もうそんな奴とメールのやり取りをするのはやめてくれ、と言われたのかもしれない。どっちにしても少女は幸せになったのだと思おうとした。

結局あれっきりだ。しばらくは空疎な時間を持て余し、無為な日々を送ったけれど、そのうちまた空想でその心の隙間を埋めた。ふと今、なぜかあの頃のことを思い出した。あの謎のおまじないは彼に届いたのだろうか？　陸上部員の彼は母親の言葉の意味を理解したのだろうか？　もしかしたらあの二人は結ばれて、どこかで幸せな家庭を築いているのかもしれないな、と博は思った。

それでも、ウーピーパーピーの木の下に埋めるという謎の言葉の意味を知りえなかったのは、心残りではある。

結――あのハンドルネームが本名ではない可能性は大だ。自分だって偽りの名前で彼女とメールをやり取りしていたのだから。

でも、あの子は、何かと何かを結びつけた気がする。ウーピーパーピーの木にまつわる話は、少なくとも死に瀕したヤミ金の経営者の女を変えた。

彼女も自分が雇っている男にそれを話してやったと言っていた。

何もかもなかったことにできるまじないは、誰かの役に立ったということか。

世界は、どこかでつながっているのだ。

＊

どうしても、一色コーチに会わなければならないと思った。

でも今はどこにいるのかわからない。乾が銀行に就職して、数年間は年賀状のやり取りをしていたが、そのうち、忙しさにかまけて連絡を取らなくなった。昔のことを知っている誰かとつながっていたくなかった。奈美と結婚する時に、母と縁を切ったのをいいきっかけだと思って、高校時代の知り合いや、故郷で世話になった人々とも関係を絶った。

携帯電話に残っている番号を繰って見てみる。たった一人だけ、T高陸上部の仲間の名前が出てきた。彼は乾とは違う大学に進学して、陸上部に入った。怪我がもとで陸上をやめたと思い込んでいる乾のことを気にかけてくれていたのに、乾は無下（むげ）にそれを振り払った。

何度もかかってくる電話が鬱陶しくて、発信音が鳴るにまかせていた。やがて相手は諦めたのか、連絡をよこさなくなった。ほっとした。

糸川翼（いとかわつばさ）という名を、じっと見詰めた。あんな対応をした自分の電話に出てくれるだろうか。第一、もう何年もかけたことのない番号が合っているかどうか。恐る恐るその番号を表示して、発信してみた。

「もしもし……」

小さな声で名乗る。

「おう！　佑太か？　いや、ほんとに佑太か？　うっそ。信じられねえな」

聞き覚えのある翼の声。どうしたことか、胸が熱くなった。堰を切ったようにしゃべり続ける翼の言葉にじっと耳を傾けた。自分の近況。誰かれの噂話。最近見た映画の話まで。昔からおしゃべりな奴だったと思うと、知らぬ間に微笑んでいた。

「で、お前は？　佑太は今どうしてるんだ？」

そう問われて、金融関係の仕事をしていると答えた。

「そうだった。お前、銀行に就職したんだったな」

否定せず、適当に相槌を打った。

「で、何だ？　何か用事があるんだろ？」

ふと言葉を切って、翼は尋ねた。そうだった。つい肝心なことを忘れそうになっていた。

一色コーチの住所が知りたいと言うと、翼はちょっと口ごもった。

「ああ、一色コーチなあ……」

意味ありげな口調だ。一色コーチが継いだ会社はとうに潰れたのだという。

「そうなのか？　あんなに大きな会社だったのに」

ついそんな言葉がこぼれた。

「だろ？　コーチには、経営の才覚はなかったんだろうな。お父さんが亡くなって、コーチが社長職に就いてから、傾いたみたいだ。まあ、あの会社、験の悪いことがあったしな。ケチがついてたんだろうよ。もともと――」

そこまで言って、翼ははっとしたように黙った。一色コーチの会社で働いていた乾の母親がしでかしたことを、今頃になって思い出したようだ。

「すまん……」

率直に謝る翼に、努めて明るい声で「いいさ」と答える。

もう翼もコーチとは行き来がないのだと言う。T高陸上部のキャプテンだった男の名前を出して、あいつなら知っているかもしれないから、訊いてやると請け合った。頼むよ、と答えて一旦電話を切った。乾は、故郷に帰っていることは伏せていた。この街に残った誰かに翼が連絡して、会おうなどと言われたら困るからだ。

翼が折り返してきたのは、一時間ほど後だった。その間、乾は、丘の上にじっと座っていた。ウーピーパーピーの木の下にどっかりと腰を下ろして、掘り出した手帳と写真をもう一度じっくりと見返していた。

翼は、あちこちに手を尽くして調べてくれたようだ。ようやくわかった一色コーチの住所を、書き留めた。もうこの街には住んでいなかった。家屋敷も手放して、今はここからバスで一時間ほどの街で一人暮らしをしているという。

「あのさ、聞いたところによると、コーチ、会社潰れてからも、いろんな事業に手を出して、すっからかんになって、離婚して、今は相当荒んだ生活をしているらしいぜ」

言外に、どうしても会いに行くのか？　と匂わせる。会わない方がいいんじゃないかと。

丁寧に礼を言って、電話を切った。

手帳と写真をポケットにねじ込み、シャベルは、ユリノキの根元に立てかけたまま、丘を下りた。

昨日と同じラーメン屋で腹ごしらえをしてから、バスに乗った。

東京を出た二日前が、とても遠くに感じられた。過去への旅——俺は時間を遡（さかのぼ）っているのだ、とバスに揺られてうとうとしながら、乾は思った。

バスは山の方に向かってひた走り、海から遠ざかる。着いた街は、寂れたところだった。

バス停の前の郵便局で、場所を尋ねた。歩いていけるとのことだった。郵便局の職員は、親切に簡単な地図を描いてくれた。

大部分のシャッターが下りた商店街を抜けていく。山が近いせいか、風が冷たく感じられた。着の身着のまま電車に飛び乗ったので、気温のことなど考える暇がなかった。薄手のショートコートの前を掻き合わせた。

たどり着いたのは、木造の二軒長屋がいくつか並んでいるところだった。部屋番号も何もない。仕方なく、一軒一軒見て回った。一番奥の長屋の片方に、「一色」と書かれたボール紙を貼った家を見つけた。呼び鈴もないから、引き戸に手を掛けた。歪んだ引き戸は、ガタガタと動いた。

「ごめんください」

人の気配はするのに、何度声を掛けても返事がなかった。それでもここまで来て帰れない。しつこく呼びかけていると、上がり框（かまち）の向こうのすりガラスに、人影が映った。ヒビが入ったところにテープを貼って修繕したガラス戸が開く。

「誰？」

痰（たん）が絡んだような声。だが、まぎれもなく一色コーチの声だった。いつもグラウンドに響いていた声だ。聞き間違うことはない。灰色のフリースの上下をだらしなく着た、生気のない男が目の前に現れた。無精ひげとぼさぼさの頭。

一瞬、自分がヤミ金の取り立てに来たのではないかと錯覚した。そういう爛れた雰囲気が、一色の周りにはまとわりついていた。

「誰?」

もう一度、同じことを向こうは口にした。特に考えることもなく、「阿久津です」と答えた。

その名を聞いても、どんより濁った目に変化はなかった。何年も前に捨てた名前。また過去に遡っている。

「阿久津です。コーチ、お久しぶりです」

それでやっと、訪問者が誰かわかったようだ。瞼が覆いかぶさるようだった瞳が、ぐっと見開かれた。下顎がわずかに下がる。

「阿久津——?」

一歩二歩と下がる。ガラス戸に背中が当たって、よろめいた。

「ちょっとお話があるんです」

有無を言わせぬ口調で言うと、一色は、諦めたように首を振って、「上がれ」と答えた。

薄暗い茶の間に通された。蛍光灯は点っているのに、侘しい光だ。古臭い電灯が天井からぶら下がっている。電灯の笠からふわりと蜘蛛の糸がなびいていた。

　この家の造りでは、あと一間くらいしかないだろう。それに粗末な水回りがついているだけの簡素な家だ。借金苦に押し潰された輩が住むような、見慣れた生活の場だった。

「そこらへんに適当に座ってくれ」

　年中出してあるような、薄汚れたコタツが真ん中にあって、一色はすぐにそこに足を入れて背中を丸めた。乾もその正面の擦り切れたコタツ敷きの上に正座した。

　その時になって初めて、一色が酒臭いことに気づいた。コタツの上に湯呑が置いてあって、中身は酒のようだ。よく見たら、一色の脇に一升瓶が突っ立っていた。

「すまんな。お茶も出せんよ。こんな状態だから」

「いえ、かまいません」

　つい、高校時代の物言いになってしまう。このコーチの下でハードルに励んでいた頃のように。

「びっくりしたか？」

　卑屈に口を歪めて笑う。それにも短く「いえ」とだけ答えた。

「今はこんなザマだ」

　見ろ、というふうに一色が首を回すので、釣られて部屋の中をひと通り見渡した。押入れの襖は破れ、中の桟が見えていた。壁の塗りも剥げ落ちて、無残な様相だ。掃除もしないのだろう。そこここに埃が溜まっている。台所が隣にあるらしいのが、饐えた臭いが漂ってくるのでわかった。

一色が湯呑の中身を飲み干して、また一升瓶からつぎ足すのを、黙って見つめた。酒臭い息を吐きつつ、彼は会社を潰したいきさつを語った。ネット販売が発達して、昔ながらの商売が成り立たなくなった。不況のせいで、彼の会社の製品を購入していた建設関係や製造業がどんどん倒産していった。何とか経営を立て直そうと打った手がすべて裏目に出て負債が増えた。

すべて泣き言だ。

事業主がこういうことを口にするのは、もううんざりするほど聞き飽きていた。

「女房は、子供を連れて出て行った。さっさと。それは早かったよ。亭主に見切りをつけるのがさ」

また自嘲気味に笑う。

この男も——すっかり人生に見切りをつけているのだ。俺と似たようなものか、とも思ったが、たいして心は動かなかった。

独り語りが一段落した時を見計らって、乾は、ポケットから例のものを取り出した。手帳や写真をコタツの上に並べても、一色はきょとんとしていた。乾が険しい顔をしているので、おずおずと手を出す。手帳の文字が読みにくいのか、眉を寄せる。散らかった雑誌やチラシの下から老眼鏡を取り出してかけた。

　一色が手帳の文字を拾い読みし、震える手で写真を手に取る様子を、乾は身じろぎもせずに凝視していた。ここに来るまでに乾の頭の中には、ある推論が組み立てられていた。でも、それを口にするのはためらわれた。あまりに突拍子もない推論だったから。

　一色は、すべてを見終わると、静かにそれらを元の場所に置いた。

「こんなものを残してあったとはな」

　唇が奇妙に歪み、下卑た笑い顔を作り出した。

　そういう仕草を、乾は正座したまま、見やった。

「お前、これを持っていたくせに、何で今まで黙っていたんだ？」

「コーチを信じていましたから」

　ぷっと一色は噴き出した。

「それは有り難いな！　手帳を拾ったのが俺で、写真を写したのも俺だって知ってたのに、これを握り潰したのか？」

　それから探るように上目遣いで乾を見た。

「お袋から、どれだけのことを聞いた？　これを渡された時に」

「何もかも、です」

「お前のお袋は、すべてを被って刑に服したんだ。息子のために。そしてお前は、尊敬するコーチを信じ続けたってわけか！」

なんて美しい親子愛、師弟愛なんだ、と言いながら、一色は、腹を抱えて笑った。醜く引き攣れた笑い顔は、やがて泣き顔に似てくる。ぴくりとも表情を変えずに、乾は、かつての恩師を見ていた。この人にどれだけ助けられたかわからないと、ずっと思っていた。いや、実際ハードラーとしての乾を育ててくれたのは、このコーチなのだ。

その上で思う。悪の種を撒いたのは、自分なのだからと。俺があの時、野田を助けていれば、こんなことにはならなかった。野田を見捨ててあの場を去った。あの瞬間に人生の方向性は決まってしまっていた。塞き止められた水が流れを変えるみたいに。

「いや、お前も計算したんだろう。あそこですべてを告白してしまえば、アスリートとしてのお前の将来は、潰えてしまう。だから、頬被りを決め込んだんだな」

何も語ろうとしない乾に不気味さを感じたのか、一色の口は、ますます軽くなる。

「そうしていて正解だよ。背後の事情は多少変わるかもしれんが、実際折原を刺殺したのは、お前の母親なんだから。その事実は消せないよな」

それから、じっくりと乾の風体を観察した。

「どうやら、お前も成功者とはいかなかったようだな」

それでも答えない乾に、「まあ、そんなことはいいか」と言い、また酒をあおった。

蛍光灯がジジジッと鳴った。

「こんな真似をするから、お前にもケチがついたんだ」とんとんと写真を指で叩く。「怪我をしてアスリート生命は終わった。大学へは行けたけど、目標を失ってしまった学生生活なんて、ろくなもんじゃなかったろ？」

膝の上でぐっと拳を握りしめた。口は真一文字に食いしばったままだ。今はこの男にしゃべらせるのが得策だろう。

「折原のことは、半分正当防衛だったんだ。そう言えばいいのに、お前のお袋も口をつぐんだままだったな。馬鹿正直に」

「折原さんとお袋は何でもなかったんだ」

推論を小出しにする。ようやく口をきいた乾に、ほっとしたように一色は酒臭い息を吐いた。

「そうさ、お前のお袋さんと折原は男女の関係なんかじゃなかった。ただ、折原はお前の母親に気があった。ずっと口説いていたみたいだけど、お袋さんは全く相手にしていなかった」

「でもあの晩、お袋は――」

「あの晩、お前の母親は、折原の家に行ったんだ。何年も前に妻を亡くして独り暮らしの折原の家に」

それが何を意味するのか、乾にもわかった。その答えを、一色は口にした。さもないことのように。

「折原は、お袋さんを力ずくで自分のものにしようとしたんだ。抵抗した挙句、あの家の台所にあった包丁で奴を刺した。あれは不幸な事故だった。そう警察に言えばよかったのに、お前の母親はそうしなかった」

乾は、憑かれたようにしゃべり続ける元陸上部コーチを見ていた。久しぶりにこんなにしゃべったのか、口角に白い泡がくっついていた。そして、気づいた。この男は怯えているのだと。今日、ここに乾がやって来たことに、恐怖心を抱いている。真相に近づいたと思った。でもそれを知るのは怖かった。乾も怯えていた。

だが、知らねばならない。この男の口から真実を引き出さねば。

「あんたのせいなんだろ？」

声が震えないように細心の注意を払わねばならなかった。

「あんたがお袋を行かせたんだ。折原のところに。俺の――」

どうしてもその先が言えなかった。

「お前が――」一色が引き取った。「お前が野田を突き落としたというネタをつかんだからな」

「突き落としたんじゃない!!」

「そうかい」勝ち誇ったように一色は笑った。「そうかもしれん。だが、それでどう変わる？」

　唇を噛んだ。そうだ。何も変わらない。俺は崖から落ちた野田を見殺しにしたのだ。それは、突き落としたのと同じ行為だ。野田は、致命的な障害を被ることになったのだから。

「お前は、野田と待ち合わせをしていた。そして、その場で野田は崖から転落した。翌日、あそこに自分がいた証拠が残っているんじゃないかと恐れて、これを探しにいった」

　革の表紙がボロボロになった手帳を掲げる。野田への恨み、妬み（ねた）など、彼へ害を及ぼしかねない乾の激しい心情を綴った証拠品。

「あの日、お前の様子はおかしかった。赤土に汚れた服装で、血走った目で。野田の事故のことを聞いた時、すぐにわかったよ。野田が収容された病院で一夜を明かし、翌朝早くにあの場所に行ってみた。そしてこれを見つけた。簡単に見つかった。崖の上の草むらの中で」

　もうその先は聞かなくてもわかっていた。一色は、これを乾が探しに来ると知っていた。だから、崖の上が見渡せる場所――おそらく学校のどこかの校舎の屋上だ――で待ち構えていたのだ。望遠レンズのついたカメラを持って。

　その証拠を母に見せて、彼女を強請（ゆす）った。お前の息子は犯罪者だと。これを闇に葬って欲しいなら、折原の家に行くように。折原のいいなりになるようにと。

「もう知っているんだろ？　それをお前が持っているということは、お袋さんにすべてを打ち明けられたんだろ？」

上目遣いに一色は、乾を見返した。小さく顎を動かして、頷いた。

ハハハハッと一色は笑った。喉をのけ反らせて。

「で、どうするね？　俺はもうこの通り、失うものなんかない。今さら、親父の会社の金をくすねていたことがばれたってどうってことはない。もうあの会社は倒産してしまったし、横領の罪をなすりつけた折原は死んでしまったし、お前のお袋は刑期を終えたし」

一気にそこまでしゃべって、また笑った。さもおかしそうに。

「俺から賠償金だか慰謝料だかを引き出そうとしたって無駄だぜ。ご覧の通り、逆さに振っても鼻血も出ないってやつだ」

乾は自分を抑えるのに必死だった。折原が会社の金を横領していたのではなかった。経理を担当していた母親が折原と関係を持ち、その片棒をかついでいたというのも、でっち上げだった。一色だったのだ。父親の会社の金を使い込み、それを他人になすりつけた挙句、死に至らしめた。そんな卑劣で悪辣な輩だったとは。アスリートを育て上げることに熱意を持って取り組んでいるとばかり思っていた人が。両膝の上の拳は、ぶるぶる震えていた。

「あんたがお袋に折原を殺すように言ったのか？」

「母親にそんなふうに吹き込まれたのか？　違うね。折原は俺が会社の金に手をつけていることを知っていた。父にそれをご注進するつもりだった。俺はただそれをやめさせたかっただけだ。お前のお袋には、こう頼んだ。折原の思い通りになってくれないか。あいつと懇ろになって、説得してくれないかって。穴を開けた分はそのうち返すから、親父に言うのだけは待ってくれって。なんせ、折原は、お前の母親にぞっこんだったからな。体の関係ができれば、大喜びで口をつぐんでくれたと思うよ。お前のお袋は、あれで結構いい女だったからな。折原みたいな男には、たまらなかったろうよ。地味な格好をしていたが、体は熟れてた。あれで案外、男に抱かれたりすると火がついて――」

もう限界だった。乾は、意味をなさない喚き声を上げると、コタツを飛び越して、一色に組みついた。呆気なく後ろに倒れこんだ一色の襟首をつかんで絞め上げる。相手は「グウッ！」というような呻き声を発したが、かまわず絞め続けた。一色の顔が紫色に膨らむ様子を、妙に現実感もなく見下ろしていた。耳の奥では、大歓声が響いていた。競技場のトラックを囲む観客席からの大声援。ゴオォ、ゴオォと波が寄せるように鳴り響く。

ゴオォ、ゴオォ――

シューッ、シューッ――野田の人工呼吸器の規則的な音に変わる。

はっとして、乾は手を離した。一色は激しく咳き込んだ。体を反転させて這いつくばり、ゲエエッとえずく。肩を大きく上下させて、ようやく正常な息を取り戻した。

その一色を後ろから引き起こし、顔面を殴った。何度も何度も。

血みどろになった一色は、抵抗することもなく、なされるままに、ぐなぐなと体を波打たせた。

「くそー!!」

叩きつけるように一色の体を床に放り出し、膝立ちのまま、乾は仰向いて叫んだ。

母が逮捕された後、一色コーチは親身になって乾の生活が成り立つようにしてくれた。あれは、ただの罪滅ぼしだったのだ。あるいは、彼がどこまで知っているか探るためだったか。そういう事情を知らず、こんな男に感謝の念さえ抱いていた自分を呪った。

力なく倒れた一色は、どろんとした目で天井を見上げている。顔中がどす黒い血で汚れていたが、それを拭おうともしなかった。

乾は、そろそろと後退った。背中が壁に当たる。強張った右手は、まだ拳のまま、左手の指は、襟首をつかんだ形のままだ。

「殺せよ――」弱々しい声で一色が言った。「殺してくれよ……」

驚いたことに一色は泣いていた。

「生きていたって価値のない男なんだ。俺は――」

しばらく一色の泣き声だけが、部屋の中に響いていた。くしゃくしゃに歪んだ醜い初老の男の顔を見下ろし、持っていき場のない感情に耐えた。こんなことをして何になる?

「殺すほどの価値もないね」

　自分でもぞっとするほどの言葉が口をついて出た。一色は、かつて尊敬し、教えを乞うた憧れのコーチだった。それが今は涙を流し、涎を垂らして無様に泣き続けている。

「あんたが――」壁にもたれかかったまま、言葉を継ぐ。「あんたがお袋に人殺しをさせたんだな？　この証拠品を渡すことを条件に」

「だから、俺は折原を殺してくれなんて頼んでないんだ」

　ううぅっというふうに唸って頭を抱え込んだ。

「あれはほんとに事故だったんだ。そう言ってなかったか？　お前のお袋さんは。決心して折原の家に行ったはずなのに、あいつに強く迫られて、抵抗するうち、気がついたら、台所の流しの上に出しっぱなしになっていた包丁をつかんでいたって。俺にはそう言ったよ。直後に電話があったんだ。駆け込んだファミレスから。これであなたとの約束は果たしたから、もう佑太に関わらないでと言われた」

「そんな――」

　絶句した乾を見上げ、一色は目を瞬かせた。そろそろと身を起こし、涙をぐいと拭いながら。どこかが痛んだのか、酷く顔を歪めた。彼の薄汚れた上着の袖が、血でさらに汚れた。殴られたせいで赤黒く変色した顔に、まだ残る血液と、その上を流れた涙の筋。一色は、ぺっと血の混じった唾を畳の上に吐いた。悪鬼のような容貌の一色は、それでも黙っていられなくて口を開いた。

「でも折原を刺してしまったいきさつをそのまま自供すれば、捜査が及んで、お前の犯した罪が白日の下にさらされると勝手に思い込んだ。だから馬鹿な警察が安易に思いついた、痴情のもつれというストーリーに乗ったのさ。電話の最後、俺にはこう言い残したよ。でも私が折原さんを刺し殺したことには変わりありませんからって」

それから、小さな声で、「その時は、心底ほっとした」と付け加えた。乾の罪も隠されたけれど、一色が犯した横領の罪も、折原の仕業になってしまったから。

なんて、なんて愚かな——。

愚かで頑固で、一徹なんだ。それで七年も刑に服して、黙って耐えて——挙句の果てに息子から縁を切られて——。

乾は、母の顔を思い浮かべた。最後にあの顔を見たのは、刑事に促されて家を出ていく時だった。折原を殺してしまい、混乱の極みにあった母は、その場から逃げ出した。そして、家に戻っていた。あれは、もう一度だけ、息子に会いたかったからではなかったのか。あの晩は、何も言わず、いつも通りに息子に晩ご飯を食べさせた。その時、よく観察していれば、母の様子がおかしいことに気づいたはずだ。なのに乾は、自分のことで精いっぱいだった。野田があんなことになって、自分の犯した罪の大きさに戦慄した挙句、それを隠匿することにだけ、心を砕いていた。

あの晩、母とどんな会話をしただろう。憶えていない。

母は何かを言いたかったのではないか。何日もしないうちに警察官がやってきて、逮捕されてしまうことが、わかっていたはずだ。でもそういうことを仄めかすこともなく、普段通りの会話しかしなかった気がする。

「何でだ。何で会社の金を使い込んだりしたんだ。あんたの父親の会社だろう？　理由を言って金を借りればよかったじゃないか」

訊いても詮無いことと知りつつ、そんな恨み言が出た。

一色は、がっくりと首を落とした。

「女なんだ」

「え？」

「大学時代に付き合っていた女と再会して、関係ができた。相手は人妻だった。俺は、その女に夢中になった。大阪へ何度も通って関係を続けた」

いつか母が、「一色コーチには、大阪に恋人がいる」と言っていた気がする。

「それだけでも親に言えない金が随分いった。親父は厳格だったから、そんな道をはずれた恋愛なんかとても許してくれなかっただろう。そのうち――」

一色はまたくしゃっと顔を歪めた。それから気を取り直したみたいに、一回咳払いをした。口の端が切れていて、そこからまた出血している。

「そのうち、彼女が妊娠した。それで相手の旦那にすべてが知れた。向こうは慰謝料を要求してきた。莫大な額だった。それでも、俺は彼女と一緒になりたい一心で、それを呑むことにしたんだ」

そんな——そんなことで、俺の母親は、人殺しに手を染めたのか。

もう怒りさえ湧いてこなかった。やるせなく、自分が情けなかった。そうなる原因を作った自分が。

一色は、独り語りを続けた。

「慰謝料は払ったよ。会社の金をくすねて。それを事務長だった折原に知られた。経理を担当していたのは、お前の母親だ。俺はうまく伝票を書き換えてごまかしていたが、それに気づかなかった彼女も折原に責められたと思うよ。その時から、折原は、下心があったに違いない。それを俺は利用したんだ」

話を聞くのが辛かった。気分が悪くてたまらなかった。だが、逆に一色の方は、何もかも吐き出してしまいたい様子だった。

「それでどうなったと思う？」

自嘲ぎみに笑ったのかもしれないが、その表情は、泣き顔にしか見えなかった。

「彼女は、旦那とは別れなかった。子供も堕胎して、何事もなかったように結婚生活を続けた。それが彼女の選んだ道だった。俺は、旦那の代理人から、今後一切夫婦に近づかないという誓約書を書かされた。その後、親父のいいなりに結婚したけど、うまくいかなかった。いつまでもあの女と、一連の出来事に気持ちを引きずられていた」

俯いて、クククッと肩を揺らす。その声が消えてからしばらくは、どちらも口を開かなかった。

「お袋は、俺にも何も言わなかった」

ゆっくりと一色が顔を上げた。乾が言い出したことの意味が理解できない様子だ。

「これを──」コタツの上の手帳と写真を顎で示す。「これを手に入れたのは、今日のことなんだ」

一色はぽかんと口を開けた。その顔に、もう何の感情も抱かなかった。

「お袋は、そういう事情を一つも語ることなく、逮捕されていった。だから俺は、折原との関係がもつれて殺人事件に発展したとずっと思い込んでいた」

「お前……」

「俺は一回も面会に行っていない。お袋が許せなかった。結婚した時に、お袋とは縁を切った。出所してからも会っていない。今どこにいるのかもわからない」

「それじゃあ──」

詳しいことを、この男に言う気はなかった。

「ある事情でこれを今日手に入れた。だいたいの推測はできたけど、あんたに直接話を聞きたかった。だから、ここに来た」

言葉を失った相手の顔をじっと見つめた。腫れて潰れかけた両目に、いろんな感情が見てとれた。罪の意識、騙されたという悔しさ、この期に及んで自分の身を守ろうとする狡猾さ、もうどうでもいいという投げやりな感情も見え隠れしている。

「そうか——」

そのすべてを押し込めて、一色はただそう言った。

「俺はお前に謝るべきなんだろうな。俺は——」

「黙れ!!」

乾が発した大声に、はっとしたように一色が顔を上げた。

「謝るな！　そんなことで——」溢れてくる感情を懸命に抑えた。「そんなことで許されると思うなよ。お前が頭を下げて収まるものなんかひとつもないんだ！」

いきなり立ち上がった乾に驚いて、一色は両腕で顔を庇った。また殴られると思ったのだろう。こんな堕落して怯え切った男のために、お袋は、一生を棒に振ったのだ。そして俺も似たようなものだ。だけど、もう遅い。何もかも。真実を知ることが救いになったとは思えなかった。

もうこんな奴を殴ったところで、たとえ殺したって、何も変わらない。

——死ぬまでに変わりたいと思わないの？

ふいに宮坂の声が頭の中で響いた。

乾は、持ってきたものをまたポケットにねじ込むと、一色を残して家を飛び出した。足早に路地を抜けた。あの家から遠ざかりたかった。真実は、あまりに重かった。疎んじてきた母親は、もうどこにいるのかわからない。それでも母は、息子のためになったと満足しているのだろうか。こんな俺を守れたと？　食いしばった歯の間から、図らずも声が漏れた。ぐいっと乱暴に両目を拭う。愚かなのは、俺自身だった。

通りがかりの家の庭に植えられた柿の木に、熟し過ぎた実がいくつもなっていた。枝にとまったヒヨドリが鋭く鳴いた。

冬が始まろうとしていた。

「ねえ、イヌイちゃん、どうしたの？　最近全然来ないじゃん」

珍しく亜里沙から電話があった。乾は生返事をする。

「なーんか元気ないみたい。それよかさ、今日会えない？　ううん、うちでじゃなくて、外で会おうよ」

「外で？　何でだ」

「お祝いだよ、お祝い！」

「は？　話が全然見えないよ」

「イヌイちゃん、聞いてないの？　あたし、ついに借金返し終えたんだ」

「そうか……」言葉に詰まった。「そりゃあ、よかったな。おめでとう」

「えええ！　なんかイヌイちゃんらしくないコメントだねえ。おめでとうなんて」

「めでたいじゃないか。よくやったよ」

「だからさあ、今日はぱあっとね、お祝いをしたいわけ。でも誰とでもって訳にはいかない。あたしがヤミでお金借りてたの知ってる人はそういないから」

「だから俺？」

「そうそう。どっかでおいしいもん食べようよ。あたし、おごるからさ。それから買い物付き合って。最後はおしゃれなホテルのバーで飲もうよ。部屋へ行くかどうかは気分しだいってことで」

「亜里沙」

「何？」

「お前、借金返したんだから、もう前みたいな生活すんなよ。返すために体張ってやってきたんだろ？　やり直すなら今だぜ」

「やり直す？」

亜里沙の声のトーンが落ちた。

「お前みたいなのが何度もヤミ金のカモになるんだよ。回収屋の俺が言うんだから間違いない。いいきっかけだから田舎に帰ったらどうだ？」

「何それ」不機嫌な声だ。「説教なんかしてんじゃないよ！」

「俺はただ……」

「もういいよ。あたしが間違ってた。所詮、あんたはヤミ金の手先なんだからそれらしくしてなよ！　女にも事欠いて泣きつくから、ただでやらしてやってたんだからね！」

切れた携帯をじっと見下ろした。亜里沙の言う通りだ。ヤミ金の手先としてあくどいやり方を貫いてきた俺が、今さら何を言おうと誰の心にも響かない。

故郷の街から帰ってきても、やっぱり乾の行く先は、池袋のヤミ金、田所リースしかなかった。帰る途中、あの海の近くの駅で途中下車し、ウーピーパーピーの木の下から掘り出した手帳と写真を、砂浜で焼き捨てた。電車の中でずっと考えていた。どうして母は、これを処分してしまわなかったのか。なぜウーピーパーピーの木の下に埋めたのだろう、と。

それは、息子にこれを掘り出してもらいたかったからではないのか。かつて、母は乾が埋めた物を掘り出して、彼の痛みをよくよく理解した。その上でなかったことにしてくれた。母も同じようにしてもらいたかったからではないのか。そう思った。だから母が望んだ通り、それを自分の手で処分した。

ひとつ、息子である自分のすべき大事なことを為した気がした。でも、それに続く「初めっからやり直せる。すべてはうまくいく」という言葉には到底届かない。そんなことができるとは思えなかった。母の行方さえわからないのに。

ウーピーパーピーの木の下のことを示唆した宮坂に、またヒントをもらえるかもしれないという淡い期待を抱いて、東京に舞い戻ってきた。四日間の不在に関して、宮坂から罵倒されることは覚悟の上だった。だが、田所リースには、宮坂の姿はなかった。もうすっかり身辺整理をして、入院してしまったと池内から聞かされた。

田所リースは宮坂がいなくなっても今のところ支障はない。さすがに新しい客をバンバン呼び込むということはないが、口コミでやって来た客には、池内が面談して融資をしたりはしているようだ。最近尾崎の顔を見ないから、奴はクビにしたのかもしれない。

「これも新しい経営者に代わるまでのことだ」と池内は淡々としたものだ。入院した宮坂の容態はわからない。病院には来るなと、池内もきつく言われているらしい。

このまま宮坂が死んで、経営者が新しくなっても乾は同じ生活を営むだけだ。ほんとに人に説教してる場合じゃないな、と乾は思った。

迷子になった子供みたいに心細かった。宮坂に会いに行こうか、と思った。池内にさえ釘を刺しているくらいだから、乾が見舞いになんか行っても迷惑がるだけだろう。だが、もう一度だけ会って話がしたかった。

どこからあのおまじないの言葉がやってきたのか。二十年以上も経った今。どことどこがつながって、時空を超えた不思議な結ばれ方をしたのか、知りたかった。

そして尋ねたかった。

「俺も変われると思いますか？」と。

思うそばからそんなことをしても無駄だと否定する。死に至る病の床についた宮坂に答えを期待するなんて卑怯だ。

これは自分の問題なんだ。これから先は——。

＊

遊歩道は粗く削った花崗岩（かこうがん）のタイルを敷き詰めてある。タイルとタイルの間が少しずつ開いているので、博の電動車椅子はガタガタと揺れた。衝撃を吸収するよう二重の車輪にして、タイヤのゴムも厳選してあるが、それでも進みにくい。遊歩道の上に落ち葉が降り積もる今頃には、車輪が横滑りしたりもする。もしひっくり返ったりしたら、自力ではどうにもならない。博は慎重に車椅子を操作し、ようやく公園の出入り口にたどり着いた。平らなコンクリート面に乗り移ると、ほっとひと息ついた。右手でロックを掛けて停車する。

この公園に来ても、もう誰とも語りあうことはない。しかし長い間に孤独を仲間に引き入れている博には、どうということもない。春から秋にかけて、月に二、三度ヤミ金業の女経営者の話に耳を傾けていたのが、もう遠い昔のような気がする。

博の空想の世界の中では時間は変幻自在にたわみ、つながり、また離れていく。あの乳がんを患った女経営者の上にも同じような時間の流れが訪れればいいのだが、と博は思った。そしてちょっとだけ目を閉じて、今はベッドの上にいるであろう彼女のことを思った。

がんが進行して、寝たきりになっているかもしれない。体の自由を奪われることが、どれほど生きる意欲を殺ぐことになるか、いやというほど博は知っていた。想像する力を使って、そこから抜け出す方法を試しているだろうか。

あの女のヤミ金業を受け継ぐことにしたのも、何かの縁だろう。

彼女はベッドの上で、車椅子のヤミ金業者のやりようを想像して、楽しんでいるかもしれない。そうであれば、少しは自分も誰かの役に立ったということか。

体を少しずらして空を見上げた。初冬の空は灰色で低く、キーンと冴えた空気に満ちていた。昔、結が書き送ってきた金子みすゞの童謡が頭に浮かんできた。あのかわいらしい詩は、博の世界感とどこか通じるものがあった。何度も読み返したから、諳んじることができる。『蜂と神さま』というタイトルだった。

蜂はお花のなかに、

お花はお庭のなかに、
お庭は土塀のなかに、
土塀は町のなかに、
町は日本のなかに、
日本は世界のなかに、
世界は神さまのなかに。

さうして、さうして、神さまは、
小ちやな蜂のなかに。

博はスティックを倒して、車椅子をくるりと廻した。一度会ってみたかった。こんな詩を愛する少女に。でもそれはかなわぬことだった。

今は、彼女に会えなかったことにも意味があると思うようになった。世界は輪っかのようにつながっているのだ、という気がした。

一度も会ったことのない人と人も、実は深い関係があり、昔起こった些細な出来事が、今日の出来事を引き起こす、というようなことが。

こういうのを、なんて言い表したらいいんだろう。ああ、そうだ。

「秩序は巡る」

誰に言うともなく呟く。

公園の前の道を大勢の人々が通っていく。博は首をもたげて、通行人たちを眺めた。サラリーマンや初老の女性のグループ。ランドセルをカタカタ鳴らしていく小学生。台車を押す宅配業者。さまざまな人々のしぐさ、いちいちに目を留める。この人たち一人一人に物語があると思うと、不思議な気がした。

ちょうど彼の前を男が通り過ぎるところだった。着崩したスーツの男は、携帯電話を耳に当てて、大きな声で相手に話しかけている。

「おい、お前、どこにいるんだ？」

そのまましゃべりながら大股で遠ざかる。

博の車椅子は、反対方向へついっと動きだし、人混みの中にまぎれた。

＊

「おい、お前、どこにいるんだ？」

乾は、携帯電話にむかってしゃべった。ディスプレイには、柏木リョウの名前が表示されていた。電話に出るなり、そう問いかけた。

「あ、乾さんですか？」

ほっと体の力が抜けた。何やってんだ、こいつ、と思いながらも顔がほころんだ。

「お前、何やってんだよ。何べんも電話したんだぞ。履歴に残ってただろ？」

「あ、すいません。なんかこういう電話、慣れてないもんで」

またトンチンカンなもの言いにあきれる。

「とにかく、お前に払うもん、払っとかねえと落ち着かねえんだよ。少しだけど」

「あー、ありがとうございます！」

「今、どこにいるんだよ」

「えっと、今、宇都宮って駅にいます。あの、栃木県の」

「宇都宮？　何してんだ？　そんなとこで」

「俺、福島に親戚がいるんですよね。そこで金借りようと思って、電車に乗ったんすけど――」

乗ったはいいが、宇都宮までしか切符が買えず、金がなくなったので、先にも進めない、とリョウは言った。

「馬鹿か！　お前。金の勘定もできないのか！」

「あ、でも乾さん、バイト料、払ってくれるんですよね。そしたらそれ、もらいに行きます」

喜んでそんなことを言った後、「あ、ダメだ。帰ることもできないんだ。すっからかんなんで」と小さな声で付け加えた。

あきれてものが言えないとはこのことだ。

乾は大仰にため息をついた。それから、「そこで待ってろ。迎えに行くから」と電話を切った。

宮坂の病院の近くまでふらふらと来てしまった。どうしてだかよくわからない。見舞いに行く気などは毛頭なかった。ただ足が向いたのだ。第一、この病院に入院しているかどうかも知らない。以前、ここから出て来るのを見かけた。それだけの理由で来ただけだ。

そびえ立つ白い病院の建物を見上げている時に、リョウから電話がかかった。それまでに何度か連絡を入れたのに、発信音が鳴るだけで、相手は出なかった。それが今日、こんな時にかかってきたのだ。

病院を前にして、途方に暮れていた時だったから、正直ほっとした。

宮坂の口から出た言葉で、過去の誤解が解けた。母が人を殺してしまった理由を、若い自分はよく訊きもせずに憎悪を募らせていた。母も何も語らなかった。あの人も、乾が人を傷つけたと思い込んでいたから、そうすることで息子を守れると思っていたのだ。

——私が折原さんを刺し殺したことには変わりありませんから。

そう母は言ったという。

そこにある母の苦悩と悲傷と諦念とを思う時、いても立ってもいられない気持ちになるのだ。

野田が走ることはおろか、自分の意思を表すこともできない状態になった時、乾も同じような感情を持ったのだった。俺が野田を突き落としたのと同じだと。そこには明瞭な悪意が存在した。

己の親すら信じられなくなるほど、自分の心は荒んでいたのか。あの母が人を殺すなんてことがあるわけがない。冷静に考えれば、当然そういう疑問を持つべきだった。母も、一色から取り戻した手帳と写真を、親子だけが知り得る秘密の場所に埋めたのだから、息子にだけは気づいてもらいたいという気持ちがあったはずだ。

愛人との痴情のもつれで殺人に手を染めたなどという汚名を着たまま、じっと七年間も獄中にいた母のところに、乾は一度も足を運ばなかった。出所しても会うことを拒んだ。

母はどんな気持ちだっただろうか。たった一人の家族に見捨てられて。

それでも何一つ働きかけをすることはなかった。ただウーピーパーピーの木の下に埋めたものを乾が掘り出し、なかったことにしてくれるのを待って。

自分の愚かさを思う時、体がよじれるような感触を覚える。でも、もうどうしようもない。うろ憶えだった従弟の住所を当たってみたが、何の手がかりも得られなかった。もしかして、母はもう死んでしまったかもしれないとかつて思ったこともある。あの時は、たいして心を動かされなかったが、今はたまらない気がした。息子に誤解されたまま、それでも口を閉ざして死んでゆく母のことを思うと、後悔などという一言ではくくれない感情に流されそうになるのだ。

宇都宮に着くまで、また堂々巡りの思いに苛まれた。

だから、すがるような思いで、宮坂の病院まで行ったのだとわかる。たぶん、何かの解決法を、彼女がくれることはないだろう。

「そんなこと、あたしの知ったことじゃないね」

そう素っ気なく言われるのが関の山だ。いや、死の病に侵された宮坂にすがろうなどという料簡が、そもそも間違っている。彼女は、死ぬその瞬間までは、生きることを考えているはずだから。

「死ぬまでに変わりたいと思わないの?」と、もう一回宮坂に言ってもらいたかった。

「こうすれば、何もかもがまっさらの始まりに戻るんだよ」と母に言ってもらいたかった。

甘えた子供のような願いだ。乾は自分を笑った。

宇都宮の駅で、しょんぼりとベンチに座っているリョウを見つけた。

その姿を遠くから眺め、どうしてこいつのために、宇都宮くんだりまで来たのか、と自問した。だが、顔を上げたリョウが、こっちに向かって笑いかけるのを見ると、大股に彼に近づいていった。

「乾さん」

「帰るぞ」

リョウを促して背を向ける。

「あの――」

「何だ」

リョウは何かを言い出しかねて、もじもじと下を向いた。

「一緒に行ってもらえませんか？」

「はあ？　どこに？」

「福島へ」

「おい、冗談も休み休み言えよ。俺がここまでお前を迎えに来てやったのだって、あり得ないことなんだぞ」

「わかってます！　だけど――」

どうしても福島の親戚のところへ行かなければならないのだ、といつになくリョウは言い張った。長い間会えなかった親戚に会いたいのだとか、大事な用事もあるし、とか、理由にならない理由を並べて懇願する十代の少年を見下ろした。薄茶色の瞳に、切羽詰まったものが窺えた。

こいつ、何なんだ。リョウと出会って以来、何度も心に浮かんだ疑問がまた浮かんだ。

その瞬間、とことんこいつに付き合ってやるのもいいかもな、と思い、そう思った自分に驚く。

「そして、運賃は、俺持ちだときてる」

ぐだぐだとまだ言いつのる、リョウに向かって言った。

「乾さん！」

心底嬉しそうに少年は言った。

「まあ、今、暇だからな。社長も入院してるし」

福島までの切符を二人分買って東北本線に乗った。またしても各駅停車の旅だ。でも故郷に帰る時と違って、どこかこの小旅行を楽しんでいる自分を見出し、乾は肩をすくめた。もうあれこれ考えるのに疲れた。

束の間、この一風変わった男が導くままに行動するのも気晴らしになるかもしれない。

リョウは子供のように窓から見える景色を眺めている。車窓の外を、冬枯れの景色が流れていくのを、乾もぼんやりと見やった。

いくつかの駅に停車し、人が降りたり乗ったりした。東京の駅で見かけるように、急いでいる様子の人はいない。ここでは、違った時間が流れているようだ。東京を離れるのもひとつの手かもしれないな、と漠然と考えたりもした。まとまりのない思いを巡らすうちに、電車は北に向かって走り続けた。

「お前さあ、これからどうする気だ？」

「え？」

「福島へ行って、親戚とやらに会って、まあ、金を借りられたとしてさ、それから」

「そうですね……」リョウはちょっと考え込む仕草をした。

別に答えを期待しているわけではない。こんな若造の行く末なんてどうでもいい。

でも——なぜか今、リョウに出会ったことに意味があるような気がしてきた。馬鹿げた感傷だと思いつつ、少年が自分のこれからを語るのを待った。どうせ東京に舞い戻って、もうちょっとましな仕事を見つけるとか、福島にちょっとの間とどまってみる、とか言い出すのだろうけど。

しかし、リョウは思いもかけないことを口にした。

「本業に戻らないと、怒られる気がするなあ。随分寄り道したから」

「本業だと？」乾は目を剝いた。「お前の本業って——」

ガタンと揺れて、電車が停まった。またどこかの駅に着いたのだ。

「あっ！」

急にリョウが腹を押さえて体を折り曲げた。

「どうした？」

「すんません。朝から腹の具合が悪くて。ちょっと駅のトイレ、借りてきていいすか？」

リョウは乾の返事を待たずに、さっと立ち上がって通路を走る。開いたドアから外に出ようとしている。

「馬鹿！　こんなとこで降りてどうすんだよ！」

背中にかけた言葉を無視して、リョウは降りてしまった。慌てて後を追う。乾が外に出ると、背中でドアが閉まった。舌を鳴らす。まったく突拍子もない行動をする奴だ。

腹を押さえたままのリョウに、「トイレなんか列車の中にあるじゃねえか」と声を掛ける。

「え？　そうなんすか？」

リョウは情けない声を出した。こいつの常識はずれにあきれるのにももう慣れた。

「あさぶ！　雪、積もってますよ、乾さん」

リョウはぶるっと体を震わせた。見れば、ホームの上や花壇には二センチほど雪が積もっていた。そりゃあそうだ。栃木県と福島県の県境に当たる地域だ。この季節、ここらにはもう何度か雪が降ったはずだ。乾は、寂れた駅を見渡した。駅名の看板には、『豊原(とよはら)』とある。

ぽつんと建つ小さな駅舎の周囲には、林と田んぼがあるだけだ。民家も見えない。無人駅のようだ。島式のホームの向こうの端に、ホームの雪を掃いている年配の女性が一人見えるきりだ。

「よりによって、何でこんなとこで降りるんだよ」

次の電車はいつ通るかわからない。すると、リョウは、腹痛を思い出したのか、「ヤベッ」と腹を押さえて駅舎の方へ駆けていった。

駅舎に入る前、雪で足を滑らしたのか、リョウはバランスを崩して転びかけた。その時、薄い布のようなものをはらりと落としたようだった。それを拾うこともなく、何とか体勢を立て直したリョウは、駅舎に駆け込む。

乾は、ゆっくりと駅舎に近づいた。靴の下で雪がきしんだ。

駅舎の中を覗き込むと、トイレの扉が閉まるところだった。扉の向こうに、駆け込むリョウの茶色のバスケットシューズがちらりと見えた。扉は勢いよくバタンと閉められた。

駅舎の前にハンカチが落ちていた。むらのある空色で染められた地に、ピンク色の水玉模様が散っている。女物のハンカチだ。リョウがこんなものを持っているとは思えなかった。ちょっとの間、足を止めて、雪の上に広がった暖かな色合いのハンカチを見下ろしていた。なんだか懐かしいような気がした。

しかし、寒さに震え上がり、建物の中に入った。

駅舎の中も人影はない。トイレは隅っこにあった。その扉に近い場所のベンチにどっかりと腰を下ろす。火の気のない駅舎の中は酷く冷えた。ホームの方を見ると、またちらちらと雪が舞う様子が見てとれた。

シャーッ、シャーッというように、竹箒で雪を掃く音が少しずつ近づいてくる。券売機があるから、ここには管理をする人もいらないはずだ。近所の人が、ボランティアで雪かきをしているのだろう。

「ご苦労なこった」

独りごちた。つい何時間か前まで東京の雑踏の中にいたのが信じられないくらいの静けさだった。トイレの中からも何の物音もしなかった。

いくら待ってもリョウは出てこない。しびれを切らした乾は、立ち上がった。こんなところにじっとしていたら、凍りついてしまう。

「おい!」

トイレの扉をコンコンと叩いてみる。返事はない。今度は少し乱暴に叩く。

「おい、まだか。早くしろよ」

人が動く気配も全くしない。もしかしたら、具合が悪くなって動けないのかもしれない。

「開けるぞ!」

そう言って、扉を引いた。小さな洗面台があって、その横にもう一つドアがあった。そのドアも叩くが、反応はない。

「リョウ!」

ドアには、鍵がかかっていなかった。すっと開いたドアの前で、乾は立ちすくんだ。そここには誰もいなかった。

「嘘だろ」

さっき確かに、リョウがトイレに駆け込むところを見たのだ。そして、乾はずっとこの扉の前に陣取っていた。誰一人出入りしていない。ここにリョウがいないのは、解せなかった。トイレの中には窓はない。洗面台の上には小さな窓があったが、鍵はしっかり内側から掛けられていた。ここから人が出たはずはないのだ。第一、何だってリョウがここから逃げ出さなければならないのか。

目の前の状況が理解できなくて、乾は洗面台の前に茫然と立っていた。小さな窓の前には、ガラス瓶が置いてあって、それに一枝の花が挿してあった。

「これ……」

その花に、乾は手を延ばした。

「これ、桜の花じゃないか……」

指でそっとつついてみた。まぎれもなく桜だ。数輪のピンクの花が揺れた。

「何で今頃、桜が？」

今手折ってきたように瑞々（みずみず）しい桜の枝だった。雪が降る北の国の入り口で見る一枝の桜。誰がこんなところに活けたのか。

その時、唐突に脳裏に浮かんできた映像があった。

乾がT高に通っていた頃、桜並木の下を自転車で通っていた。それが通学路だったのだ。確か川の堤防の上の一本道で、あの川は——そうだ、弓立川だ。

春の光景は見事だった。雪が降るみたいに、桜の花びらが降り注いでいた。堤防の上の道も散り敷いた桜の花びらで、ピンク色に染まっていたものだ。あの頃は見慣れた風景で、そう感慨深く思うこともなく、あそこを自転車で通っていたのだった。

あの時に戻れたら。十代の自分に。もうそんなことはかなうはずもないと知りながら、そう思った。

それから、ふっと思い出した。桜の季節、自分に声を掛けてきた少女がいたことを。

——待ってますから！　練習終わってあそこ、通られるのを。

名前も知らない女の子（たぶん、一年下の二年生だったと思うけど）は、そう言って離れていった。ハードルの練習をしていたグラウンドで。

でも練習の帰りにそこを通っても、あの女の子はいなかった。後で聞いたけど、トラックに撥ねられて亡くなったT高の女子がいたらしい。もしかしたら、あの子かもしれない。いや、その可能性は相当に高い、と思ったけど、でも、乾に何ができただろう。しばらくは気にしていたような憶えがあるが、そのうちに忘れてしまった。

何せ、その数日後には、母が逮捕されてしまったのだから。

それどころではなかった。

でも――あの子はあの時、何を伝えようとしていたのか。

今まですっかり忘れていたのに、あの子の顔も切羽詰まったような物言いも、急にありありと思い出した。色白で、頰っぺたがほんのり赤く、ちょっと首をかしげるようにしていた。相手の言葉の一語も聞き漏らすまいとするような真摯な態度だった。真面目な子なんだな、とは思った。

遠い過去の切り取られた一瞬。どうして今、あの取るに足りない一瞬の記憶が甦ってきたのか。あれから一度も思い返すことがなかったのに。どうしてだか、T高の見慣れた制服で、ずんずんと歩いていく後ろ姿までを鮮やかに思い浮かべることができるのだ。乾は戸惑って、ガラス瓶の桜をじっと見つめた。

この桜を見たせいだろうか。桜があの時の記憶を喚起させてくれたのだろうか。

そして、また手繰（たぐ）り寄せた記憶に愕然とした。今度はガツンと頭を殴られたような衝撃だった。

さっき雪の上に落ちていたハンカチ、どこか懐かしいような気がしたあのハンカチのこと。あれは、乾が中学生の時の母の日に、母親にプレゼントしたものだ。

窓辺に活けられた桜に視線を止めたまま、一歩二歩と後退した。

何なんだ？　何が起こっている？

震える手で扉を引いて、駅舎の中に戻った。出入り口では、掃除をしていた女性がやってきて、ハンカチを拾おうとかがんだところだった。

「あ、それ……」

慌てて寄っていった。女性は、手にしたハンカチをまじまじと見つめている。

「それ、返してもらえませんか？　俺の――」

年老いた女性が、ふっと顔を上げた。乾は、ハンカチの柄を凝視した。やっぱりそうだ。忘れもしない。デパートで迷いに迷って買った母へのプレゼント。五月の母の日に合わせ、春らしい色を選んだのだ。

相手が、ハンカチをくしゃりと握りしめた。彼女の喉から、小さく悲鳴に似た声が出るのを乾は聞いた。

「佑太？」

「え？」

ようやく相手の顔に目をやった。

白髪混じりの頭にニットの帽子を深く被り、首周りに地味なスカーフを巻いた上に、キルティングの上着を着こんだ老女。

「母さん――？」

まさか、そんなことが。そんなことがあるわけがない。

こんな偶然があるわけがない。日本中、どこにいるかわからなかった母が、二十年以上音信不通だった母が、目の前に立っているなんて。

「佑太、あんたなの？」

皺が深く刻み込まれた顔。落ちくぼんだ目。でも、それはまぎれもなく母だった。

「これ、あんたが落としたの？　これって――」

母が差し出すハンカチを受け取る。差し出す方も、受け取る方も、両方の手が震えていた。

「いや、違うんだ。これを持っていたのは――」

偶然じゃない。ここで母に出会ったのは。リョウだ。あいつが俺をここへ導いたんだ。

「あいつ、いったい……」

何なんだ、とはもう思わなかった。

ホームの雪の上に、電車を降りて、駅舎まで歩いてきた自分の足跡が、点々と続いていた。その一本の足跡をじっと見つめた。

乾の足跡だけだった。先にそこを通ったはずのリョウの足跡は残っていなかった。

空からふわふわした綿雪が落ちてきた。

後から後から。

それはあの日、乾が見た桜の花びらに似ていた。

薄桃色の花びらに。

解説

北上次郎（ミステリー文学評論家）

宇佐美まことの小説はいつも、何が始まるのかまったくわからない。たとえば本書の冒頭、第一章「桜吹雪」は、弥生という女性が男を刺す場面から始まっている。正確に書けば、男が倒れていて、自分の手には包丁がある——という場面だ。どうしてこんなことになってしまったのか、その事情が短く語られる。しかし詳細には語られない。

場面が変わって、次はファミリーレストラン。ここは女子高生平野結の視点で描かれる。結がアルバイトをしているファミレスで、阿久津佑太先輩の母親が男と向き合っている。なんだか不穏な雰囲気だ。佑太は結の憧れの人なので、その母親の雰囲気がすごく気になる。冒頭で男を刺した女性が佑太の母親であることは、すぐに明らかになる。そして、忘れものをした佑太の母親をおいかけていくと、母親は佑太に伝えて、と言う。

「ウーピーパーピーの木の下に埋めた。そこに埋めたら、何もかもなかったことになる。初めっからやり直せる。すべてはうまくいく」

何なんだこれは。この話はどこへ向かっているのか。謎は深まるばかりだが、もう少しだけ追ってみる。

意味はわからないものの、結は佑太に伝言を伝えようとするのだが、桜並木が延々と続く土手道で待っていると、柏木リョウという少年が現れて「もう君は阿久津に会えないんだ」と言う。その意味が最初はわからないものの、自分がすでに死んでいることに、唐突に結は気づく。急ぐあまり横断歩道のない道を渡るときにトラックにはねられてしまったのだ。このリョウという少年は何者なのか。なぜ死んだはずの結の意識が残っているのか。幾つもの謎が残される。ファミレスで佑太の母親を見かけてから、メル友のＫｅｎに何度も相談し、メールのやりとりをしたことも書いておく。このリョウもＫｅｎも、のちに物語に登場するのだ。えっ、出てくるの？

そこまでで59ページ。ここからどんな話が展開するのかと思うと、まったく予想外の話が始まっていく。しかし、この先のストーリーはいくらなんでも紹介できない。大枠だけを書いておけば、完全独立系の個人ヤミ金業者宮坂マキ子を主役とした話が始まっていくのだ。完全独立系というのは、どこのグループにも属さず、バックに暴力団もついていないということで、だから大きな金は動かせない。個人相手の小口金融だ。一人数万円から数十万円までしか貸さない。働いているのは、顧客管理や電話応対の池内、金の回収に当たるのが乾と尾崎。マキ子の経営する「田所リース」は、社長のマキ子を入れても四人だけでまわしている。そのマキ子六十五歳はがんを宣告されて病院通いをしている——ここまでは紹介してもいいだろう。このマキ子を中心にした「田所リース」の話は、興味深いことの連続なので、読者を引きつけて離さないが、59ページ3行目までの話とどこでつながるのか、まったくわからない。わからないまま面白いから、くいくい読み進んでいく。

そうか、もう一つ書いておく。私は宇佐美まことのいい読者ではなく、その真価に気がついたのはずいぶんあとなのである。具体的に書けば『愚者の毒』を読んでいただけで、全作読むようになったのは、『いきぢごく』からだ。このとき、あっ、『愚者の毒』の作者だと気がついて（もっと前に気がつけよ）、読んだら面白く、その次の『展望塔のラプンツェル』を読んで今度はぶっ飛んだ。これは大変だと、あわててそれまでの全作品を読んで、そのときに某雑誌で「宇佐美まこと試論」を書いたのだが、その一部を引く。

しかし、『死はすぐそこの影の中』『熟れた月』『骨を弔う』という三作に見られた「明るさに向けた揺らぎ」があのまま終わるわけがない。それがついに、『展望塔のラプンツェル』で結実する。

この先が書きにくい。今回この解説原稿を書くために本書を再読したのだが、実は内容をさっぱり忘れていた。急いで書いておくが、それは私の性格の問題であり、作品の罪ではない。覚えていたのは、「明るさに向けた揺らぎ」という自分が書いたフレーズだ。ところが「田所リース」の話を読んでいると、読みごたえはたっぷりあるものの、全然明るい話ではない。いつ明るくなるんだよお、と思いながら読み進んだのである。ネタばらしになるので、この先は書けないのだが、そういう理由でとてもスリリングであったということを書いておく。

宇佐美まことの小説が光文社文庫に入るのは本書が初めてなので、簡単に略歴を書いておく。２００６年に「るんびにの子供」が、第一回『幽』怪談文学賞〈短編部門〉大賞を受賞して、翌年メディアファクトリーより刊行。これが宇佐美まことのデビュー作である。この『るんびにの子供』は一時期絶版で、古書価格が大変なことになっていて買えなかったが、２０２０年に角川ホラー文庫に入ったので、いまは比較的容易に読むことができる。

２０１６年に刊行した『愚者の毒』が翌年、第70回日本推理作家協会賞〈長編及び連作短編集部門〉を受賞。２０１９年に上梓した『展望塔のラプンツェル』が翌年、第33回山本周五郎賞候補になる――というのが略歴だが、これまでの単著リストも掲げておく（２０２１年11月現在）。

①『るんびにの子供』２００７年６月メディアファクトリー／２０２０年８月角川ホラー

文庫
②『虹色の童話』２００８年６月ＭＦ文庫ダ・ヴィンチ／２０１７年８月角川文庫
③『入らずの森』２００９年３月祥伝社／２０１２年３月祥伝社文庫
④『愚者の毒』２０１６年11月祥伝社文庫
⑤『角の生えた帽子』２０１７年９月ＫＡＤＯＫＡＷＡ／２０２０年11月角川ホラー文庫
⑥『死はすぐそこの影の中』２０１７年10月祥伝社文庫
⑦『熟れた月』２０１８年２月光文社／２０２２年１月光文社文庫（本書）
⑧『骨を弔う』２０１８年７月小学館／２０２０年６月小学館文庫
⑨『少女たちは夜歩く』２０１８年９月実業之日本社／２０２１年８月実業之日本社文庫
⑩『聖者が街にやって来た』２０１８年12月幻冬舎／２０２０年12月幻冬舎文庫
⑪『いきぢごく』２０１９年３月角川春樹事務所／２０２１年５月ハルキ文庫『恋狂ひ』と改題
⑫『展望塔のラプンツェル』２０１９年９月光文社
⑬『黒鳥の湖』２０１９年12月祥伝社／２０２１年７月祥伝社文庫
⑭『ボニン浄土』２０２０年６月小学館
⑮『夜の声を聴く』２０２０年９月朝日文庫
⑯『羊は安らかに草を食み』２０２１年１月祥伝社

⑰『子供は怖い夢を見る』２０２１年９月ＫＡＤＯＫＡＷＡ

２０１６年の『愚者の毒』、２０１９年の『展望塔のラプンツェル』はもちろん素晴らしいが、２０２０年以降の４作はすべて傑作。いま宇佐美まことはもっとも旬な作家なのである。本書で初めて宇佐美まことを知った方は、このリストをもとにしてすべての作品を読んでいただきたいが、忙しい人は『愚者の毒』と『展望塔のラプンツェル』、さらに２０２０年以降の４作。合計６作を薦めたい。この中からあえて１作を選ぶなら、好みで『夜の声を聴く』。このラストシーンがいまでも忘れられないのだ。いいなあこれ。

話を本書に戻して、あと少しだけ書いておく。59ページ７行目からあとは、闇金融の社長マキ子の人生と、そして従業員の乾の人生が描かれていくのだが、運命に翻弄されて「田所リース」にたどりつくまでのドラマは、先に書いたようにこれだけでもたっぷりと読みごたえがある。しかしもちろん、それだけではないのだ。地元の暴力団の若頭はなぜ「田所リース」に便宜を図ってくれるのか、リョウとは何者なのかなど、細かな謎がいくつもあること。さらに、冒頭の佑太の母親の話はどこへ繋がるのか、などなど——すべてが交錯する展開がキモ。それらが綺麗に解かれていく結末は、まるで魔法を見ているかのようだ。どこに「明るさに向けた揺らぎ」があるのかは、本書を読んで確認されたい。これが宇佐美まことの小説なのである。

参考文献

『ドキュメント　ヤミ金融を追う』
西日本新聞社会部ヤミ金融取材班（七つ森書館）
『ヤミ金融のカラクリ』藤原義恭著（ＰＨＰ研究所）
『どんと来い！　借金地獄』
宇都宮健児監修（ＫＫベストセラーズ）
『不当な借金はチャラにできる！』山科和平著（小学館）
『ブルったらオシマイ』高木賢治著（光文社）
『検証バブル　犯意なき過ち』
日本経済新聞社編（日本経済新聞社）
『新訂　日本のバブル』衣川恵著（日本経済評論社）
『本当は怖いバブル時代』（鉄人社）
『我らがバブルの日々』別冊宝島編集部編（宝島社）
『ＤＡＩ　ＳＴＯＲＹ』
為末大著・月刊陸上競技編（出版芸術社）
『日本人の足を速くする』為末大著（新潮社）
『乳がん　後悔しない治療』渡辺容子著（径書房）
『金子みすゞ全集』（ＪＵＬＡ出版局）

二〇一八年二月　光文社刊

光文社文庫

熟れた月

著者　宇佐美まこと

2022年1月20日　初版1刷発行

発行者　鈴木広和
印刷　堀内印刷
製本　ナショナル製本

発行所　株式会社　光文社
〒112-8011　東京都文京区音羽1-16-6
電話（03）5395-8149　編集部
8116　書籍販売部
8125　業務部

ISBN978-4-334-79293-0　Printed in Japan

組版　萩原印刷